魚雁往來見風義

從師生書信 讀人生智慧

國家文學博士**林政華**、國小校長**林萬來**　著

自序　四十年如親似子，百篇書函出真情

／林萬來

金黃色彩，充滿著浪漫情懷的晨光，品啜著一口口的咖啡紅茶，提振不少精神；窗外逐漸濃烈起來的秋陽，讓我的身心倍感舒暢。不禁憶起這數十年來，我跟同事、朋友寫了不少信；尤其是給師專國文教授林政華的書信、賀卡，更是超過百封，點點滴滴都在心頭。

近月，林老師希望能編印師生書信集；他創發的構想吸引了我，老師說：「最近看《吳濁流致鍾肇政書簡》、《肝膽相照——鍾肇政張良澤往返書信集》二書，頗為感動；您曾說，我們師生往來書信已達一百多封。早期，我自己寫些甚麼？有沒有作用、價值？都不得而知。但，也許年輕時的真情真意，有保留的價值。您的來信，我多半有保留；不妨依時代先後排列，打入電腦，……。不知您的看法如何呢？」（二〇一四年九月十二日來電郵）

為了看看有否出版的價值，我將書櫃中收存老師來信的文件夾拿出來，重新翻讀從六十七年開始至今給我的每一封信。當年的我，不知如何度過青澀歲月；尤其年少青春

作祟，原是木訥保守的我，一頭栽入單戀從師專一年級就喜歡的女同學。加上畢業後工作，青春少年情懷所遭遇情感的波折、平日的讀書寫作和工作生活的情懷，重新一一喚回來到我的眼前。那些不可思議的想法與行為，讓我又年輕了一次。

要不是恩師的提起，他的這些書信，恐將淹沒在塵世當中，不但枉費他當年的苦心，也對恩師的真知卓見與智慧之言感到可惜。如今這些書函，總算可以重見天日，真是美事一樁，也算是對社會造了福。

雖然我寫給恩師的信札有些散佚，但單看他針對我的問題提出解惑，就大概知道我當年的書信內容、所提出的問題，以及期待恩師的解惑等等。如今，在重讀這一封封充滿哲理和智慧之言的信函後，才逐漸悟出當年恩師對我的期望和付出的苦心。現在，我雖然已退出職場了，但這些人生至理依然受用。

當年恩師要上的課很多，日間、夜間、暑期部等等；多年中除了北師之外，臺大、東吳、淡大，成大、南師也有兼課。教學、研究、發表文章及論文寫作、擔任校內外評審、指導學校刊物及社團、刪修學生作品，代為投稿等等；在這麼忙碌的當兒，還時常抽空給我寫信指點，真是讓我足感心！

剛繕打第一封恩師寄給我的信，約八百字，四張信紙之多；緊接著第二、三、四封信札，飛奔而來，帶來句句的叮嚀與建言，令人動容。至今畢業近四十年，他依然常傳伊媚兒給學生們專業的指導，可見他對學生的熱情始終如一，而且豪氣、愛心不減當年。第一封信至今的許多指導勗勉，細細想來，還頗受用；事實上，這些話，仍然相當適合當代的少年、青年學生、老師或家長的閱讀。

茲將恩師的來信揀擇數篇的片斷於下；即可得知他當年付出的苦心和教育愛：

1. 在讀書與寫作方面：

林老師為了提升我的語文及寫作能力，時常介紹語文書、剪報及寄送叢書給我，讓我喜不自勝。恩師語文讀寫及漢學的專業素養，在指點我的諸多書信中可見一斑：

「學問要在腳踏實地、持續不斷的研求中獲得；急功近名，一蹴速成，絕不是治學正道。（六十八年二月十二日函）」，「鄉土、自由孕育偉大崇高的一面，就地取材，你會表現不完的。臺、外鄉土田園、文藝家作品極多，請一面習作，一面觀摩，一面思考。（六十九年元月廿三日函）」「書本雖是人類智識的大宗，但並非唯一的來源。希望你不要以未能讀書為苦，而應以能真實體驗生活為樂。（六十九年八月十六日函）」

「教學工作雖忙碌，但童心、詩心、文心不減不衰，正是藝文創作的泉源。（七十一年十二月六日函）」「除了自傳式的文章外，你可以寫旁人、寫社會、寫小說；並多看他人的好作品，這樣可以使寫作的路子開闊，對社會人心影響大一些，因為社會一般人比較喜歡看第三人稱的作品，自傳式的不太喜歡；尤其是短篇小說影響較大，把主題透過小說去表現，以收潛移默化之效。（七十三年元月廿二日）」

「預見一位『農民作家』要出現……，願意在你後年畢業之前，為你整理、編輯你

的散文集。鉛印較貴，但我也出一半……。」（七十五年十月廿五日函）

「希望今後多體會、挖掘、表現鄉土之情；那是文學中最純摯而永恆的，在文學史上是不會寂寞的。文學是有感而發、不得不表現的產物，有東西就寫出來；寫作又是一種閱讀，有時甚至比閱讀更有收穫」（七十六年九月廿四日函）。

2.而在感情交友與婚姻方面，老師可說更關心，提供了不少高見：

我一面將恩師的書函繕打成電子檔，一面回想當年自己身為學生的困境；沒找父母家人和同儕，而是找了心中的偶像、才教我們一年的國文林老師。慶幸自己找對了人。

如今，回味那些年的青春，讓自己再一次地回到從前，有如重生。在感情交友方面，承蒙恩師多封來信的指導：

「在交女朋友過程中，要假以時日，作長期奮鬥，因為日久見真情；因為您不易第一眼就給人看上，只有多交往一段時日，才會發覺您的長處。其實這樣的感情也比較可靠（七十六年七月卅日函）。」「關於對象的選擇，欲求志同道合（如喜寫作、美勞，如您所願者），實不很容易；因此，當求對方心地善良，能持家認真者」（七十七年三月七日函）。

「感情是最不容易『指導』的，因為變數最多，千變萬化。（七十七年元月七日函）」「婚姻是因緣；多結善緣（與各種人，如與老者可介紹其女；如與其表兄可介紹表妹給您……等等），緣份早晚會到。（七十七年三月一日函）」「對象應以賢妻良母型為考慮重點，勿以外表為取捨；自己也長得普通，不是美男子，就不能太挑剔別人，不是嗎？不要以外在偏見，影響內在人情交往的重心才好。（七十七年八月十六日函）」

我跟老師說：「近日，重讀數十多封您給學生的信，有些敘及當年追求異性感情的點滴，讀來有些害臊呢。」（一〇四年九月十五日函）意思是這類信不要出版。當年的青春和早熟，在情海中迷航多年，為情所困所苦，也都寫在文章中；也幸運的有恩師的牽引。老師回伊媚兒說：「誰沒有過去呢？我們再衡量情況，可以刪略，或用含蓄、暗示等等方法處理。最真純可以代表汝心的儘可保留，也是可做紀念和啟發讀者的。」恩師一席話，讓我放心不少。「鵬來：世間唯情無罪，您的癡情，令人感動。對某某人的欣賞，只放在心上就好，或轉化為進步的力量，從事某種偉大的工作可也。不具名，文章仍可編入書信集，見知您的真情。」（一〇四年十月六日函）」

3. 又在工作、生活與人生觀方面：

「只要循情、理做事，克服自己性格上可能有的弱點，必能突破自己的極限，展現潛力，創造輝煌的未來。不要太計較自己的出身、限制和現狀，把全副精神放在積極的、實際的未來開創上吧！」（六十八年七月十日函）

「做一個具體可行、縝密有意義的計畫，如期達成，庶幾可以減去你平日的失落感與自卑心。」（六十八年八月十九日函）

「充實生活、開闊眼界，提升氣質，走向成功之路，是人人所應該努力的方向。」（七十四年五月十二日）恩師說：「人生不只是讀書，求書本上的學問；最重要的是體會生活，如此處處是書，處處是學問。……希望一段寒假的歸園田居，將孕育另一個陶潛的出生，勉之。悠然處世吧！」（七十七年二月十日函）

「今後多用力，少憂心，多自信，少和他人比較，自然會活得快樂而有成就進展。……有時放開心去看電影、郊遊、打球等等，會很快樂；如太在乎前途、成就，則會悶悶不樂，於事無補。洋人曾說：『快樂的人比較聰明』，不是嗎？（七十七年三月一日函）」

「在台北，則要多做打算，如上課外，領的薪水儘量善用（可作可靠投資、搭會等）外，也可多投稿、編書（與人合作），或其他正當方式賺錢，來準備成家。……對於未來各方面，有時需要冒險，看得沒問題就去做，保持現狀，雖平穩，但沒有開創，就難以有大成就。」（七十七年八月十六日函）

那些年輕春歲月的種種，幸好有恩師智慧的指點迷津和化解，才有今天還算幸福的生活。思索著恩師回信的諸多點點滴滴，不禁讓學生淚眼。因為恩師每信必回，也可了解當年我對老師的倚賴至深。

這些陳年往事已經封存在歲月的記憶裡數十年，也幾乎忘了它們的存在。如今，因為恩師再次提起，也讓我相當感恩。他當年熱情有恆的付出關懷，和至今耐心的教育愛；今天再閱讀恩師的諸多來信，好像啜飲一股青春之泉，整個人好像回春了。

「感謝恩師對學生情感的容忍和打氣，重提當年情感事，有些害臊，學生常覺得精神出軌，所幸只是自己知道，當然當年的青春和早熟，在情海中迷航多年，為情所困所苦，也都寫在文章中，也幸運的有恩師的牽引。」（二〇一五年九月廿八日函；略有刪約）

「當年追求異性，學生出身鄉下，心態相當自卑，也不敢有所行動，對於師專的女生也認為高攀不起；一般而言，她們家境比男生為佳。學生是凡人，也是外貌協會的一員，情感路難免波折。還好後來能修成正果，感謝恩師及老天的安排，一切尚稱平順。所以，我很珍惜目前的婚姻和家庭生活。」（二〇一五年九月廿九日函；略有刪約）

我是一個愚痴、不及格的學生，天分不夠，也不夠認真和努力，三十多年前，就讀師專三年級時，就有信札請教恩師，也每次都獲恩師的指導和叮囑，但我遵行的並不多，大致是因個性懶散。在恩師的鼓舞打氣下，雖然有意朝寫作方向邁進，可是又不太願意下苦功夫，鑽研寫作的技巧；對於一些經典文學也甚少涉獵，所以至今的寫作依然是半吊子，遑論文學成就，因此對恩師有所虧欠，有負他的期許。

如今恩師孜孜矻矻的要整理人生的智慧之言，以啟迪後進，其精神值得效法；他期待以自己的人生經驗，四十多年的教育心得和師生互動的真情，給下一代做為人生指南；這也是此一書信集出版的最大旨趣。

林萬來序於雲林崙背

林政華小敘／林政華

屈指算來，登上講台已有三十八年多了，教過的學生可能比三千孔門弟子多上一倍；但，學生之中，從事文藝、文學工作的卻不多；其中，可以稱為「作家」的，可說只有萬來弟一位了。

他成為作家的內、外在因緣，我在信裏和「林老師旁白」中，常隨處提及。對於萬來的求學、創作、教育、孝親、待人、……，種種可取的地方，把全書看了一遍，必定可以獲悉個八九不離十。而對於此書的許多要點，萬來在他的長序中，已談得很詳細；為師的，僅補序若干於下：

鵬來寫的信函有不少特色，我慣於「以小見大」；我們只由小處、細節即可領會：

一是：他常叫我「不要回信」。世間哪有寫信而不要人回的呢？但，他就是這麼體貼人，不想增添別人的麻煩。有人可以無我，他就是這麼善心善意，由不得你不喜歡他。

第二是：自第八十八封起，信首總是稱呼「恩師」。再怎麼推辭、拒絕，都沒有用。他是標準的臺灣人，具有謙卑、感恩圖報的正宗臺灣精神。

第三、鵬來因為生活、興趣、心思等的多元，常提出許多不易回答的問題。好在虛長他十五歲，尚能「因病與藥」，巧妙地開示他，使他了解更多，更靈活的看問題、處理難題。例如：第八十九封信末他說：

「也許新年開始，逐漸趨向書寫毛筆，或繪畫；要放下寫作的執著。」

要放下寫作，這非同小可！一般人會加以勸止，但筆者卻讚賞他的睿智，因為一位文人作家的養成，迂迴前進可能才是正道，唐國大詩人杜甫說：「若要學作詩，功夫在詩外」；日本著名企業家中山素平也說：「迂迴前進，是達到目標的捷徑。」

在此出書前夕，我要特別感謝萬來弟三四十年來，一而再，再而無數次的提出許多求學投稿、運思寫作、感情交友、做人處世，……的「難題」，考驗著我的「智慧」（參最後一封信中「林老師旁白」暨附錄）；看能不能幫他解決或給個建議，才有今天這部書信集的出現。

末了，更要特別推薦他信中所提到的單篇大作，其中我最欣賞──簡直是他的代表傑作──給讀者：

序詩：為大地謳歌

三十一封：美濃瓜情濃

三十三封：一雙黑布鞋

五十二封：一首歌
五十九封：我最好的榜樣

霧峰　林政華序於台北雅翠園老屋

再序　我遇到了一位啟發深遠的良師／林萬來

人生的際遇何其巧妙！何其幸運的我，能與可說是國寶級的老師結緣四十年，真是老天對我最好的賞賜和安排。

從五專四上第一封信（民國六十八年元月）開啟了師生的情緣至今，書信往返已超過一百多封。如果當年我沒寫那一封信，又如果老師數十年來沒有回信的熱誠，我們終將不會有如此綿綿長長、迴異於一般世俗的師生情，傳遞著……。

當年至今的林林種種，一切說來話長（最近師生倆已整理出『魚雁往來見風義——林政華　萬來師生四十年暢談人生智慧集』，可望於今年出版）。雖然前去拜見老師的機會不多，但因為老師的鼓勵和支持，使我走向寫作之路，更讓我的情感與人生變得正向、積極而充滿生命力。從與老師的書信往來和他對我文章的潤色中，老師指點了我人生的理念，豐富許多的生活內涵，學習到許多語文正確知識。我終於見識到國學浩瀚天地——那十輩子也學不完的生命世界。

有一次，我的文章出現了「搞」字；老師告訴我，這個字不雅，不要用。有一次，我寫童年住家的「土角厝」；老師說：「厝」字是指「大厝」——是指往生者的

「棺槨」。要寫「土角茨」才對（古人所謂「茅茨土階」，指的是茅草屋泥土鋪台階），讓我增長了知識。又，我對高齡往生的人寫「得年」幾歲；老師說要用「享年」或「享壽」才對……。美勞科出身的我，國學素養實在太缺乏了。

又我曾在文章中批評現在有些報紙沒有副刊；有了副刊，有的也沒有稿酬，讓書香社會瓦解云云……。固然我說的是實情，但老師卻把我整段文章都刪除了；他認為我用辭要敦厚一點，不要「言必稱利」；報社能提供園地給我們發表，已屬仁至義盡，如經費沒有困難，誰不願給作者稿費呢？讓我看到老師慈悲的一面。

老師的慈悲心性也在另一則文稿中體現：我退休後在家務農，我在文中說，每次走過種植牧草的鄰田，牧草橫鋪在田埂上讓我寸步難行，真想一刀刀的砍除它們！老師將「真想一刀刀的砍除它們」刪除，說：「牧草可養牛，可能是鄰農的家計來源；你可以請對方早日處理。文章要點到為止，不可寫絕了，不溫厚！」

我曾在三十年前，還年輕的時候，特別喜歡一位美如天仙，認為是此生理想對象的女同學，卻不敢追求，誤了先機。後來，寫信告訴老師此情可待成追憶；老師回信說：「對象應以賢妻良母型為考慮重點，勿以外表為取捨；自己也長得普通，不是美男子，就不能太挑剔別人，不是嗎？不要以外在偏見，影響內在心性交往的重心才好。（七十七年八月十六日函）」讓當時的我，看信後哈哈大笑，也解開了感情的千千結。

平時我也做點家事，清掃浴室，所以在文章中提及：「我花了一個多小時真的很辛苦！」恩師說：「文章要簡潔，『真的』二字要刪除；何況你做多久，做多少，『無人懷疑，不必發誓』。」老師也有幽默風趣的一面。又：我寫一篇農作的文章，題目為「天佑吾田」；老師改為：「天佑嘉南良田」，他說：「只有『吾田』，太自私！」讓我感受老師的大愛情懷。我又另寫一篇關於下田的文章，題目為「春天下田」；老師知道其意為：「在春天時下田」，「春耕」、「努力事春耕」，何人不知呢？而改為：「在春風裡下田」（或「在春寒料峭中下田」），較美，有文學味兒；一九九〇年代，陳之藩先生影響、啟發臺灣人的名著，不也叫做「在春風裡」嗎？

我原本客居在新北市，於八十四年還鄉任教職，時常在文章中做城鄉的比較，我寫說：城市居固然大不易，但吃喝玩樂要甚麼有甚麼，豈是鳥不拉屎的雲林海口偏鄉所能比擬的？老師將「鳥不拉屎」刪除，說道：「鄉下鳥多，成語過時！」這讓我知道學識、用字遣詞也要與時俱進，才不會落伍。

老師並不是純粹只刪修我等的文章，還在旁邊加註他修改的理由，讓身為學生的我們，學習到許多人生的至理，讓人讚歎不已。我有時寫文章，偶爾會在字句間顯現自己的見多識廣，高人一等；老師說，寫作不要自以為是，勿教訓讀者。

我這位國寶級老師是何方神聖呢？他就是在民國六十六年起任教省立臺北師專，來擔任我們三年甲班一學年的國文老師——出身臺大，二十八歲就榮獲國家文學博士的林政華教授！

（二〇一六、六、二十五，中華日報副刊，原題為「感恩良師」）

目次

224／第一一一封：一〇四年八月三一日，談散文書之困境、願助印師之文集
229／第一一二封：一〇四年九月二日，發表「悠揚箏音展魅力」文，電傳同學們共賞
231／第一一三封：一〇四年九月四日，「泳往直前」文，寫游泳運動之種種
235／第一一四封：一〇四年九月十二日，提師生數十年往來書信結集出版構想
236／第一一五封：一〇四年九月十二日，同意書信合集出版
237／第一一六封：一〇四年九月十五日，對『十六個夏天』連續劇感觸與心得
241／第一一七封：一〇四年九月十五日，回味數十年書信情節與遭遇，感動欲淚
245／第一一八封：一〇四年九月二一日，依文中記述已捐四十餘萬元；謙勿張揚
251／第一一九封：一〇四年九月二二日，往來書信集謂可勵志益世
252／第一二〇封：一〇四年九月二二日，書信中提及之文章附入，便利讀者
254／第一二一封：一〇四年九月二四日，「平安符　兩代情」刊於聯合報版面
256／第一二二封：一〇四年九月二六日，二文分別寫徐紀、林政華師
259／第一二三封：一〇四年九月二七日，「曲折……成師因緣」文述當老師之奇特因緣
263／第一二四封：一〇四年九月二八日，悼林弘宣文述美麗島冤案
265／第一二五封：一〇四年九月二八日，談師生書信集編輯進度
265／第一二六封：一〇四年九月二八日，體諒師編合集之辛勞
267／第一二七封：一〇四年九月二八日，書信集相關履歷資料之蒐集、撰寫

總附錄

序詩：為大地謳歌（組曲）／林萬來

序曲

不放下身段，怎知大地的柔軟可愛？
不親吻大地，怎知泥土的芬芳迷人？
不拿起圓鍬鋤頭，怎知人世間可貴的生命力？
不走上田埂農地，怎知阿爸阿母一生的辛苦？
我用腳探測土地的溫度，用手丈量泥土的心跳
大地啊大地　我的母親之地　我的愛

插秧

薰風微微　微微薰風
吹過寬闊的嘉南平原
吹過站在田埂上的我
望一望　我的田
如那一隻隻優雅覓食的白鷺

機器來來回回不歇息
轟隆轟隆的運轉聲　唱著大地之歌
只為讓一捲捲的翠綠
鋪在波平如鏡的泥田中
為這期稻作種下生活的希望

巡秧

島嶼陽光輕灑在身上
邁步維艱的踩在軟土裡
田水的冷暖　我心明白
每次低頭彎腰，目視大地
向綠色生命吟哦　虔誠禮敬
每踏出腳步　讓我謙卑學習

施肥

質樸生活的道理就在
一行行的揮灑，無關乎心情

負重的腰痠　讓我體悟
　挺起寬厚的胸膛，瀟灑自在
在欣欣向榮的綠秧中
不必懷疑，看得更高更遠

巡田水

在水聲潺潺中，聽到生命成長的吐納
汗水分不清白天或黑夜，總要為自己
　拾起卑微生活的尊嚴
田水不分白天或黑夜，為大地灌溉
　成為稻苗生命的活泉
感謝大地之泉，源源不斷的奔流
灌溉乾涸的土地，永遠不知有淚

鉛筆與圓鍬

同樣都是工具，一小一大
老師說要認真寫字，字才漂亮

老爸講要用心耕田，田才豐收
求學時期，小支的在作業簿塗鴉
　無心無知只求混過一天，真歡喜
中年，大支的在泥土上揮舞
　有心有知卻已力不從心，阿娘喂

鋤頭

從老爸粗糙的手中，接下堅硬的鋤頭
他耐心的叮嚀，幹活要認真實在
　老天才會疼惜我們
揮舞上田工作的鋤頭
也揮舞大地的春天
　和未來的希望

割稻（終曲）

因為老天垂憐，才能風調雨順
因為每位農夫　不顧風霜雨露

才有每一穗稻穀的金黃和豐盈
我又站在田埂上，望了又望
轟隆的機器採收聲　聲聲入耳
金黃稻穀一車車的送繳農會
生活有了保障，日子總算無憂
感謝上天的無私　感恩母地的厚愛

（二〇一五、七、八，金門日報副刊文學）

第一封：六八年一月二一日（佚）

林萬來（省立臺北師專四上，寒假）致函林政華老師（臺北師專語文科副教授）

第二封：六八年一月二三日，談讀書治學、文字寫作、交友

林老師（省立臺北師範專科學校語文科副教授）回覆林生（省立臺北師專四上，寒假）

萬來賢弟：

二十一日的來信，今天收到了。這半年，你雖沒有拿作品給我看，但你仍常寫作，這期北青（案：校刊『北師青年』）聽說有你的文章，而且火候更到家，語氣更成熟，真是

可喜！你也真是一位好學生，常常能自省自勵，對學校、國家充滿愛心與關懷。能如此，繼續努力下去，必有成功的一天。

來信說今後將做些學問，寫些「論性」（理論性？議論性？）文章。這真是大問題，不知你要研治那一方面的學問？如：文學、思想、藝術……，類別不同，方法也不同。但，最主要的是先讀名著（即經典之作）。老師的指導只能在方法上；因此，我就寄一本日人所著『知識誕生的奧妙』（附錄）給你看。這本看完，告訴我，我還有另一本，可以再寄給你。求學問，先看方法入門書，可以事半功倍；但，最重要的是要能模仿、效法他人的好方法。

至於寫理論性、議論性的文章，不是人人能寫的。如果能力不在那裡，不必勉強。文章不必求多，要求寫得流暢有程度。理論性文字，先須有內容，再在文字、章法、組織上，多安排、講究，能說服讀者即可。如你要看這方面的書，街上也有；我也寫過一本書，下學期你來跟我借去看。

你選美勞組，有一技之長，我覺得選擇很對。其實藝術、文學、思想等均相通。文學以外的藝術，也應表達高超的情感和偉大的思想，作品才有生命；因此，對於生活的體驗、人生的諸般，也應有深入了解。你是由鄉下來的，鄉土、自由孕育偉大崇高的心靈，就地取材，你會表現不完的。臺、外鄉土田園、文藝大家作品極多；請一面習作，一面觀摩，一面思考。

同時，感情生活永遠與藝文離不開。你如覺得某某同學理想，可以先由交友建立友情、溝通思想與抱負等等入手。彼此志同道合，情投意合，就可能結成美眷。你問到我對她的了解，實在不深，因極少單獨談話。只知她的國文成績算上等，平時也很乖，文靜，笑起來蠻甜的，沒聽說她有令同學討厭的事。不知她選那一組？如是美勞，你可以寫信和她討論課業或借用參考書等；如是它組，而已有一面之緣，也可在寒假中通通信，開學後再在一起談談。她的地址我沒有，可能住在桃園或宜蘭。

快四下了，我也覺得你們可以結交異性朋友，可能對自己有些助益。祝你

早日成功　春節快樂

林愚政華敬啟

六十八、元、二十三

【林老師旁白】

專科四年級起分組；萬來選了美勞組。文藝、藝文，文學也是藝術的一環，與繪畫、雕塑、音樂等七大藝術都聲息相通；因此，在信中才說：「文學以外的藝術，也應表達高超的情感和偉大的思想，作品才有生命。」

甚至，感情生活永遠離不開藝文；因此，又和萬來談及年輕人普徧重視的人生課題——交友。

【附錄】

『知識誕生的奧妙』，是日人梅棹忠夫所著（一九七一年，佘阿勳、劉焜輝翻譯，晨鐘出版社本）。梅棹先生是一位人類學家，在田野調查時，為了整理大量的資訊，和幾位好友開發出利用索引卡（一般稱為：卡片、讀書卡、資料卡等），分門別類整理知識領域的方法。

這本書在日本轟動一時。把自己身邊、心中的各種虛擬的資訊整理出來，是一種幫助我們訓練深度思維的好方法。

第三封：六八年二月初旬（佚）

林萬來（省立臺北師專四年級學生；寒假）致函林政華老師

第四封：六八年二月十二日，談做人、華學、治學原則、交朋友

林老師（省立臺北師範專科學校語文科副教授）回覆林生

萬來賢棣：

收到來信，非常高興。像你這樣具有農家子弟本色——勤奮、上進、熱誠……的人，在本校的確很少；如能持之以恆，成功是可以預期的。

來信中太多讚美、感激的話；我只是盡一己之力，憑教育的良心（這些都是本分所扮演的角色，或做人所應做的）而已，並沒有甚麼值得歌頌的。比起許多偉大的教育工作者，我實在差了好一大截！希望以後不要再如此溢美。相反的，是希望教育科班出身的你，多告訴我一些教育方法與教育態度：這是我所極力求取的。

世間學問真是太多了，單就華文一項，由古至今，多少人鑽研也沒有人完全學成。因為我尚不知你的興趣和基礎、擅長於那方面，所以目前只能先借給你讀書方法書。現寄上一本日人渡部昇一的『知識生活的藝術』（附錄）；書中所寫的是一般學問的做法，但也可以適用於我國文化、學術的探討。至於今後你可以朝那方面精研、發展，等開學後見面再細談。週日也可以到寒舍敘談，這時，我有適當的書可以隨手取來看看，舉舉例子說明。

你問到用甚麼方法才能讓你長大、懂事。方法很多，在生活中多用心思、多觀察、多體驗；並多由報章、書籍上吸收前人經驗成果：都是方法。有時也要靠自己的頓悟（需要一些才氣；說實在的，在這方面我也不夠），但仍以平日的漸修為主，所謂「勤能補拙」。學問、經驗多了，人品高了，自然成長，自然懂事。

在學生時代，心中有意見、感動寫出為文章，自然應該；但，如還沒有好見地，則把時間用在閱讀和思考、體驗人生上，久而久之，更會有好的成績。學問要在腳踏實地、持續不斷的研求中獲得；急功近名，一蹴速成，絕不是治學正道。總之，學問是

「大器晚成」的；「晚」字不一定指晚年，而是指很後來——在用功了許多時間之後。還有求學問重手到、心到，不重口到；空口說大話，很容易；實地研求，現今世人較難做到。

交友方面，女孩子總是比較矜持，尤其在沒有極正當或必要理由下去信，她自然就不敢回音；但，畢竟在她心目中已有這麼一回事，以後開學．她如果有結交異性朋友的想法，會把你考慮在內，注意於你。那時，你如果仍然繼續追求，互相了解，在一段時間的觀察、考驗之後，她會成為你的朋友的。不過，如果沒有追成，那在校期間就不方便再追第二位了；除非你追求的行動能保密到家，不讓第三個人知道。

一輩子不結婚，必有過人的定力；如果沒有定力而硬撐，則容易變成心理不正常的人。因此，結婚與否，端看定力夠不夠。由你想追求女孩子看來，你還是結婚為好；況且成家好處多於壞處。

林愚政華敬啟

六十八、二、十二

【林老師旁白】

一位專四的學生，在一封信內就問了讀書、寫作、做人（指：長大、懂事），還有交友方面的大問題。每一樣都很重要。因為只上過萬來他們班一學期的課，還不完全了解他的各方面，所以，只能就原則性加以回答。

由小看大，由早看晚，萬來在專四時，就能問出可說是一輩子要探討的核心問題，也真難得！數十年後來看，他能努力前行，開創出他的人生；這些，都可以在此後我們師生倆的書信往來中，看到了一大部分。

【附錄】

渡部昇一，是日本上智大學教授。他的名著『知識生活的藝術』（李永熾譯，一九七七年台北牧童出版社本）中，有一篇「搭第一班車上班的人」極有啟示性。他說：

「A君年輕時家無恒產，住在離上班地方很遠的郊區，搭電車要一個半鐘頭的時間才能抵達公司。他每天不到五點就出門，去搭乘客稀少的第一班車。車子發動後，他在安靜，寬敞而清爽的車內專心閱讀各種對他有益的著作。抵達上班地點，門還未開，但他已經事先關照過門房，所以門房也都能特別為他開門。

在進入空無一人的辦公室後，他從保溫瓶裏倒出紅茶，吃一頓簡單的早餐。吃完早餐才七點不到，於是他攤開書本和稿紙，開始翻譯，一直翻譯到公司上班的時間—即早上九點。當別人來上班的時候，他已經完成了一大堆工作。

A君後來成為一位成功人士，擁有恆產。」

第五封：六八年七月五日（佚）

林生（臺北師專四年級學生；暑假）致函林老師

第六封：六八年七月十日，求學、孝親、理財

林老師（臺北師專語文科副教授）回覆林生

萬來宗賢棣：

五日的來信，我在八日由臺中老家回來臺北時就收到了。端整的毛筆字，首尾如一，真是難得！看了信，覺得你比當年的我更成熟，知上進；同樣是農家子弟，你體會得比我深。

我直覺的感到，你應該再讀大學，到臺北讀師資好、設備齊全的大學，夜間部也可以；因為師專的圖書實在太少了，不開架也不太方便。畢業後再半工半讀也可以，像現在本校夜間部學生，就是如此。到夜大選讀也可以，花些學分費，雖不能得學位，但可以借圖書、聽高明的教授的課，並請教他們。

期末考試中，四戊姜淑賢同學曾來研究室談起治學、寫作等事；因此，引起我課外輔導同學讀書的構想。我想在下學期一開始，由同學組成十人以內的研讀會：上學期，

暫時由我找古今佳文，參加同學各複印一份用。每週中午利用一小時的時間，在研究室，大家來討論、研究。久而久之，似可對同學有所幫助。我暑期中多看些文章，挑選值得共讀的。至於其他細節，還沒有完全想好。不知你有意參加嗎？我倒希望你能參加。

勞碌的人，一閒下來反而不自在，所以對於你雙親大人的勞累，能體諒幫助，自然很好；但，也不一定在短期內賺大錢來使他們清閒。賺錢必須有本事，明年畢業後，在小學服務有固定的薪水，省吃節用，自然可以貼補家用；而努力學問，勤練技藝，如：寫作、投稿、做手工藝賣錢、編輯出版……，也可得些外快幫助父母親。總之，要先有本事，才有錢賺。能財、學兼得更好。有才學時，就有兼不完的差，財源滾滾，要辭都辭不掉。所以，你只要擔心有沒有才學就可以了。

暑假中可以到書店走走看看，多讀多作。有空來臺北，可到中央圖書館等地借書看，並多跟學校高明的老師請教。只要循情、理做事，克服自己性格上可能有的弱點，必能突破自己的極限，展現潛力，創造輝煌的未來。不要太計較自己的出身、限制和現狀，把全副精神放在積極的、實際的未來開創上吧！　敬祝

暑綏

林愚政華敬啟

六十八年七月十日

第七封：六八年八月中旬（佚）

林生（臺北師專四年級學生；暑假）致函林老師

第八封：六八年八月十九日，生涯規畫

林老師（臺北師專語文科副教授）回覆林生

萬來賢棣：

收到來信有二、三天了。這期間想想你的問題，最後覺得你是一位需要人督促著的人；否則，會產生眼高手低，有高遠理想而常性急，也易自暴自棄。

因此，趁此假期家居生活中，可以仔細而深入審慎的思考，能夠作五年（或四年，幾年，由你自己決定）計畫。譬如說五年後要開一次個展（或讀畢幾十部古今台外文學名著），個展作品多少件，包括那些類別（如：書法、水彩、雕塑……）？至晚多少日子完成一件？費用的籌措……，都詳細的計畫，排定進度表。做好後，請寄給我看看，或開學後到學校再商量。

總是做一個具體可行、縝密有意義的計畫，如期達成，庶幾可以減去你平日的失落感與自卑心。自然也可以有一個副計畫，如：以學問事業為主計畫，成家或旅遊為副計畫。

希望計畫好了以後，告訴我，以便提供意見給你參考；加以修訂後付諸實施。老師是樂觀其成的，再談。祝

愉快

林愚政華敬啟

六十八、八、十九

【林老師旁白】

信中，要求萬來早作生涯規畫；先由短期的三五年為一期計畫起，以後有了經驗，再做長程或終身的生涯規畫。人說：心想事成；如果一個人內心都從沒想過、計畫過，如何奢望上天垂憐，降下成功的禮物呢，不是嗎？

第九封：六九年八月十一日（佚）

林生（臺北師專畢業）致函林老師

第十封：六九年八月十六日，教學、假期利用、田園文學創作

林老師（臺北師專語文科副教授）回覆林生

萬來賢棣：

十一日晚上的來信，已收到了。今年師專畢業生的分發，大部分同學都覺得意外，不甚理想；這可能因為葉校長所主持的本校考評情況，也似乎有些關係。不過，不論分派到何處教書，都不可長期有怨言；因為國家多難，需要我們青年去努力。國家栽培我們，不會虧待我們。

你說二十六日要到板橋報到；那你是分發到臺北縣（案：鶯歌鎮中湖國小）囉！這就比別人幸運些，成績好些。但，臺北縣幅員大，如分發到山區，你也要安之若素，盡力去做好該做的事。屆時，如有機會多讀書，或唸夜間部，或考高普考，均是很好的進修機會；有時不為考試，只為充實自己而讀書，效果當會更好。

暑假很熱，一般人是純休息，你能為家裡下田幹活，委實令人敬佩；另一方面，在求學多年之後，有幾個月的休息反省期，不再看書，而把書中的道理和現實生活印證，也是很好的。清國的張潮說：「善讀書者，無之而非書，山水亦書也，詩酒亦書也，……」（見所著『幽夢影』）我們可以說：田園亦書也，農作亦書也。你已對田家有許多了解，利用這一二個月再深入的體味、了解、感受，也許在人生哲學上、繪畫修養上，有些幫助。

把農家的印象刻上心版，帶到你所到之處，時時會湧現在腦海，在筆端、在畫布。像：吳敏顯的散文、某人的家鄉（基隆某農村）的主題攝影等，都因對家鄉有深刻的感情和了解，發為藝術創作，成就也就大了。書本雖是人類智識的大宗，但並非唯一的來源。希望你不要以未能讀書為苦，而應以能真實體驗生活為樂。我在五戊的謝師宴上，引英國勃朗寧夫人的名句：「休息——是為了走更長的路」勉勵她們。走了五年的路，也該休息一下。而日後奮鬥過程中，也不要忘記有充分的休息與娛樂，才能永保身心的健康。

暑假我仍很忙：暑期部有八節課「國學概論」；輔導救國團、孔孟學會等合辦的「國學研究會」學員一週；忙師專入學考試的監考、閱卷工作。九月一日起，又要去改高普考卷子。不過，我已大致把『幽夢影評註』一書五萬字謄好，最近要付印出書（案：於一九八〇年十月出版）。

紙短情長，再談。謝謝你的油畫，已懸掛在寒舍客廳正中央，清雅的畫面，使蓬屋生輝不少。祝

安時處順

林愚政華敬啟

六十九、八、十六

【林老師旁白】

信中，談到善用農村子弟生活在田園的深刻感受，「把農家的印象刻上心版，帶到

你所到之處，時時會湧現在腦海，在筆端、在畫布。像：吳敏顯的散文、某人的家鄉（基隆某農村）的主題攝影等，都對家鄉有深刻的感情和了解，發為藝術創作，成就也就大了。」

果然，萬來三十多年的寫作重心，都在農村田園的人事地物、喜怒哀樂，已有數百篇佳構，出版了七部散文集；再加油！

第十一封：六九年十一月二七日（佚）

林生（服兵役：分科教育）致林老師

第十二封：六九年十二月二一日，軍中生活、寫作、遊歷、『幽夢影評註』

林老師（臺北師專語文副教授兼夜間部註冊組長）回覆林生

萬來賢棣：

上月二十七日的來信已收到了，因為工作忙碌，到民意代表選舉的這兩天休假日，才能提筆作覆。

你分科教育到北投復興崗，那是個好地方。回想我從前，也是那兒出來的，當年是在戰地政務（第三十一隊），生活了兩個月。由來信知道你對軍人的體驗真是正確卓卓，對國家的愛心，無比的令人崇敬。

記得當時曾有軍中教官的選拔，由大隊長親自口試，要對三民主義及老蔣總統思想深入的了解，尤其要對於一些難題（似是而非的問題）具有分析解決能力，才能錄取。如有此類選拔，你如有興趣，不妨參加。

此外，如有徵文、寫作等，也可以斟酌時間參加。總之，除了對軍事學的了解外，要有一技之長以上，在那兒就可以受到上上下下人的尊敬。例如：我學商會打算盤，於是輔導長要我去算隊員的成績；算完了，就沒事了，剩下來的時間可以自己利用。閒時寫作，可投稿青年戰士報或中央日報等，並到處遊覽，了解臺灣的大好山河，這可以享受半價優待。

十月曾出版『幽夢影評註』一書，現寄上一本，供你存讀；發現錯誤，敬請告知，以便再版時更正。順祝

軍安

林政華敬啟

（六十九年）十二月二十一日

【附錄】

『幽夢影』，是清國張潮（心齋）的一部隨筆式、筆記式的小書。內容包羅豐富，對人生體驗、德性修持、讀書心得、治學方法、遊歷所感、閒情逸趣和交遊游藝等等，都有透徹的體察和了悟，深入而淺出。它用清新而雅淨的文字加以表現，因此，對讀者心靈境界的提升、人生觀念的輔正、言行氣質的美化等等，均有莫大的助益。

它真是一本寄託哲思於文藝，人人愛不釋手的好書！

而『幽夢影評註』，是筆者將『幽夢影』一書凡二一七則，加以編號，方便查索；用白話文註解書中的疑難，更精選古今人有味可取的評語，附於每則之後。此外，也糾正了通行本在用字、標點方面的失誤與遺漏。

「寫在出版之前」，筆者說：「本書處處有佳文妙語，……能引起讀者們的共鳴，如：

甲、生活情趣的賞玩與創造。……

乙、透悟人生的哲理。……

丙、標舉密友知心的理想。……

丁、提示讀書作文的方法。」

此書在一九八〇年出版，次年再版；一九九七年，則改由駱駝出版社三版。

第十三封：七〇年除夕，『三字經詳註易讀』、把握軍中生活

林老師（臺北師專語文副教授兼夜間部註冊組長）函林生（服兵役：分科教育）

萬來賢棣：

雖然來信都說：「不必回信」，這是你宅心仁厚，能夠體諒別人；但，我有空時，總應該回信的。

二月一日，我將辭去臺北師專夜間部註冊組長的職務，專心教書、研究、寫作；畢竟行政工作對我沒甚麼大的助益，只有妨礙我心靈的純淨。

本月號的『國魂』月刊有我一篇小文章「零金片玉見忠義」，現影印奉上一份給你指教。另一篇「忠烈遺言貫日月」，可能在三月號可以刊出。國魂現多約大專院校教師寫稿，可讀性高，您在軍中可以留意閱讀。

前曾由慧炬出版社寄上『三字經詳註易讀』預約單，那是請您代為向軍中朋友介紹用的。下個月出書後，必當送給你一本，你不必預約。此書對小學上下的童子、少年的啟蒙作用極大，一般高中以上學生也未必讀過這一部優良讀物，所以，值得向友人介紹。

今年六七月就要退役了吧？軍中的生活多少對日後人生有影響。得暇多充實利用，多思考計畫，對未來必有助益。敬祝

春節快樂

林愚政華敬上　七十年除夕（二月）
率內人吳美玉、子景、女曉舲拜年

【林老師旁白】

在信文第二段，我說：「行政工作對我沒甚麼大的助益，只有妨礙我心靈的純淨。」這是實情；但，我不是要一竿子打翻一條船，因為幹行政而能保持心靈純淨的人，也會有。那要看各人的情況而定。

不過，古今世人多半認為這是個問題，兼不兼、幹不幹行政，兩難；端在乎各人的選擇。擔行政的心靈和不從事者的心靈，有很大的差別，甚至經常是矛盾，會相互妨礙的；這也就是古中國陶淵明、王安石兩人的性格，乃至心靈上的兩極發展出不同的面向了：他們各有很多人敬佩。

第十四封：七〇年二月二五日（佚）

林生（服兵役：陸軍部隊）致函林老師

第十五封：七〇年三月二日，在軍中對待部屬之道

林老師（臺北師專語文科副教授）回覆林生

萬來賢棣：

上月二十五的來信已收到了。桃園龍潭是個軍事要地，那兒藏龍臥虎，山水有靈；要接受軍事訓練，到那兒才算入了門。

當「見習官」，對每一事物多觀察了解，分類歸納其中的道理，把各種事物組織連貫起來，再進一步求改善、求革新，必可應付裕如。

對待部屬，以法為主，而濟之以情；有時動之以情，導之以德，更能奏效。

年初六，返臺中老家過年。北來次日，寄上拙編『三字經詳註易讀』七本；而你已返鄉，真是抱歉。下回談。祝

軍祺

林愚政華敬啟
七十年三月二日

【林老師旁白】

不管在軍中或在一般政府機關，當官，即使是基層的最小官，如果要做得很稱職，其實是不容易的事。因為做官，固然是要把公事辦好，在辦事過程中的處人——處理好人際關係，有時比做難事、做大事更難！所以，要時時革新，時時求進步才行。

第十六封：七〇年十二月十八日（賀卡，佚）

林生（服兵役：陸軍部隊）致函林老師

第十七封：七〇年十二月二十一日，鼓勵寫軍中文學

林老師（臺北師專語文科副教授）回覆林生

萬來賢棣：

十八日的賀卡今天拜收了，你攝於成功嶺的持槍英姿照片，也同時收到了，多謝。五十四年我去受訓的成功嶺，和你腳踏的成功嶺，似乎有很大的不同；至少，那時好像沒有鋪柏油的路。

每回來信，信中那種濃烈的臺灣民族感情與國家意識，總令我感動。希望你以軍中

生活為背景，寫一些散文或小說，表達健康的文學思想。順祝

冬祺

林愚政華敬啟

十二月二十一日

【林老師旁白】

「濃烈的臺灣民族感情與國家意識」，是今日臺灣頗為欠缺，亟需建立的。認同腳下的土地，打從心底熱愛它，願意為它犧牲奉獻；這在今天若干人認同錯亂的時候，是多麼天大地大的第一要事！萬來早已確立他的國家思想，真真難能可貴！

第十八封：七一年四月二二日（佚）

林生（服兵役：陸軍部隊）致函林老師

第十九封：七一年四月二五日，中文系定位、『易學新探』

林老師（臺北師專語文科副教授）回覆林生

萬來賢棣：

二十二日來信收悉。插班中文系是好事，但在此時此地，中文系並不是培育作家的地方，而大抵是研究古典文學、文化、歷史、思想之處。心理上應有所準備；寫作要靠自己摸索、自修。

「莊嚴書目」上，我僅有『中國文字面面觀』等一、二本，其餘都沒有仔細看過；不過，由書名上勾了幾本適合於你的，請參考。莊嚴出版社是東吳大學中文系畢業生所開設，所出版圖書有些是學士所編撰，都通俗，但也難免有小差錯。

最近，忙於寫升等論文『易學新探』（附錄）及賣房子（新店房子賣了，擬在北師附小附近買一間，便利小孩上學）；其他零碎事、稿債也多，總有不學無術之感。屢次蒙你的誇獎，真慚愧；不過，也變成一種鼓舞的力量，謝謝。漢語漢文方面的問題可以隨時來信提問；如我有的書籍、資料，自然樂意提供或贈送。敬祝

春安

林愚政華敬啟

四月二十五日

【附錄】

『易學新探』，由臺北市文津出版社出版，是筆者的升教授論文。書中所探討的各

節，可說都是他人所未探究或語焉欠詳的課題，所以才敢稱名為「新探」。它們包括：上下經六十四卦全部卦名用義研究；卦辭、爻辭的諧聲現象；卦爻辭中所涵蘊的開明思想；上下經各卦的大象傳義理探討；經文、傳文的文學美、倒裝句法、省略修辭；以及經傳的成語研究。凡有八章，探討八個重要問題。

經學校送教育部學術審議委員會審查；二位專家學者審查，一致通過，所以第一批就通知核定升等了。（如果有一位不通過，則要送第三位）記得當時北師院同事顧先生說：北師過去升等很少第一批就核下的。真是幸運！（他也核下）

按：此書二〇一一年擴大為『周易經傳本義新詮』，由開南大學出版社出版。

第二十封：七一年五月十二日（佚）

林生（服兵役：陸軍部隊）致函林老師

第二十一封：七一年六月二〇日（佚）

林生致函林老師

第二十二封：七一年七月十二日，同學會、省主席談青年出路、交友心理建設

林老師（臺北師專語文科副教授）回覆林生

萬來賢棣：

五月十二日和六月二十日的來信，先後都收到了。兩信都要我不必回信，我也照辦了；但，今天下午就要到革命實踐研究院受訓，同是「受訓人」，心情將有更多的共鳴，所以寫了這封信；其實，你心中所說極為清楚；懂事、對國家民族的忠愛，尤令人感佩，實沒有必要再多說些什麼。

前天中午，六九級十八九位戊班同學又在臺北聚會，邀請廖幼芽班導師和我參加。她們個個成長了不少，也漂亮不少；驚聞有三位已結婚，三五位已有男朋友，有一位且「帶友出場」到會亮相哩。她們班總是很合作，仍常返校和老師有所聯繫。

今天報載臺灣省主席林洋港勉勵青年不要急於追求名利，只要學問知識充實，待人接物的道理圓通，經驗累積雄厚，時機一到，自然會像春天的竹筍一樣撬石破土，節節高升。林出席真是現代青年的導師，常常以他的經驗、智慧啟導青年。他原是一位從困苦中走出來的人，由南投縣政府工友幹起，值得我們學習（詳請看今天各大報，聯合報

必有）。你雖然很有上進心，但常有所執著，「有心為善，則不善矣；須是為善不欲人知，默默行善，連行善之念都摒除，才是真善。」總之，你只要努力去做，不以任何好、壞的念頭為居心，總有出人頭地的一天。

第二封信中談到追求異性同學，而自感幼稚等；這是不必要的，因為那是男孩子成長所必經的歷程。記得那時我還鼓勵你不妨試試呢。成功與否，不必介意；重要的是過程，是行動與勇氣。對方也不會因不欣賞而看不起你，畢竟年少的心情，男女同聚，也許她會佩服你的勇氣、純真與其他呢！前人說過：愛是沒有罪過的，無論它的方式與結果如何。愛情常常可以改變一個人，決定一件大事；所以，不要以為戀愛是一件累贅、花時間的事。有機會，「結婚尚未成功，戀愛仍須努力。」

現在學校運動場、紅樓翻修、粉刷等正在進行，校慶時返校，你一定可以看到一番新面目。祝

軍安

林愚政華敬啟

七十一年七月十二日

第二十三封：七一年八月（佚）

林生（臺北縣鶯歌鎮中湖國小教師）致函林老師

第二十四封：七一年九月二七日，培育幼苗法、德瑞莎修女、師生聯繫表、同事相處

林老師（臺北師專語文科副教授）回覆林生

萬來賢棣：

接到賀卡及來信，知道您又登上神聖的杏壇，辛苦的為培育臺灣民族幼苗而努力。從今年學生的作文上知道學校總教官的兩句名言：「合理的要求是訓練，不合理的要求是磨鍊。」學生素質差，能教好他，委實不容易；但，一旦教好了，苦盡甘來，即使是一點點的甘，一點點的成就，其滋味甚於一般千萬倍。試看去年諾貝爾和平獎得主德瑞莎修女，深入印度貧民窟，幫助人人束手、貧病交織的癡童，終於暴露一線希望，人性的光輝流露無遺！飽含一顆最真摯的愛，置個人名利、生死於度外，才能做到這一點。吾人心嚮往之；做到一點算一點。

中湖國小正是您實現理想、考驗您一切能力、知識、耐力、信心、恆心的地方，是千載難逢的機會。不要急，努力以赴，求心安理得，做到那裏算到那裏。累積成果、經驗，久而久之，必可適應環境，而有成熟的看法與人生理想。

這一年，中湖是你的第一批學生，以他們當你的試驗、研究、實習的對象，每一位

列他一張卡，有照片，有各方面的資料，記錄他們的改變、成長、突破。以研究的心對待他們，心裡會好過一些。這種記錄工作一直到永遠（以後他屆學生也可以照辦）。一直記錄下去，屆時你會有大發現，有寫不完的文章，是寫作的最好素材——活生生的。

說到寫作，你對鄉土作品的寫作，實具有無窮的潛力，看聯副、中國時報今年有許多以此為題材表現得很好的作品。有空不妨寄託在這方面，參加徵文，可能得獎、獲得經驗與信心、鼓勵等。

初入社會，到任何機關團體，總是比較辛苦，一則因為生疏，一則因為老前輩的「厚愛」，使你事情堆積如山。把它當作一種考驗，過一兩年也就不以為苦了；到時您在各方面均已了解、有經驗，而進步了，何樂而不為？在事上磨練，由工作中得到啟示與快樂，有做事才有這一些。能者多勞；沒有能力的人，社會就不用你勞了。

與同事相處，先要若即若離，徐觀個人情性；志同者以後可以深交，不同道還是應有點頭、寒暄之情。有異性同事尤要小心對待，以勿開玩笑為宜。多聯絡，再談。也祝佳節愉快

林愚政華敬上

七十一年九月二十七日

第二十五封：七一年十一月（佚）

林生（臺北縣中湖國小教師）致函林老師

第二十六封：七一年十二月六日，鄉土文學寫作、小教作家們、文學通於藝術、徵文

林老師（臺北師專語文科副教授）回覆林生

萬來賢棣：

您寄來的兩三封信和大作均先後收到了，因為忙碌，正如清國末年吳梅村所說：「不好詣（拜訪）人（而）貪客（賓友）過（來訪），慣遲作答（回信）愛書（信）來。」能接到您的信，知道您的近況和日日有進步，是很高興而常向您的學弟、妹們提起的事。

今年教了三班國文、夜間部又兩班，此外還有周易、應用文、儒佛三字經等課程；又來了國語文競賽作文、書法項目的指導；更有慧炬雜誌的編審，評審一百多篇中請獎學金論文，及四個專欄的稿債，……真真忙得不亦樂乎。有時候即使有時間回信，若沒有心思、情緒（寫信時要有平靜的心緒），也回不了的。

對鄉土的愛好，發為文學是您之所長，以後也可從這方面專攻，多寫幾篇。中華日

報副刊是很能提拔青年作家的，不妨先投它；以它作為發表發跡園地。累積三、四十篇後，可出散文集，磨練筆力。

昨天聯合報有散文徵文廣告，剪上參考，可以參加。作品一被入選，即被肯定，領獎時可以結識許多志同道合的朋友：一舉數得，不妨為之。或修改舊作（未發表）參加。來臺北師專已五年餘，僅遇到畢業後仍不停筆的您，甚為榮幸，也頗為寄盼在文壇上的成功。內人常羨慕我有這麼懂事、重感情、能上進的弟子哩！

心有所專、有所屬時，就可以放下許多俗務、名利上的爭逐。記得我告訴您的立定計畫的事（見第六封信）？繪畫如此，寫作也同樣要立下五年十年計畫。

當中小學老師而有成就的，小說家（葉石濤、鍾肇政、邵僩、……）、詩人、美術家……，所在都有。教學工作雖忙碌，但童心、詩心、文心不減不衰，正是藝文創作的泉源。教國高中，未必是福氣。我真願意教小學，但不像您們夠資格。因此，除非國家強迫您們進修；否則，在小學教育工作外，尋求自己的興趣、發展自己的潛力、才華、抱負，不俗氣，不人云亦云，必有一番非凡事業。

總之，美勞與寫作是很合適您一輩子投注心力、精神、生命的；不要三心兩意，去考高普考、暑期進修大學課程吧。拙見提供參考，決定者仍是您自己。

冬已深了，早晚都涼，請珍重。

宗愚政華敬啟

七十一年十二月六日

第二十七封：七二年五月十七日（佚）

林生（臺北縣中湖國小教師）致函林老師

第二十七封（續）：七二年五月十七日（佚）

林生（臺北縣中湖國小教師）致函林老師

第二十八封：七二年五月二九日，徵文與評審、寫作成長法、「戎裝之旅」可取

林老師（臺北師專語文科副教授）回覆林生

萬來賢宗弟：

十七日，寄到新店的來信和大作兩長篇，均已收到了。收到那天，看到報載你榮獲教育部中華文化復興論文競賽社會組第四名，真是喜上加喜！我今年剛好首次參加論文賽的評審，只評二十八份，應該沒有評到你的論文。評審極嚴格，你的獲獎實在不容易！我也向學校訓導主任等人告知。

你似乎與第四名有緣，以後可先寄來給我看看，突破第四名，邁向第一、二名（可在報載題目、徵文辦法時，即開始蒐集資料、寫作）。其他徵文、比賽也可多參加，一則接受挑戰，一則也可得獎，為單位、母校爭光。

另外，平常寫文章投稿，也是鞭策自己的方法之一，「戎裝之旅」極好，已看過，擬推薦到中央日報副刊發表；如不錄用，再轉寄到青年戰士報，一定會發表的——現在戰士報程度也高。再不然，則介紹到『國魂』月刊，編輯顧問湯承業先生是我的忘年之友。以投報紙．發行量多，影響大，較優先考慮。

另一篇看完再寄還（詳第二三封）。未免遺失文章，最好複印留底，以後出書也有底。發表了要剪報，寫上刊物名稱、日期。

敬祝

教祺

小兄政華敬啟

七十二年五月二十九日

【林老師旁白】

「平常寫文章投稿，也是鞭策自己的方法之一」，此話是筆者多年的體會之經驗談。數十年來，筆者幾乎天天要執筆寫寫；寫要有內容，就得多讀、多看、多想、多深入探索；這些都是鞭策自己進步的好方法。

下第二十九封信中所說：「多參加徵文、比賽，多投稿；藉此可以多習作，有習作則易進步。」也是此意。

第二十九封：七二年六月十七日，寫作二細節：重謄法、開拓題材與體裁；結交護士

林老師（臺北師專語文科副教授）回覆林生

萬來賢棣：

你的第二篇文章，終於有時間修改完了。題目可改為：「非（即匪，但不必用匪字）莪蓼蓼話親情」，較有深度而吸引人。本文也寫得情深懇切，可以發表；不妨先投中央日報副刊，再投青年戰士報。

文中所改，可以在謄抄後細細研究，對以後的寫作會有一些幫助。寫文章，一則忌諱重複，要求變化；另一則要口語化，順口而切合人身分；文句的簡潔、內容的深刻有味、境界崇高等，均為主要條件之一。其他如：題目、分段、標點符號等，也要多注意。

必要時也可以寫新詩、小說。多參加徵文、比賽，多投稿；藉此可以多習作，有習作則易進步。有機會也參加寫作研習班（函授亦可）、多結交志同道合的朋友，也有些用

處。有入選等好消息，請告訴我。

至於那位護士小姐，不妨結交，如有緣可以結婚；做做朋友，練習膽量，增進交友經驗，也無妨。一般說來，護士總比較有耐心、愛乾淨，和溫柔善體人意的；有些人要交都交不到呢！

學期將末，敬祝

暑假快樂

宗愚政華敬啟

七十二年六月十七日

【林老師旁白】

本信要萬來寫作文章的若干的技巧細節，如說：「在謄抄後細細研究」；後來我出所謂「重謄教學法」（第五十五封）。又說：

「寫文章，一則忌重複，要求變化；另一則要口語化，順口而切合人身分。文句的簡潔、內容的深刻有味、境界崇高等，均為主要條件之一。其他如：題目、分段、標點符號等，也要多注意。」

下第三十一信，則提供原則上的認識，說：

「除了自傳式的文章外，你可以寫旁人、寫社會、寫小說；並多看他人的好作品。

這樣，可以使寫作的路子開闊，對社會人心影響也大一些。」

第三十封：七二年十二月二〇日（佚）

林生（臺北縣中湖國小教師）致函林老師

第三十一封：七三年一月二三日，小說影響大、結合文學與藝術

林老師（臺北師專語文科副教授）回覆林生

鵬來賢宗棣：

去年十二月廿日的來信和「美濃瓜情濃」的大文均收到了。「國語日報」家中訂的有，在寄來之前已看到，也剪下來了；因為友人余玉照兄（國立中興大學文學院長）也是農家出身，其兄即省農林廳長（余玉賢）。他喜歡看，所以把剪報寄去給他。他寫過「田裡爬行的滋味」（七十二年十一月十日聯合報副刊），對農人是有貼切的了解。有機會不妨和他聯絡，請教他。

除了自傳式的文章外，你可以寫旁人、寫社會、寫小說；並多看他人的好作品，這樣可以使寫作的路子開闊，對社會人心影響也大一些；因為社會一般人比較喜歡看第三人稱的作品，自傳式的不太喜歡。尤其是短篇小說影響較大，把主題透過小說去表現，

可以潛移默化世道人心。

臺北師專『國民教育』月刊有續訂嗎？每期都有拙文一二篇，我的許多思想、看法，會透過文章表現出來；我們也許可以它為媒介，做些持續性的溝通，也請你指教。

在寫作之餘，也不妨多畫畫兒，把人生、思想、感情藉畫紙、畫布表現出來。尤其是為自己的文章插畫，寄到報紙、雜誌發表，不更相得益彰嗎（畫紙，大報社等可縮印）？北師畢業的席慕蓉女士不是有許多詩畫集嗎？

天寒地凍，在放假還鄉之前，寄上這封信。祝你

新年好

宗愚政華敬上

七十三年元月廿二日

【附錄：美濃瓜情濃／林萬來】

在異鄉工作，有一天同事阿亞，拿來兩個美濃瓜。我們削完皮後，一面吃著，一面談天。那甜得像蜜的瓜汁，經過喉嚨，流入肚裡，甘美的滋味，久久不去；使我想起那一季從事栽培美濃瓜的往事。

一粒粒潔白又帶點些微綠的美濃香瓜，在眼前堆積成一座小山；每座小山都是我們一家人汗水換來的結晶。望著它們，一家人都有「種瓜得瓜」的喜悅和滿足。在那炎炎

又長長的夏日中，我們不孤獨，也不寂寞，因為有燦爛陽光的陪伴，還有每天都在生長的瓜藤，我們活在大地充滿欣欣向榮的氣息裡……。

放了暑假，我迫不及待的背起行囊，踏上歸鄉的路。在長假中，我日日奔向田園。詢問之下，才知道這一季田裡要栽種美濃瓜；在我未返鄉前，一家老小已開始忙碌了……。

年少時，在稻穀尚未收割前，就在田地前的小路上，僱人從溪底載運送來一牛車的沙土，加上已攪拌好的一些有機肥料，作為育苗的泥土。用小小塑膠袋裝滿有機沙土。幾千個排列整齊；用筷子一個個的挖洞，把浸水發芽的一顆顆瓜種投入小洞，掩埋起來。每天固定時間澆水，等待瓜苗長大，再移植到田地裡。

那年姊姊出嫁，我們也外出唸書、就業，家裡只有老父下田耕作。在人手不足的情形下，只好採取省事變通的方法，直接在耕耘機鬆土成列的土地上栽種瓜種，免去移植的麻煩。那天，出動鄰居十來人幫忙，成人負責每棵間距的測量、挖淺洞和放沙土，也有的施肥；小孩負責放瓜種和稻穀殼——如此，雨天時瓜種才不會被沖走。

整整的忙了一上午，才把五分田地種植完成。接著引水灌溉。在十天內，每天都要澆水一次；這是例行工作，我的田園生活也從此開始了。

每天迎接旭日，踏著晨曦的輝光，踩著腳踏車，腳板輕觸著牛車道上的野草，心頭一陣陣的沁涼。看著瓜田的一行行瓜種，萌出了芽，一小片一小片的嫩葉子帶著青綠，在心底湧起了希望。葉子兩片、四片，……。隨著歲月的流逝，葉子越長越大，也越來越翠綠，每一片都閃耀著夏日金色的陽光。

當瓜藤成長到約一尺左右，接著要在泥土上鋪上稻草，保護將出生的小美濃瓜不致沾土腐爛。頂著滿天的烈陽，父子三人共做了幾天才完成，也鬆了一口氣。每天帶著痠痛的背脊回家；比起父親，我可說工作的少，休息的多，心中十分抱歉。父親已年屆六十，仍然工作得起勁，老而彌堅。

摘美濃瓜多餘的藤芽，是每天少不了的工作；地上總共有十三行，一天下來只能做一半，兩天才可完成。但隔不了幾天，已摘芽的瓜藤又向四周生長，所以必須再摘，才能生瓜。而有些瓜藤爬行到行列旁的水溝裡，也必須撿拾到行列上：這些瑣事很重要。這樣工作，必須彎著腰桿，讓我的腰忍不住的痠疼；一個多月來才慢慢習慣，痠痛的感覺也漸漸地消失了。

在美濃瓜迅速成長之際，旁邊的野草相繼的長高，它們不但妨礙美濃瓜的生長，而且最會吃肥料，所以不管大小棵，都要斬草除根，以免「夏風吹又生」。此後，差不多每隔一週施肥一次，噴灑一次農藥，希望它們長得又快又好。

才不過二十多天，整片瓜田充滿了鮮綠，每行都幾乎長滿了瓜藤，一片生機勃然。由於天氣一直晴朗，小美濃瓜快速的出生和長大。可惜的是有些小蟲和蜜蜂叮咬小瓜子，使它們長到一半就枯黃；有的雖長熟了，但卻無法賣出，讓人懊惱萬分。另外，小瓜的出生時最怕雨季，萬一被雨水淋到，表面的保護毛就會受損，而長不大，甚至腐爛；因此，瓜農總希望不要下雨；缺水時，可用馬達抽水灌溉。

我有時工作累了，就坐在田埂上休息，看看藍天白雲，和遠近可賞悅的田野繽紛色彩，此時微風就能吹走肉體的疲憊。有時，望著它們出神，想起才初植不久的瓜種，現在已是翠綠盈行。歲月的腳步就是成長激素啊！那些日子，每天一大早就出門，到田裡找小勺子，從瓜行中的小水溝舀起一瓢瓢的水，小心翼翼的澆灌在這些瓜苗旁，直到旭日東昇，火球漸大……。

而在鄉野中的這些清新綠芽，像一群稚氣的小孩，仰著蘋果般的臉頰，熱切等待一份真摯的愛。不禁回想起自己，也曾似那小小嫩嫩的瓜苗，一年又一年，父親不辭辛勞的澆灌我們，澆一串串希望，灑萬滴的熱情，費了他多少心血！

如今，我愛上日漸茁壯的苗兒，也愛這一份照顧的園丁工作。綠茸茸的瓜藤上，連接著分歧成長的瓜葉，在風中搖搖晃晃，波浪似的前仰後合，像頑童般的發出一陣陣的譁笑。一朵朵的澄黃花兒，在一大片的綠絨中任意綻放，點綴得大地更新奇與美麗。一隻隻的小小喇叭，要對匆匆忙忙飛繞的蜜蜂，和蹦蹦跳跳的小蟲，吹奏著快樂的頌歌，吹奏出生命成長的喜悅。

當我無意中發現一顆已大的美濃瓜以後，每到瓜園就先去看它一眼。此時，開始有數不清的瓜果冒出頭來，都在比賽似的搶著長大。父親巡視瓜行間返回，跟我說：「大約再三、四天就可以採收了。」一聽到這句話，我身上的每一個細胞都在雀躍著：將可以採瓜，幾個月的辛勞終於有成了。

昔日，唸私立初中時，半年註冊的學雜費都要三、四萬元，每個夏季，家裡的稻田通常多種些小西瓜，以收成的錢來付學費。所以要上田，總是很賣力，希望能有好收穫，多賣一些錢，以免還得向他人告貸。

如今雖然不再花很多錢，但是這些收益，多少可以改善家庭的經濟。陽光照在父親鬢髮的汗珠上，看到他臉上的笑意更深更濃，過去的勞累一下子似乎完全消除了。父親找到兩顆碩大而白透的美濃瓜，用鐮刀割下來，拿一個給我，兩人一面削瓜皮，一面盤算著將來收成的價錢。蹲在田埂上吃著自己栽種的甜瓜止渴，真有說不出的快慰，兩眼俯視綠油油的瓜田，心中升起一股股的暖意。

今年採收的價格普偏不理想，回想去年種植的人較少，售價高到每斤十元，現在卻只有四元左右。父親搖頭嘆息說：「若售價再低些，便不夠成本，明年恐怕很少人會再栽種！」點出了農人種莊稼的悲辛。

唉！採摘瓜果的人工也不便宜，還有肥料、農藥錢，以及水電費和耕耘機的整地費用等，成本不低。大家的產期相近，數量太多、競相脫售，肥了採買商，真希望村里能建立合理的銷售制度。

摘瓜的那天，央請幾位鄰居、叔叔和堂兄嫂幫忙才完成。一大早，大家匆匆吃完飯，就往田裡去。到達田間，各自分工，叔叔、堂兄嫂和鄰居等數人採摘，父親負責將瓜果挑運到小路上，妹妹和兩位小侄兒整理清洗，我負責打雜：提水，和用水桶裝提刷洗乾淨的瓜果，送到小貨車上。採摘要有經驗，否則不成熟的瓜果重量不足，也難入口，造成浪費。成熟的瓜色澤淡青透白，口感綿密甜美，令人喜愛。

由於枝葉茂盛，又不好在瓜行中踩踏，所以他們都會準備一隻小棍子，撥開瓜藤和瓜葉，方便採摘成熟的瓜果。剛開始我沒有工作，便跟隨父親下田去挑瓜。第一次挑重擔，只敢挑半簍筐。一上肩膀的擔子，走起路來搖搖擺擺，好不容易才走到田埂上，肩膀有點兒痠疼；後方卻傳來堂嫂的戲謔：「秀才挑擔，真難為！」寸步難移的晃到小路上，兩個剛上小學的小毛頭笑著對我說：「叔叔只會吃飯，挑那麼少。上次四伯公挑滿筐，而且走得還比你快！」我聳聳肩，無奈的笑著。

把挑來的瓜果倒入清洗的大鋁盆裡。父親跟我說：「你還是去幫忙他們洗瓜好了！」父親從我手上接走扁擔和竹籮筐，逕自向瓜田行去。

把瓜清洗整理後放到車上，堂兄就把小貨車子開到縣道大路旁，這樣方便採買商購買。我跟在貨車後，搖晃不已的走在高低不平的田中小路上；小卡車上的美濃瓜蹦來跳去。過了十幾分鐘，終於停在馬路木麻黃樹的陰影下。

太陽高照，斑駁的樹影灑在商人的身上，也灑在父親身上。「這些瓜好像小了一點，有的好像不太成熟！」商人仰首對著站在一邊的父親說。「這是頭次瓜，有些難免小了些，不過很甜，你隨便拿一個吃吃看！」父親一面拿著瓜遞給那矮胖的商人，一面繼續說：「太小不成熟的只是幾粒而已！」「那要賣多少？」「你出個價吧！」父親欣喜的說著話，臉朝著車上被陽光照到閃閃發亮的美濃瓜，他臉上的條條皺紋，在陽光篩下的碎影，顯得更深。

「昨天，跟前村豐榮買的價錢是四元，而且比這些要好。你們這些也算四元好啦！」父親總希望有較好的價格，說：「這附近幾個村子種的瓜沒有我們五魁村種的好吃，所以很多商人都到這兒來買；你可以去打聽打聽，昨天這兒有人賣五元，最低價四塊半啦，少一角不賣！」商人聽父親的強硬價錢，頭也不回，就騎上機車要走，父親黯然的呆立一旁。在一旁的叔叔快走了幾步把商人攔住，問他：「那你多少錢能買？」這時商人停了下來，跟叔叔談了起來。叔叔走來與父親商談了一陣，說：「反正這裡有四千多斤，只差個幾百塊錢！」最後決定以四元三角賣出。

父親也沒說話，從口袋中拿出一包長壽菸，取一根給叔叔，一根給商人，這時商人臉上才有了表情。父親跟他說：「賣你這個價錢；要是賺了錢，希望你再來買。」商人把訂金給了父親說：「會啦！會啦！等會兒，把這些瓜載到土地廟大榕樹旁，在那裡秤斤兩。」騎著車子就走了。

那一天，賣完香瓜已經十二點多了，吃過午餐，超過下午一點。為了能在一個下午完成噴藥和施肥的工作，一點半就背起農藥桶，跟父親上了瓜田；他教我如何配藥。我把每一種藥量記住之後，便開始配藥：把藥水裝在小塑膠杯裡，到入藥桶，然後再灌滿水。因為小水溝的水沒完全乾，藥桶上肩後，走了第一步就嘩啦跌了一跤，趕緊爬起來，衣服已經濕了一大半。

四桶藥噴灑下來，體力勉強能支撐，但雙肩負擔不輕，拿噴霧器的左手已經漸漸痠麻。唯有忍耐，因為痛苦就要結束。噴完最後一桶時，太陽漸漸偏西，此時望著父親騎機車回家再載來肥料的身影，消失在夕暉中，不禁有所感：何時才能使他卸下重擔？暮色逐漸濃郁，大地呈現一片昏黃，啁啾的鳥鳴，在田野四處響起。父親再來田裡時，最後一絲的天光已經消失了，眼前一片黑暗……。

六點半了，裝妥肥料，不禁加緊速度。一步一把地把化肥灑在瓜畦兩側，走走停停。很久沒有背肥料筐子，行動上有些不習慣，加上彎腰工作，腰痠了，速度比父親慢了許多。蛙鳴蟲聲盈耳；蚊群也越來越多，若稍停半晌，便前來攻擊。全身都已濕透，筋疲力竭。與父親相錯而過，感受到彼此的熱燙肌膚和喘息的聲音。我要振作起來，減少休息次數。好不容易完成最後一行的施灑。

父親把剩餘的肥料，帶到田間的小磚寮裡。我把空肥料袋收齊後，拉起斜躺在稻草堆上的腳踏車，將它們繫在車子的後座，踩踏著單車踏板趕緊回家。這時候都看不出眼前的小路了。昂首天際，顆顆閃爍的星斗，散佈著亮麗迷人的光芒。遠處的住家村莊，在暗黑中點亮著一排燈火，指引著我返家的方向。

縱然有時種莊稼賠錢，但是莊稼漢仍然繼續種植，期待下一季的好收成；因為田地乃是我們的根源，沒有這一塊泥土，生命何所寄託？生活意義何能展現？

如今的我，更能瞭解父親在長期歲月中，不眠不休地埋首自己的田園：他執持的是鄉土最誠摯的情懷、自強不懈的生活態度。期待有一天，我終會學習他，真誠的走向那一大片土地，踏上鄉野的耕耘之路。（七十二年一二月中旬，國語日報家庭版連載）

第三十二封：七三年二月二八日（佚）

林生（臺北縣中湖國小教師）致函林老師

第三十三封：七三年三月十五日，「一雙黑布鞋」傑出、退稿心理、閱歷幫助寫作

林老師（臺北師專語文科副教授）回覆林生

萬來宗賢棣：

上月底的來信，早已收到，至今才空下來，有點時間作覆；也因為要回信，就得先把你的大作〈一雙黑布鞋〉仔細看看。（二月十二日國語日報的「家」，已過多天，未剪存，方便的話，請複印兩份給我：其中一份寄給友人中興文學院長余玉照兄。以後每有文章寄來，請複印兩份為荷。「如來」為佛陀之尊稱，凡人不宜用做筆名；否則，人家會說你太狂妄了。）

這篇〈一雙黑布鞋〉寫得極好，內容之佳，不必說了；否則，世界日報也不會要求轉載。而又貴在文筆、用字、造詞等均好，無可改動。我也打算複印給我的三班學生看看，所謂「奇文共欣賞」。

投稿就是這樣，有錄有退。退的不要介意，因為被退的原因很多，固然有在於自己的，也有在於對方的（如：不識貨、不適合對方報章雜誌口味等等，不一而足），而那又何必懊惱呢？可以改投他處（我曾如此做；而對方卻喜愛得不得了），當然最好先再檢討自己文章是否有毛病。或可寄來給我看看，修改修改，如果適合臺北師專『國教月刊』，當轉介發表。對了，有合適的稿子，不妨寄『國教月刊』，它也登散文、新文學作品哩！

要寫文章，生活圈要大，對人生的體驗要豐富，所以有空不妨多跑跑各地，看各種人生事象，經歷各種生活事務。而更重要的是時時要用心、要思考、研究。能多看世界一流的作品，文學的、哲學的、教育、社會學的、諾貝爾文學獎入獎的等等。一有所得，就可以筆之於文，或列入資料庫，以後動筆寫。你寫實的、以自己生活為背景的作品多；要跳開來，才有更廣闊的寫作天地。勉之。

敬祝

教祺

宗愚政華敬上

七十三年三月十五日

【附錄：一雙黑布鞋／林萬來】

一雙黑布鞋，穿著它浪跡天涯，一晃就是一年多。記憶如潮水般的洶湧著，一陣陣地拍打在心靈的沙灘上。

半年前，在一次假期結束返回工作地時，在村里的候車亭，遇到一位長我四、五歲的青年，——他家就住在我家後面，跟我很熟悉。他問我是否退伍了？我說退伍將近一年。他的眼睛突然盯到我的腳上，一雙他認為奇異的黑布鞋上，笑著臉說：「你哪麼節省啊！已經在工作賺錢了，連鞋子也不肯買一雙？」一時的我不知如何回答。他接著指給其他候車的幾個村人看，還告訴他們有關我的生活、求學情形，並說我是如何的節省和純樸，使我窘得臉更紅了。

說實在的，那雙黑布鞋並沒有錯，沒出我洋相，可是我也沒錯；錯在我喜歡舊東西。平日，舊衣服穿上一年半載的，沒破損仍然照穿不誤；破損後補了又穿，只求合適，心情舒暢愉快，就感到滿足幸福，並不太注意衣服的外觀。鞋子舊了，沒破損，依然再穿，從來沒有注意別人的眼光。總認為東西沒用壞，丟了可惜；何況也沒有較多的金錢讓我時髦；當然，我也不認為跟不上時代。

這雙黑布鞋是在成功嶺服預官役受入伍訓練時發送的。那時候，一發就有兩雙，長短筒各一。平時出操上課穿長筒的為多；短統的很少穿，因為還要打綁腿較麻煩，所以這雙短筒鞋簡直像新的。本來是放在臥室床下的一個紙箱裡，以備退伍返家從事農作時用，哪曉得一服完兵役就急忙的北上工作，找偏屋裡，才找到，穿了充數。

在工作地，平日除了穿皮鞋，就是穿它。有時動態節目多，穿它的機會也多，在一起的同事從沒有跟我提起黑布鞋的事。我認為黑布鞋堅固耐用，而且穿習慣了也就沒有買新布鞋的慾望。偶有剛退伍不久的同事對我說：「咦！你的黑布鞋哪來的？」我愣了一下才回答：「部隊帶回來的呀！我認為不錯，就當球鞋穿，省得再買。」他哈哈笑，說，他的黑布鞋在他入伍訓練完就與它說再見，跟垃圾送做堆了。我心裡不禁震了一下，好好可以穿的鞋，丟了多可惜！我沒有再說我的想法。過後，仍然默默的穿著我的鞋。

每當看到那雙黑布鞋，就會想起成功嶺的那群夥伴，以及入伍教育磨人的情形。預官役的待遇比起大頭兵好些，不過接受入伍訓練的過程，並無太大差別。雖然我曾上過專科三年級的成功嶺暑訓，但兩相比較，暑訓只是像在軍事門外徘徊而已。一位排長的話深深的烙印在我心中，他說：「你們是政戰的，以後當上輔導長的為多，受折磨的機會較少，要趁此機會磨練磨練。」因此，別連的其他官科，利用晚上寫寫家書，唱唱小夜曲；連上，卻在練習踢正步（而也真不是蓋的，三次比賽兩次得榮譽旗），或是練唱軍歌。

在白天的出操上課，排長總是要班長特別的「照顧」我們，跑步前進、迅速臥倒的動作，若不熟練或錯誤，反覆做了又做。有一次，我做了好幾次臥倒的動作，仍不正確，便挨了好幾分鐘的罵，皮肉的痛楚與精神壓力交相攻擊我，眼淚幾乎要滾出來；還好，大丈夫男子漢的本色，把我的眼淚導引到肚子裡。又如跑步，一定要我們上氣不接下氣，內外衣濕透了才罷休。跆拳道，招招打得四肢發軟。刺槍術，最難過的莫如刺完動作後，屢次嘲笑兩三位手臂痠軟的夥伴說，他們槍枝下垂是準備要釣大魚：一堂動作課下來，兩臂真不像是自己的！

有時候操課完畢，伴著夕陽，從成功嶺歸營的半途中，還出些臨時狀況，如敵機臨空，搞得大夥兒急忙疏散臥倒，緊接著便是一段長長石子路的匍匐前進。晚上洗浴，大家無不唉喔的撫摸自己被磨破皮的手關節和腳膝蓋，心裡直嘀咕著：「魔鬼排長：以後咱們走著瞧！」瞧歸瞧，下了連隊才知排長並沒有虧待我們；沒有他，我得不到健壯的身體、標準的各種基本動作，和軍事知識。

平常帶兵出操上課，身為輔導長，表現也不比排長他們差，體力也不輸他們。遇有戰技體能測驗，露一手給其他弟兄看，他們無不看得舌頭打結。身教代替言教，獲得不少教學效果。個人能有如此表現，入伍訓練的排長功不可沒，至今雖然退伍了仍然懷念著他。

退伍後，連喘息的休閒機會也沒有，急忙的打點行李北上，我想那時的黑布鞋裝扮，別人一定看出我鄉巴佬的土氣，只是不好說出口而已。歲月易逝，當這雙鞋上各裂了一條約二公分的細縫，才想到穿它已近一年，何不讓它休息休息？這才逛了夜市買了一雙新球鞋，拿回來穿約一星期，感覺太大了，沒有黑布鞋來得習慣、踏實，所以仍然穿著黑鞋。有一天，發現的裂縫，竟然大得可以伸出腳趾頭，再也不敢穿它上班了，因此只好穿上新鞋。

在穿新鞋的這段歲月，每天回到單身宿舍裡，橫七豎八的皮鞋、球鞋和拖鞋雜亂無章，便隨手將那雙破黑鞋扔到垃圾桶；當它們躺在潔白的紙屑團上，猛然警覺，那雙不是入伍的訓練鞋嗎？凝視它們，往事歷歷飛奔而來，再次湧現腦海。我又從垃圾堆中撿起來，拍完灰塵，還是把它擺著吧！

有天下班後，看到鞋子，想起在部隊的五千公尺晨跑，使我肌肉結實很多，何不穿它來跑跑步，鞋子雖然破損了些，但仍然可以穿。主意既定，即刻實行。那天，一面跑步，一面想起過去武裝部隊的戰鬥生活，以及長官的串串叮嚀。陳舊往事隨著暮色加濃而深刻起來；在寂靜無人的境域中慢跑，像獨來獨往的俠客，也像勇士騎著戰馬馳騁在疆場上……。

自此，每天下班以後，跑步、運動就是主要的節目。在寒意漸濃的無人校園中，益覺校園的空曠淒清；仍是身著一件汗衫和短褲，一動起來，白天工作的煩悶與心緒的雜亂頓失，猶如天空雲消霧散的爽朗，頓感心胸開闊，胸臆千里。在精神抖擻中，我找到生命存在的勇氣，與生活的意義，過了今天、今夜，出現在眼前的，是明天新的希望和方向。

一步一步地跨過長廊，數著一間又一間的教室，擁吻著大自然的和風，心中無比的舒暢快慰。細聽山間的蟲聲唧唧，眼瞧峰嶺的蒼翠，似乎鼓舞著我，要永不懈怠的跑下去。一圈、兩圈、三圈……，直到感覺勞累、疲憊，方休。

這些日子，明月上升得早，皎潔似銀盤的模樣，添增大地暮色的一份嫵媚；其亮光輕灑在大地景物上，似給它們穿上透明而淡薄的紗質衣裳，令人陶醉，誘人遐思。昂首觀望孤獨的月兒，不覺鄉思洶湧，在慢跑行中，又突增「異鄉客」的一番心思。

每天一下班，我都到跑步的忘憂谷裡，回憶沉澱在心靈的往事點滴，探索未來腳步的目標，欣賞宇宙自然的天樂音籟。不管晴天、陰雨，心湖總是一片澄澈，寵辱皆忘。因此，一穿上黑鞋，心靈踏實多了，帶給我孤獨而不寂寞的境界。一分一秒的在黑鞋的踏步下失去，帶走了青春韶光，也帶來了結實的臂膀、寬厚的胸膛。雖然這雙黑布鞋不能長伴我一生，但憑著黑鞋帶來的精神和毅力，我會永遠跑下去，跑出人生的理想和願望；永遠跑下去……。

（七三、二、一二中華日報副刊。世界日報副刊轉載）

【附錄：家／林萬來】

跑完步，走回校舍的道路上，中湖街上的路燈一盞盞的亮了起來，緊接著一家家的燈光也亮起來了。

打開單身校舍的木板門，一屋子的孤寂襲上心頭。

看到那一張由貯藏室搬來當飯桌的破桌子下面，積了不少的枯乾樹葉，我順手拿起擱在牆角的掃帚清理一番，滿屋子只聽到窸窸窣窣的聲響，偶爾也點綴著窗外運送磚頭的卡車和小貨車的震動聲。

回想在家的年少歲月，很少主動拿少掃把掃地，大部分由妹妹和老母親去做。有一兩次走進屋內時，屋內不清潔，耳邊會傳來母親的叫聲：「阿來：你也把屋內清理清理，不要什麼事都靠我一個人。」這時，我才不好意思地去找掃具和垃圾桶，把屋裡清理一番。

說實在話，長大了，骨頭也懶了；即使走過滿屋子的髒東西，也不覺得礙眼，所以很少主動幫忙做家事。倒是妹妹懂事多了，幫忙母親做了不少家事。

平常上學讀書，老師們大多只教授課文的內容，很少提到回家要如何如何，更甭談指導學生做家事了。因此，我常聽到村子裡的一些長輩告訴我：「唸書是要懂得做事做人的道理，不要把書唸到背脊上！」到今天我才明白，他們講的是不要我只為讀書而不明理，或不知如何為人、做事。

現在我站上講台，講授課文之餘，常不忘告訴這群正在成長的幸福兒童，回家除了要做功課外，也要適時幫忙做家事。譬如：帶帶弟妹、拿抹布擦擦桌子和窗戶、掃地、洗衣，或是洗洗碗筷等。知道為人處世和道德教育的確很重要，所以總不忘叮嚀學生們：「不要把書唸在背脊上！」

把中午吃過沒洗的鍋碗瓢盆放上洗潔劑，刷洗一番。再把兩個洗淨的鍋子裝滿水，放到瓦斯爐上，燒兩鍋熱水，準備洗澡用。然後趕緊到校舍後面的「菜園」（感謝種植菜園的小朋友和指導的劉新木老師）摘了幾棵蔬菜，回到屋內，蹲下身子，把根部和枯黃的葉子除去，放到綠色的大臉盆裡沖洗幾次，以便下鍋好做菜。

在故鄉老家，我一向少忙廚房的事，飯後，丟下碗筷，就溜之大吉。洗碗筷這工作，有時母親會做，有時也由妹妹做。而洗菜、做飯、下廚，都有母女倆包辦，我從沒有插手過。每天一聽到「吃飯囉！」的聲音自廚房傳來，我便三步併兩步，跑去飯桌上坐定，等待一碗碗熱湯和菜飯，飯來張口。

在這冷峭的寒冬裡，沒有洗熱水澡，身子還真受不住呢！洗澡後順便將衣服洗好晾起來。而在故鄉的家，出嫁的姊妹們合力買了一架「媽媽樂」洗衣機，放在浴室的一邊，很少去動用它，只有脫水時才使用。母親常說：「用洗衣機洗衣洗不太乾淨，尤其是上衣的袖子和領口、褲子的兩個口袋邊。」想減輕母親洗衣負擔的姊妹們萬萬沒想到白花了錢。搓揉衣服是最辛苦的；不然，怎麼會有人動腦筋製造洗衣機呢？

平時每到週末，我常常要洗整臉盆的衣服，而現在，更加上棉衣和毛衣，偶爾還有外套；洗得兩臂痠痳，全身無力。這樣的體會，一回到故鄉，衣物就再也不敢給頭髮半白的老母洗了。但是，現在單身在異鄉，每次自己洗衣時，就會思想起從前母親抱了全家人的一大桶衣物，放在鋁製的大澡盆裡，一步一步地走到汲水機旁，放下澡盆，自己用力汲水。等水滿溢，才蹲下來，把那些上田穿得很髒、沾有泥土、肥料和農藥的衣物，用力搓揉，擺動整個身子。經過長長的一段時間後，她一手扶著額頭，另一手撫著腰，緩緩地起身；這時踉蹌了兩三步，才能站穩。可想而知的，她一定「眼冒金星」了；因為我每次洗完衣服起身，都是這樣子的。

暮色深濃，把吃剩的午飯放到電鍋裡再熱一下，開始準備晚餐。門外呼呼的寒風毫不停歇，吹不走心頭的孤寂。打開姊夫由中壢送來的冰箱，拿出中午煮剩一半的吳郭魚，放到水龍頭下沖洗一番。一個不小心，兩隻手指頭被魚的背鰭刺了一下。每次清洗魚身時，被鰭刺痛是經常的事。如今我在買魚時，總拜託魚販除一除，免去自己動手。如果買魚都要自己動手，恐怕只有敬而遠之，不如買魚罐頭省事些。

在老家，只知道享受鮮魚的香甜滋味，卻不知宰殺魚兒的苦處；每次買完魚，母親就站在水龍頭旁，拿起菜刀和大碗公，靈巧而迅速的剖開魚腹，把內臟和魚鰓等物清理乾淨之後，再用水清洗幾次。自己現在有魚佐餐之際，根本不知從前媽媽的辛苦。

把鍋子的水用爐火烤乾，放入一點沙拉油，煎熬一些時候，滾滾白煙冒出，我把半條魚放入鍋中，立刻躲得遠遠的；但，速度沒有油噴出的快，臂上被濺了幾點，有點微紅；用水沖洗一番，依然有些痛楚。煎炒魚肉、蔬菜，被濺出的油滴燙到，已數不清有幾回了！還有一次，濺到臉上，幸好閉上眼睛，否則就不堪設想了！

從前，偶爾在家看到母親在廚房煎炒或油炸食物，她總叫我不要靠近炒菜鍋；我瞥見到那滾燙的半鍋油冒著泡，都心驚膽顫的避開。幾年後，飄泊他鄉，成了「一家之煮」，在煎煮中體會到從前「身在福中不知福」的愚鈍；當年的少不更事，多由父母張羅周全。如今，住在單身宿舍裡，才發覺自己慢慢地長大，獨立生活的不易。

把煮好的玉米蛋花湯、炒好的菜和煎好的魚，一樣樣放在餐桌上，腕上手錶的時針已指在七的位置，門外已暗黑一片。吃著一口口頗有滋味的白米飯，和煎得極香的魚時，腦海浮現的是從前一家人圍在飯桌前吃飯的情景。現在雖然每餐自炊自食，也自認菜餚可口，但哪有從前的甘薯簽、醃冬瓜、爆香鹹魚乾和豆腐乳的香甜呢？一年又一年的飄泊，那一種全家共餐的溫馨、充滿樂趣的氣氛，總在夢裡深處……。

那時候，母親晚餐常煮稀飯，雖然飯中不是放些甘薯簽，就是菜豆和嫩葉，但稀飯飄香，總是吸引著飢腸轆轆的家人。首先，會看到母親搬著一條長凳子，再把一大鍋滾燙的粥擺放在凳子上，後分盛幾個小碗，放著等涼。等到母親把其他的菜做好端出來時，那幾碗粥已經不燙嘴了。大家便歡喜的拉著矮小的木板凳圍成一圈，享用那幾碗粥。一家老小，一面吃粥談著趣事，一面欣賞繽紛的落日餘暉——那變化萬端的黃昏色彩，聆聽屋旁樹上歸巢的鳥群啁啾，度過快樂而幸福的晚飯時光。

如今，面對學校單身宿舍圍牆外的住戶人家，溫暖的燈光照在他們洋溢著幸福的臉龐上，使我益加思念昔日在家團圓和樂的景象。一個人孤零零的生活在這寒意甚深的山區裏，平常上班教育孩子，十分匆忙，下班後，夜晚回到這個寄身的小窩，只有雜亂的衣服和東擺西放的書堆面對自己，一股異鄉作客的落寞便悄然湧上心頭……。

每當在課餘飯後，那些中年的同事們常戲問我什麼時候結婚成家？一談到成「家」，內心總是擔憂而驚悸半天，因為平日從來不會去想它，想到的只是純樸故鄉的老家；要自己在異鄉再來個「家」，不知要等到何年何月？與我一同進入學校的江老師已經結婚成家了，而我仍然獨享一屋子的孤獨。

每次寒暑假回到老家，父母總會關心的問我有沒有對象？我淡然失落的搖頭。而他們竟心急的要介紹鄰村的女孩，此時卻更讓我焦急萬分了；因為我還年輕，師專平淡無波的五年一晃而逝，兩年的戎裝生涯是在長官的照顧提攜中長大，沒見過大風大浪的遊子，有何經驗與歷練，竟要我不知所措的成「家」？「家」對我而言，是個沉重的擔子，自認肩膀還挑不起。面對著一群關心的詢問者，我只有站在一旁無奈的傻笑！

母親是因為我找不到對象而著急，還是急於要抱孫子？她說：「你要是娶妻生子，可以把妻子帶到北部，以後若有孩子，要工作照顧不方便，便把金孫帶回鄉下來，由我們照顧。」我跟她說，那一間破舊得快倒塌的「日本式校舍」能住人嗎？房屋的牆壁上都裂了一條條的大縫，木頭窗戶連冷風都擋不住呢！母親笑笑說，房子可以在外頭租賃，反正早一點成「家」，日子過得平穩，心性也會成熟穩定。她老人家還把如何平穩說了又說，好像我是不信她的話似的。

然而微薄的薪津、沒有自己的房子，養妻生子建立家庭，談何容易？我跟母親說，我結婚娶妻一定要回鄉來，住著自己的房子，課餘耕著自己的田地，生活不必匆忙緊張；那樣，生兒育女才有意思！母親聽了笑得合不攏嘴。

大地一片死寂，偶爾聽到寒風颯颯之外，聽不到一點聲音，耳邊只有「滴答，滴答」一個小時鐘賣力的工作聲。而「家」的種種情懷，卻一直迴盪在心靈深處。……

（七三年二月一二日，國語日報家庭版）

第三十四封：七三年九月（佚）

林生（臺北縣中湖國小教師，考取台師大進修部教育系）致函林老師

第三十五封：七三年九月二三日，進修、徵文兩得意，身心第一

林老師（臺北師專語文科副教授）回覆林生

鵬來賢棣（以「鵬來」為字或筆名極好；故用為稱謂）：

首先恭喜您考上臺師大教育系進修部，前又錄取教育部徵文賽，你的長進，常是我鼓勵你的後期學弟、妹的實例。本著一貫求精求實，勤奮努力的精神，往後必不可限量。唯一擔心的是，你要多注意身體，吃衛生可靠的、富含營養的食物；貴一點沒關係，有健康的身體，才能談其他，才能擁有其他。

「戎裝之旅」等多篇文章，均已收到拜讀，並轉寄一份給友人中興大學余玉照院長（今天聯副有他一篇談無名氏的文章），並計畫影印給所教的一乙同學作課外讀物。你的文筆進步極大，以後有所感，即先寫下來，再修改修改；定稿以後即可投稿。三五年後可以出單行本，作為台師大畢業（案：在七十八年）紀念（分送過去師友亦可，或參加如：中興文藝獎比賽），老師拭目以待。

我本學期的課較多、較忙，計有：國文（二班）、國文文法、專書選讀（上『詩經』）、應用文、周易（東吳大學。兼任）、兒童文學（二班，每週各二小時）、幼兒故事與歌謠（二班，每週各二小時）；共八種二十一堂，夠忙了吧！但，我還要寫文章、參加各種會議（校務、福利社、心理衛生中心等等），又幫助慧炬社（當編輯顧問修改文章、評審儒佛徵文論文）。總之，今年將是充實的一年。

王秀芝老師仍在本校，退休前當不致「跳槽」。再談，也祝你

教師節快樂

林愚政華敬啟

七十三、九、二十三

【林老師旁白】

「有健康的身體，才能談其他，才能擁有其他。」可不是嗎？一般窮人、文人、學

生、工人，不是沒錢照顧營養，就是太忙忘記要照顧身子。遺傳、衛生、養生、休閒、娛樂、……又是一大套人生生命功課和哲學追求，專業而複雜；世人畢生似乎也無法了解、實踐它，只有盡心力做去，求個心安。

第三十六封：七四年五月十二日，創作與徵文孰優、進修生活規畫、交友

林老師（臺北師專語文科副教授）回覆林生（臺北縣中湖國小教師）

萬來宗賢棣：

每次你來信都附註「不必來信」，我也因忙，常常遵囑沒有回信。但，這次不同，因為要順便告訴你，我下週要搬家，二十日以後地址改為臺北市和平東路二段一七五巷（即臺北師專附小對面巷內）。以後有空歡迎即來舍下一遊、一坐、一談（千萬不要帶東西）。多年奔波，總算有個比較安定的住家；我這會兒仍在向人租房子（建國南路）哩。

上個月以前，家訂『國語日報』，您的得獎消息，我都看到了，為您高興。但誠如您所說的，最重要的先充實自己；徵文得獎並不一定可貴，因題目多太八股，得獎作品多半不能傳世，沒有歷史價值。今後，似以自訂題目投稿、自寫懷抱發表、自編讀物利人等為正途；如恰巧有徵文題目與自己心得相近，則可參加。或參加『聯合報』、「時

報文學獎」比賽（自訂題目），似較有用。

能到師大進修，是夠幸福的。在課業上，有興趣的課程要多看，相關課外書也看，好的老師要多親近、請教；沒興趣的，至少要求及格以上。又和同學多交往、溝通，不必怕表錯情，積極、活躍一些，才是大學生多彩生活的一面。

有時可以參加郊遊活動，或約同學到鶯歌中湖國小等去玩。如有好的女孩子或校友，可多接近、交往，為選擇終身伴侶鋪路；因為由友而愛情，是最自然妥當的一條路。上課前早一點來，下課不要急著回家，多找人聊聊，多幫助他人，則必可交到許多好朋友，為生活、事業作充實。

充實生活、開闊眼界，提升氣質，走向成功之路，是人人所應該努力的方向；願以此共勉。敬祝

時安

宗愚政華拜上

七十四年五月十二日

第三十七封：七四年七月十七日（佚）

林生（臺北縣中湖國小教師）致函林老師

第三十八封：七四年七月二三日（佚）

林生致函林老師（臺北師專語文科副教授）

第三十九封：七四年七月二六日，毛筆字之歌、田農的重要、假日農夫、對抗畏縮妙法

林老師（臺北師專語文科副教授）回覆林生（臺北縣中湖國小教師）

萬來宗賢棣：

本月十七日和二十三日的信都已收到了；想在今天上午忙過暑期部一週十六堂課的最後一堂之後，回你的十七日信，二十三日信恰好又來了，因此一併作覆。

首先驚訝於你的小楷毛筆字的成就；至今，我都沒有膽量寫毛筆信。這也是你鍛鍊恆心與毅力的方法之一。古人和老一輩的人，均以為寫毛筆信是一種對人的禮貌哩。

其次，為你們府上能有田地可耕種而慶幸。有田地就有根，雖然種作確實辛苦；那是國人賴以生存、繁衍的憑藉。反之，想想看，如沒有了人民衣食賴以寄託的臺灣農地，那我們國家的命脈將焉繫？農業機械的購置，可以減除不少農務上的辛苦；也許視經濟情況慢慢購用、改良，當可使人工減少而產量增加吧！

暑期還鄉為父親分勞些農務，是孝子的表現，令人欽敬。把假期當作純休息或孝敬父母、承歡膝下的時光，就是使家庭和樂，父母心安；這時，即使不唸一本書、不看一個字，也是值得的，何況暑假本來就是放假。

可以在假期中了解家庭的一切，鍛鍊體魄，了解臺灣農業的真實面貌及其當改進之處。如能因實地了解生活、體驗生活各層面，而對自己往後的寫作有所幫助，那更是別人所獲得不到的收成。以此觀點去看假期家居生活，必有不同的處理方式。學期中已太辛苦忙碌，日以繼夜了，純休息一季暑天吧！不要想讀太多的書，而是在另一方面長進、獲取吧！

要治療「畏縮不前的心病」，可能有些方法。我所知道的一法，是：先開出支票，然後「務期自己屆時一定要兌現」；如此，必可強迫自己，即使硬著頭皮，也一定要勇往直前！厚著臉皮，也一定要站起來說話、做事、表達意見（在事前有充分準備、構思或演練）。久而久之，成了習慣，必可滔滔不絕，凡事不畏縮了。

你一切心理的顧忌，有一個原因，就是太注意自己；只要問心無愧，努力做去，往前看，不必回頭看自己，注意自己，或在乎別人對自己的評斷看法。記住只要問心無愧，勇往直前；這樣，一定會重拾你的信心的。敬祝

假期如意

宗愚政華敬啟

七十四年七月廿六日

第四十封：七四年九月七日（佚）

林生（臺北縣中湖國小教師）致函林老師（臺北師專語文科副教授）

第四十一封：七四年九月八日，報紙蒐集資料法

林老師（臺北師專語文科副教授）回覆林生（臺北縣中湖國小教師）

萬來宗棣：

七日新生報副刊的「回家種田」，寫得很有鄉土味兒，你是適合寫這類的文章。新副、華副也都喜愛這類文章，多寫點吧！

現在家中所訂報紙幾乎每天不同，週一是中央日報，週二、六為新生報，週日是中華、臺灣、民生、臺灣時報，為什麼如此？因為這些天都有兒童週刊，要蒐集兒童文學作品。

一年多來，我新教「兒童文學」課程，貴校校刊或班刊如有兒童文學作品（兒童、大人寫的均可），方便的話請寄送一份給我好嗎？敬祝

秋祺

宗愚政華敬上
七十四年九月八日

【附錄：回家種田／林萬來】

・前奏曲

在惜別宴上，一位班上的女同學跟即將出國的班導師，談起坐在斜對面的我，說我既會畫畫兒，也會寫寫文章，使導師感興趣的問我暑假有何計畫？我不知道如何回答。低著頭，紅著臉，很不好意思的回答：「回家種田！」老師微笑一下，就沒再說什麼。無疑的，這種回答，可能會令他失望。

實在話，能回家種田還得有那種能耐和本事，我有嗎？回想過去農作的體驗，粗重一點的工作，肩不能挑，手不能提；普通的雜活，如能拿著圓鍬和鋤頭鋪田埂，就是一大挑戰。而做些輕鬆的，那些小毛頭可能都做得比我還好。每次到鄰居的田地做交換工，時常尷尬得無地自容，真不知道該做什麼才好？心理和體能雙層都來壓力。

長時間在外從事教職的軟性工作，平日在家從事農作的，只有哥哥和年過六十的父母。但，哥哥又在國中任教，所以田中農事，多虧親朋及左右鄰居的幫忙；否則，那一甲的田地可就要荒蕪了。因此，假期返鄉作幫伴，還工作的人情債，是應該而合理的，不必要雙親開口，我都會上田去。有時，明知鄰家的粗重工作做不來，也只好硬著頭皮前去，把愁苦的辛酸埋在心底。所幸，田事做多做少，他們也不曾計較，反而感到新鮮和喜悅；因為書生下田，給他們的子弟帶來好榜樣。

・歸鄉路上

中興號客車由快而慢的下了斗南交流道，走走停停才到了斗南臺汽總站，毫無睡意的我，提著行李跟著返鄉人潮下車，往另一臺西客運站候車亭的方向走去。才走上幾步路，就感到太陽的威力逼人，柏油路上的我，像一團小籠包剛被丟到蒸籠裡似的，不禁暗暗的叫苦。已經是下午兩點半了，依然這麼酷熱，這個夏天可就難挨了！

坐上震動得相當厲害的客運車，雖然心頭暗罵一頓，這種老車早就該報廢了；可是想想，鄉下人有車搭乘就算不錯了，有的像聯營車，路過偏僻吾村還不停靠呢！

車到了離家三公里的小鎮上，要再轉一趟車，在車亭等候了二十分鐘，依然未見車影，心想再等等看吧！在鄉下的時間好像緩慢許多。再等了半小時，還是沒有車來，唉！難道還要再等下去嗎？忽然，服務站的售票員大喊，往麥寮方向的車子來了。我趕緊抓起行李，走到車旁，看到車掌小姐在伸吐舌頭，似乎很不好意思；心中一想，車子不是遲到就是減班，反正鄉村的時間不值錢，也不會有人抗議。

我成長的母地到了。走下車子，迎接著甚少改變的家鄉風貌。當一步步地從村尾向村頭的老家行去時，我真的很欣喜雀躍，興奮地吸呼著清新的空氣。我展開雙手，擁抱著這屬於我的故鄉，心中不禁湧起一股激情和感慨，好久不見，我的故鄉！也許這和而立之年的心境有關吧！兩旁的排水溝改建了，村道也拓寬鋪上柏油路，柏油鋪到了水溝邊緣。不少坑洞和暴露在路面的小石子已經不見，終於看到數年來村道第一次的改變，它也清潔乾淨多了，該為吾鄉的進步喝彩。

遠遠的看到父親坐在老家的三合屋庭院上，右手拿著寶特瓶的大罐茶水，仰著頭正一口口的喝著。當我走到他面前，他才看到我，一旁的嬸嬸和母親也在。他們頗感意外和高興。我不事先通知的原因，是他們會焦急的苦苦等候我回來，雙方都受苦。

・好幫手

把行李提進房間，換上便裝，還休息不到半小時，就聽到父親的呼喊，要我協助把穀子收成堆。嬸嬸也幫忙我們收穀子，一家人汗涔涔的拿著耙子和掃把，把稻穀收拾成堆，準備鋪蓋上大塊塑膠布。這時，夕陽的餘暉斜照在牆角上，也映照在一大堆穀子上，黃澄澄的色澤異常耀眼，心中漲滿收成的喜悅。暮色悄悄地從田野爬進了農莊。

隔天一大早，趁著太陽還沒有兇猛起來的時候，我和雙親把柏油庭院上成堆的稻穀，耙散開來，成一行行，方便曝曬。趁著漸熱的陽光，我和父親拿耙子翻曬穀子，尤其愈近酷熱中午，愈需工作勤快。一趟工作下來總要二十多分鐘，汗流浹背，頭昏眼也花，幾乎站不住腳。還好，連續曬了兩、三天，總算大功告成。

由於售價太低，所以打算過一陣子再看情形。父親號召鄰居大小來幫忙，有的孩童拿麻布袋，有的成人拿塑膠畚箕，一畚箕一畚箕的倒入；裝滿袋子後，大人便用塑膠線縫合起來。自認肩膀力道不夠，所以不敢背穀包，只是幫助他們把穀包舉上肩頭。看著他們辛苦汗流的來回搬運，其他人也都汗流涔涔、臉色紅通通的，卻沒聽聞一聲怨嘆，真是由衷感激大家的協助！否則，完全靠自家人，真不知道要工作到何時呢？

・廟旁

土地公廟旁有兩棵大榕樹，不知道是何時種植的，只知道懂事時，這兩棵樹已長得高大，亭亭如蓋了。而現在更像是兩座大涼亭，樹下蔭涼沒有陽光，在夏日炎炎之際，更成為村民休閒聚談最好的所在。

此刻正是吾鄉美濃瓜、香瓜及小西瓜的盛產期。東家忙完西家忙，大家都彼此互相幫忙著，採瓜、清洗、分類裝箱，運送。每到近午時刻，就有不少村民將瓜子一箱箱運到土地公廟的榕樹下，待價而沽，一時熱鬧非凡。

從七月初開始下種的瓜苗，經過四十天左右的照顧，便能採收。有時價格不惡，所以雖然有時價格偏低了，但吾鄉子民仍然樂意栽種。

栽種美濃瓜的瑣碎農事真多，尤其是它們的瓜藤成長到一定長度，便需要費心的採摘，以便能分枝發芽，也才容易長更多的瓜果。當然，固定的灌溉和施肥、噴藥，也是必須的。等到瓜果成熟的採收工作，更需要一大群人的幫忙或僱工來做：會採摘的農婦，每人提著一個塑膠桶，一隻鐮刀，一行行的彎腰採瓜；有體力的壯漢，像我父親這一輩的成年人，就將這些已採收的瓜果從田裡挑擔出來；還要動用一些小孩子將瓜子洗淨。而裝箱也要學習，有經驗的莊稼漢才可以。而我通常只是打雜的腳色，提水、糊紙箱，或把已裝箱的瓜子搬到小貨車上……。

今年家中只種四分田的美濃瓜，大部分的時間都去做「幫伴工」。在他鄉上班慣了，回到故鄉有些不習慣，別人天濛濛亮就上工去了，而我卻仍賴在床上，可真把大好晨光睡掉了。

由於夏天近午炎熱，所以大家都是趁早約五、六點就上田去了，以免工作一下子就被太陽的威力趕回家。我生活了一個多月，才漸能適應躲太陽的日子，常讓母親笑我：做無工。

今年家裡的瓜種得比較慢，到目前瓜子尚未成熟；可是，忙別人的田地瓜果，已忙昏累昏了頭。回想去年，我的夏季時光有不少是在土地公廟的榕樹下過的；那時的我，常帶著一本書或幾張報紙副刊，讓那些智慧的美言和故事情節，陪我在美濃香瓜旁度過漫漫的夏日。而如今，尚未採瓜，就要收拾行囊北上去了，但土地公廟旁的售瓜盛況是可預期的。

（七十四年九月七日，新生報副刊）

第四十二封：七四年九月十五日，寫作基本修養、借調優缺點、為兒童寫作

林老師（臺北師專語文科副教授）回覆林生（臺北縣中湖國小教師）

萬來賢棣：

信和贈書（『牽牛花和小草——台北市東門國小寓言創作集』）均已收到，多謝。

寫作固然也須靠靈感，但對生活的體驗以及自己思想的增進，也是很重要的；這兩方面，前者：你的範圍較受限制，就要用後者。而思想，也包括想像。先有了主題，打下了大綱、草稿，放下來多修改幾次，再發表。退稿常因文字上的關係，如：錯別字、用詞欠妥、字句不暢等。尤其大報均重視完美、有特性。

信上說你明年想介聘到近台北市的小學服務。這自然是一種趨勢，也便於進修等等，原無可厚非。但，如就你個性及生活樂趣、身體健康等等打算，可能還是鄉下學校較為合適；城市太雜太亂，空氣、人心都汙染了，跑也跑不了，實在沒有可以居住的理由，除了交通方便。因此，如請調可至樹林或迴龍、蘆洲等，一趟車可到台北市的小學，但又保有鄉村純樸的風味之地；距離、交通雖遠些而不便，但對心靈卻是上好的。鶯歌也是好地方。一動不如一靜，城市孩子不一定好教。今天帶家人到深坑去玩，感受

特深，提供給您作參考。

校刊中如有篇幅，也可以登些短篇的作品，對小朋友身心有用的，如：笑話文學、謎語詩、兒語、短故事、古人有味的話語等等。現隨函附上拙文「兒語研究」三份，將在十月號北師專『國教月刊』發表；因當教材，先抽印出來。一份可以送給你的朋友們。

在交友上，也可以慢慢的觀察、了解，考慮結婚的人選。敬祝

秋安

宗愚政華敬上
七十四年九月十五日

第四十三封：七四年九月二一日，徐畢華水彩畫展

林老師（臺北師專語文科副教授）回覆林生（臺北縣中湖國小教師）

萬來賢棣：

來信和二書均收到。『種子加油』在兒童少年文學中是小有名氣的書，暫時借用一陣子。至於『布穀鳥』雜誌第十三期我也有，就隨函奉還給你。

今天去看過徐畢華小姐水彩畫展，很有收穫。現寄上簡報，可去看看。畫中充滿鄉土農野之趣之美。

凡我在信中所說，均只供參考之用，決定還在自己，因為別人不能完全瞭解對方。再談，敬祝

佳節快樂

宗愚政華敬上
七十四年九月廿一日

第四十四封：七四年十月十四日，北師卅周年慶

林老師（臺北師專語文科副教授）回覆林生（臺北縣中湖國小教師）

鵬來賢棣：

教師節前夕（廿六夜）寄來的信和所照相片三張，早已收到了，謝謝。相片照得不錯。我也回贈三張，是十月六日參加「兒童文學之旅」到瑞芳九份照的，請指教。

「種子加油」一書蒙贈閱，那就不客氣了。

學校今年校慶將為終戰四十周年而編行「特刊」，用豐富的內容；我擔任編輯及國文科心聲撰稿人。十二月五日校慶會很熱鬧，希望你請假回校看看。隨時歡迎來舍一敘，電話在名片上，請參考。我週五晚上夜間部有課。再談，順祝

秋祺

宗愚政華敬上

七十四年十月十四日

第四十五封：七五年一月二五日，心靈尋覓之旅

林生（臺北縣中湖國小教師）致函林老師（臺北師專語文科副教授）

老師：您好。

（上缺）退伍後，我曾數不盡多次審視自己，卻發現自己是情緒化的放縱自己虛度日子，生活中早已不見理想色彩，只是也跟他人混碗飯吃罷了。這不是苛責自己，而是有時候真不知道日子是如何地過著，不覺間已是老大不小了，怎不心驚而愴然落淚？

我常對別人，也對自己說：如果我還能繼續前進，保有愈挫愈勇的精神，那麼有兩個因素支持我；一個是故鄉、鄉愁、父母；另一個便是您了。多年來，受故鄉的滋潤較少，大部分是來自老師您的鼓舞打氣；沒有老師您的教誨，至今的我可能又是另一個樣子。

我把這條成長路的心情全都告訴了老師，有些祕密連最親近的家人都不一定知道呢！而老師的此恩此情，我也不知道如何才能回報，回報得完。

元月三十一日，我就要返回故鄉了，屆時到家再寫信告訴老師。敬祝

平安　快樂

學生林萬來敬上
七五、一、二五夜

【林老師旁白】

每次看鵬來的信，心中都很不捨，這麼善良、認真、情感豐富的孩子，卻如此茫然浮沉在人生與人間、人性的大海中，未找到方向。

世事沒有絕對的，作為老師的我何嘗不是呢？我也是一輩子尋尋覓覓，不知人生究竟如何才是理想，才達到理想境界？不知，真的不知；這是舉世的大問題，大哲學，我們任何一個人都無法解決；所以，一直追尋下去吧！

鵬來賢弟對我的任何讚美，都不對，都不敢接受。人生只是無止盡的追尋，何人敢說他已追尋到了呢？敢作為他人的典範呢?!

第四十六封：七五年一月二九日，心智成熟追求、故鄉牽繫、筆名鵬來、芝山兒童文學獎

林老師（臺北師專語文科副教授）函覆林生（臺北縣中湖國小教師）

萬來宗賢棣：

廿五夜的來信已收，多謝。心中的「自白」與我的了解也很接近，可知你是一位自覺力很高的人，理智而有上進心。英雄何論出身低？只要真正的在自我奮進、自我奉獻，別人的看法、批評，均可不必太在意；否則，患得患失，日子只會在嘆息聲中過去。

在這個社會，能做個好人，問心無愧，有過必改的好人，已經是社會的優秀分子了；有餘力，再求貢獻等等。不要要求自己太高，那生活不會很快樂的。

如果故鄉牽繫著你那麼強烈，可以在師大畢業後回鄉或回縣或鄰縣服務。但其實，如能以另一心態看生活環境，住在故鄉以外的地方，處處可與故鄉相比，光是這一主題，就有源源不絕的文章好寫。離不開父母、家鄉的孩子是長不大的；同樣的，未結婚，或結婚未做爸爸的孩子，也是長不大的。

人生，就在一連串的角色環境變化中長成了。多一份變化、挑戰，心智就更成長一份。在某些方面，我也尚未成長，如：面對群眾、政治、……；因此，我們就有一輩子也學不完的東西，我們都還只是小孩子，只是五十步與百步而已。努力去追求吧！不計成敗，只重過程，不必管結果。

「鵬來」的筆名很好。有感，則可發為文；沒有，則不必太傷腦筋，可用心把夜大課程有關的論著、書籍多看看，作深入而廣面的瞭解，觸類旁通，也可暫時忘卻過多的鄉愁。

最近擬好「芝山兒童文學獎設置辦法」，將於明天提請學校准予設置。其中有創作及評論文字的獎勵，細分五類，每類都會有第一名至第三名，並取佳作若干名。每年於兒童節截稿，文藝節頒獎。這是我任教有關兒童文學課程二三年來的心願。至於獎金方面，計畫請校內、外熱心贊助兒童文學人士樂捐，如滿人數，則每年約需二萬多元；募不到款，則由自己全數支應，這也算是自己回饋學校、社會、國家的一點心意。很有意義，因此樂於從事，只希望學校勿刁難不准設置。

卅一日回老家過個好年，希望多休息，半工半讀，身體最需要休息，多補充營養，到值得去看的地方走走看看，也許可以找到不少活生生的教材、寫作的題材呢！祝你

新年快樂

林愚政華敬上

七十五年一月廿九日

第四十七封：七五年七月十七日（佚）

林生（臺北縣中湖國小教師）致函林老師

第四十八封：七五年八月二二日（佚）

林生（臺北縣埔墘國小教師）致函林老師

第四十九封：七五年九月三日，個性的修持、由中湖到埔墘

林老師（臺北師專語文科副教授）回覆林生（臺北縣埔墘國小教師）

萬來宗賢棣：

你七一七、八二二等幾次寄來的信，先後都收到了，一直都沒回信，真是抱歉。八二二這一封信收到時，想寫信給你，因你八二八就要北上，只有一天半的時間，寄到雲林崙背，你不能馬上接到；想寄到埔墘國小，又因突接到學校出幼專入學考試題及閱卷工作聘書，直至昨晚才把全部工作完成。今天寫信，寄到埔墘給你，希望你能及時收到。

一個人的個性，得之先天者多，後天要大改變著實不易，所謂「江山易改，……」。但，如不妨害全體的個性上，小毛病，實無妨；有人甚且會對某種個性大加欣賞呢！只要時常覺知自己個性上的小毛病，加以控制、改變，使不要影響自己進步的腳步太多，即可。不要太介意它。

你終於調校成功（至板橋埔墘國小），真為你高興，日後可方便許多。但相信，你也會懷念中湖那段歲月，以及該地的風光、民情等等。

高考既報了名，其實可去考，至少知道出題趨勢；有考場經驗，對未來的成功是有

些幫助的。高考考上，可當行政人員，但我覺得你個性不太適合行政，也太苦了（身疲、心苦）。倒不如認真在寫作及美勞上發展，當有大貢獻。

暑假結識蔡裕標、李鳳美夫妻。蔡在中和某國小教美勞，對兒童美術有獨到見解，並熱心推廣，現在臺師大美術系夜間部就讀，人品很好。去年曾得洪建全圖畫書類兒童文學獎，住中和市中興街，電話×四〇九九五×，可與他連絡、結交，互相研究；就說是我介紹的即可。

希望你能很快的適應新環境，做更多的貢獻，在國教上。我今年接師專三甲、四丁及文法（上）、修辭（下）課程，夜間部有幼兒語文教材教法二小時。東吳有周易二小時。另昨夜慧炬雜誌社董事長周宣德老居士自美來電，要我擔任雜誌社社長義工，工作會更忙，希望對它有新而多的貢獻。約稿文章是寫不完的。敬祝

健康進步愉快

宗愚政華敬啟

七十五年軍人節

第五十封：七五年十月二五日，企盼田園作品集出版、作品修改與重謄

林老師（臺北師專語文副教授）回覆林生（臺北縣埔墘國小教師）

萬來宗弟：

讀了你的信及近日寄來的幾篇大作，至為感動。我可以預見一位「農村田園作家」要出現了！（須知真正是農民，能實地參與農事，而又能將其甘苦筆之於文的太少，你是夠格的）因此，願意在你後年畢業之前，為你整理、編輯你的散文集。鉛印較貴，但我也出一半；打字較便宜，不過二萬元左右。如能找到一家出版社或交幼獅公司（舉例）等出版，則不必花錢，還有版稅哩！集名俟看過全部文章後再定，內容可分：童年、故鄉崙背（介紹你的家鄉）、中湖、紅樓（北師）、……（均暫名而用優美文學性文字標題）。每類總有三、五篇以上，如不夠，可在這一、兩年補寫；這樣，也可以充實這一、二年的寫作生活。有計畫、有目標的寫作，在畢業前出個集子，作為畢業紀念。

如給出版社印，對青少年有幫助（發行量較廣）；如自印，也可以自銷或贈送親朋好友、同事，花些錢而把自已以及令人縈牽的故鄉、童年等介紹給世人，也很有意義。不知你意下如何？如同意，則請將所發表過的文章，掛號寄下，讓我整理分類後，再詳細和你討論。手中的數篇大文，有一二須加調整之處，不便具列，所以將原文寄上參考，如願整理出一專集時，再寄來給我。

到北師已八年半，來年你畢業我滿十年，北師曾教過數位有寫作潛力同學，迄今只有你一人不中輟，極令人欣慰。你出集子，不管以後銷路情形如何，我都樂見其成；因為我一直相信在北師能教出一位作家，不也為北師爭光（前有美勞科席慕蓉，但她不甚提北師，市立師專有蕭颯一位。二位均女生，不是男作家）。

來信中提及退稿對寫作心理有打擊，這是自然之事。今後，若蒙不棄，稿成可先寄給我拜讀、修改後，謄清再投，可能中獎率可高些。不必客氣，我樂見你的成功。敬祝文祺

宗愚政華敬啟

七十五年十月二十五日

第五十一封：七五年十二月下旬（佚）

林生（臺北縣埔墘國小教師）致函林老師（臺北師專語文科副教授）

第五十二封：七六年一月三日，為現代日報約稿、想像力與寫作、與護士為友

林老師（臺北師專語文科副教授）回覆林生（臺北縣埔墘國小教師）

萬來宗賢棣：

接讀來信及兩張四篇大作已多日，因學期末忙碌，又往高雄開會數天；只能在年假全部拜讀完，又找出舊寄一篇「母親」，略加修改。近四篇文筆頗成熟，境界亦已提

升，可見進步之大。「一首歌」與國教有關。以後如有此類文章，母校『國教月刊』近開闢校友園地，可寄給我看看後，推薦主編先生採用。

另嘉義原「商工日報」，今年元旦復刊，改名「現代日報」。其副刊將以初一至專五之青少年為對象，主編為我的朋友蔡尚志先生（任教嘉義師專）。以後請多多投稿，可直接寄給他，說是我介紹的無妨。報社地址為嘉義市國華街二一八號。

除寫實之外，可多寫想像的創作；這樣，可以打開自己寫作的路子，表達自己生活所不及的思想、理想的範圍與境界。

「母親」一文中的護士，似可交往看看；因為護士比較有耐性，對人生的生老病死也看得較透，在生活上比較有高一層的體悟；這也是寫作者所必要的修養，相信跟你會比較談得來。順祝

春安健步

宗愚政華敬上

七十六年元月三日

【附錄：母親／林萬來】

（一）

五月，一個充滿溫暖、耀眼燦爛的季節。

我帶著從北而南的一夜風霜，肩掛一袋相思的行囊，細數遊子堅定的腳步，邁向偏僻而遙遠的故鄉。

融入人擠人的行列裡，沒有人擠人的抱怨，卻有一絲絲愉悅的笑容，寫在每個人的臉上。在這個慈暉濃郁的日子裏，大家對「母親」都會湧起一份關懷和思念；就快點回家與母親相聚吧！

擠進車廂，思潮洶湧，不禁感喟的審視這群離鄉的遊子。火車過了新竹，又過台中，緩緩地停靠在雲林的斗南站。近鄉情更怯，跳動的心是如何的在激盪啊！我抬起頭，皎潔的銀盤月，近在咫尺，那是故鄉明亮的團圓月啊！

轉搭一程又一程的客運，我終於踏在故鄉泥濘的村道上，微涼的雨點在髮梢抖動。一盞溫暖的燈光在不遠處閃耀，那是來自故鄉的呼喚，也是母親用心呵護的照明燈，指引夜歸的我，使身心沐浴在光明裡的我，安返家門。

「哦！你回來了！」母親的一聲問候中蘊含著驚喜，連窄小昏暗的客廳都亮了起來。那雙溫暖而粗糙的手，接去我的行囊，「你還沒有吃飯吧？趕緊去吃！」催促的暖語，使又冷又餓的我更加感動起來。

依然的青衫布衣，奔勞於屋裡屋外。飯桌上的噓寒問暖，有如和煦春風，吹過冰凍荒原，又如及時的甘霖飄落在久旱乾涸的河床。一股股溫馨的母愛，輕叩遊子孤獨的心扉，輕拂憂傷的心田。此時的我已不再辛酸，曾經傷痕累累的我，已痊癒如初。

母親，今天是慶祝您的日子，請您歇歇吧！一切的勞務還是讓我來做吧！雖然我對家事不甚熟稔，但是我相信能夠做得很好。花團錦簇的芳香，點綴在五月間，顯得更有意義。摘來一朵鮮紅的康乃馨掛在胸前，祝福我的媽媽健康和快樂，也記住她串串的叮嚀和期許。

（二）

母親，對不起，不肖兒又將遠遊，不能長侍在您身邊，只因孩兒尚未有成，請您一定要保重。斑駁的樹影輕灑在石子路上，也灑在遠行的遊子身上，故鄉，我走了，母親再會吧！

提起行囊，我獨自走到五魁村村尾的候車站，母親在背後一路呼喊，原來是又為我炸的雞肉塊：「放在冰箱，吃一個禮拜也不會壞……。」我看到那麼多人的眼光都集中過來，讓我有些不好意思地垂下頭，有點兒責怪與任性的說：「東西已經帶太多了，我不想再帶。」母親把那一小包塞入袋子裡，「要吃，就有。」我心中不禁激動起來：「真是天下父母心啊！」母親知道我內向，身在異鄉不太好意思，也捨不得多買些雞鴨魚肉來食用，尤其在我自炊自食以後。每次離家，她總要處理一些魚肉要我帶走，而那時總感到她很嚕嗦。但是，到了工作地，吃著美味可口的魚肉，心中卻總是湧起一股股的暖意，讓我更明白什麼叫「慈暉」，什麼是「慈母愛」。

「想回來就回來吧！」這句在耳邊再三重複的老話，使我在別離時更加鼻酸。一股無奈與依戀的情懷對我訴說：要是不必離家該有多好！可是，那是不可能的，車子就要開走了，不走是不行的，只好讓鄉愁帶來更多的惆悵。

揮揮手，那單薄的身影，清癯的臉龐上一條條的溝紋，是那樣的清晰。揮別了家鄉，卻揮不走在風雨中突出的灰白髮絲，和那仍為生活擔子奔波不已的身影。在車行的馬達震動聲中，我逐漸進入了夢鄉，夢中，慈藹的母親，熱情而溫暖的雙手擁抱著我，用愛心的手笑著牽引著我，默默地走向遙遠的異鄉。（收錄於『慈濟因緣』，改題為「紅花襟上插」）

【附錄：一首歌／林萬來】

快樂而熱情的工作、生活，就是一首美好的頌歌。

踏入社會，從事教職，忽已數年。對這項事業，我把生命的熱情與生活的全部心力，投注下去。教人教書，天天與活潑可愛的天使在一起，晚上做夢也會笑，我彷彿到了忘憂谷。忘憂谷裡，只有生機盎然的花草樹木，只有愉悅的心境、歡笑的臉孔，沒有世俗的喧囂與塵垢，沒有萬丈紅塵的現實和狡詐。這桃花源勝境的美麗，使我心有所寄，是我溫馨甜蜜的窩巢，是我精神世界的活水源頭。

每天迎面而來的，是晨曦的朝氣和璀璨的陽光，和一群面帶歡欣的小孩。看到他們純真無憂的背著小小書包，稚氣的步入求知的殿堂，快樂的心靈與他們一起接受文明的薰陶與文化的洗禮。

現在的孩子比起從前，物質方面有不少的享受，然而精神方面卻異常貧乏。童年是詩與夢所結合的時光，我不知道現在生活在都市的孩子，天天接觸和他們無關的知識，生活會快樂嗎？因此，每當上課說到有關他們所不知道的鄉野風情，我會詳細告訴他們我的鄉居田野生活，把自己過往的點點滴滴，化為串串的音符，流淌在教室內，流入他們嚮往的心底。而他們竟如此的癡迷和陶醉，專注的眼神隨著我的描繪而起伏流轉。

孩子們：在我的內心深處，永遠有一塊寬闊的綠野，有花香鳥語，陽光穿過綠樹枝葉的間隙，網住我心靈的真情摯意；和風所到之處，洋溢著原野香甜的氣息，讓我舒暢起來。長長潺潺的水流，隨著陽光照耀而跳動閃亮的華麗，那種清純美妙，在凝眸中輝煌燦爛起來。碰到有霧的早晨，視野就更迷茫了，屋舍與山巒，綠野與翠樹，朦朦朧朧，充滿若有若無的詩意夢幻，宛若一幅五彩的潑墨畫。

面對這群幼苗，我與他們心神相當契合，共同學習生活和成長，感受和諧社會的人間溫暖。在彼此共享的心聲中，體會到心靈交會的奧妙，而能充分的運轉洞燭天地的哲理。他們彷若是青翠枝葉上晶瑩剔透的露珠，閃閃爍爍，煞是可愛；他們的心靈，就像是小小的水珠，凝聚了人間最誠意的純情，更聚合了美夢的旖麗：兒童是成人世界的天使。

童年的日子是彩色而耀眼的，能與他們天天面對面，我彷彿回到純真無憂的童稚歲月，那不知人世悲苦的年歲，一生只有一次啊！馬克士溫的話深得我心。可是，那時懵懂的我，怎知珍惜？船過水無痕，日子就這般瀟灑，卻也輕飄而逝……。

成了「孩子王」，那愛玩的童年往事，時常無意間回到我的夢裡：那令人心曠神怡的布袋戲世界；那令人難以忘懷的摸魚、抓蝦、捕蟬、釣青蛙；在大雨中與夥伴爭撿稻穗、翻土撿番薯的情事，好像是一道可口又耐咀嚼的佳餚，是一幅幅永不褪色的圖畫，又是一首首令人回味無窮的童謠。

回味這首甜美芬芳的歌，將隨著我的工作繼續吟唱下去，唱出生命的美善和快樂，直到永遠永遠……

（二〇一五、十二、二十二更生日報更生廣場・大家談版，題目名『工作如首歌』）

第五十三封：七六年三月二九日（佚）

林生（臺北縣埔墘國小教師）致函林老師（臺北師專語文科副教授）

第五十四封：七六年四月一日，提升自信心、長篇文字有份量

林老師（臺北師專語文科副教授）回覆林生（臺北縣埔墘國小教師）

萬來賢弟：

三二九來信及二文（其一是：「父親的天空」）已收。上次來舍，未好好兒招待，又收下

給小孩的壓歲錢數目多，至感歉疚。

現代日報大概尚未發表拙文，因我介紹學生優秀作品多篇已刊出，且依期各寄一份給學生。諒以後如刊出拙文也會寄下一份的吧！請放心。

大文兩篇已拜讀，均有神來之筆。信中充滿反省、進取、謙遜；唯一欠缺的是「自信心」。以後多盡力就是，不必太客氣，那會折損自信力。

又可構思長篇一點的文章，散文、小說均可（小說有短篇五千字左右練習起，看晚報等可學習小說寫作）。一流的文學，還是重「量」的。敬祝

春祺

宗愚政華敬上

七十六年四月一日

【附錄：父親的天地／林萬來】

（一）

父親結束田裏的工作返家，常是伸手不見五指的夜晚。他把老舊的機車擺好後，身上的工作服還沒有脫下，第一件事就是趕到豬圈餵豬。除了餵飼料、甘薯葉和牧草外，還得步行一段路到幾戶鄰家提回餿水。

時常為了豬飼料，冒著寒風和大雨，他騎機車到崙背市場去購買。在他沒有機車之

前，常踩著老舊的鐵馬，科隆科隆的聲響，陪著他載運兩大包一百斤的飼料，來回踏了六、七公里路才到家。他常說，人不吃一餐可以忍耐，而豬一餐沒吃怎麼行？所以，無論他田事多麼的忙碌，一定要把大小豬群餵飽才放心。有時一看到小豬仔和母豬沒有飼料，就顧不得自己的飯有沒有吃，就立刻採購飼料去了。

每當我放假在家的日子，天將烏黑的傍晚，仍未見父親下田返家，我就提著餿水桶，到鄰家一一收取廚餘。在過去年紀尚輕的時候，偶爾會替父親去提餿水，總會感到不好意思，感覺自己好像低人一等，有一點兒不自在，好像別人都在注意我、笑我；所以，常是低頭行走，不敢大方的抬頭挺胸，趕快倒完餿水就離開現場，從不知道要和鄰居大小打聲招呼。

那時候，提豬食是我不喜歡的工作之一，但是，為減輕父親的工作負擔，我仍然硬著頭皮，每天去鄰家提取。現在，我長大了，也利用放假在家的日子去提豬食，但已不在意別人的眼光，只覺得這是我應該做的事，也漸漸能體會到父親為這個家而養豬的辛酸和勞累。

每次母豬生一窩小豬時，若遇到豬價低賤，父親就將小豬免費送給他人去飼養。有幾次在家，吃的豬肉正是別人把小豬養大的。某次，與嬸嬸談及養豬事情的辛苦時，她告訴我，當碰到豬價上揚時，一窩小豬是農家一項很不錯的收入。當年，我們兄弟讀書沒有註冊費，都是幾窩小豬幫的忙；否則，借貸不易，又得看人臉色，如果沒有養幾頭母豬，我們很難安心度過求學歲月。一經嬸嬸說出那段往事，使我對家中的這群小小豬仔有了新感受，偶爾走過豬圈，我都會以感恩的心，對裡頭的豬群深情的行注目禮。

有一年的春節前夕返家，有一隻母豬正生產了十一隻小豬不久，每隻都活蹦亂跳的，非常潔白可愛，抱起來軟綿綿的，很討人喜歡。尤其當母豬平躺下來的時候，每隻小豬都使出渾身解數的吸奶，那種快活勁，逗笑了我們。

每當夜深人靜，在臥房歇息的時候，可以聽到從豬圈裡傳來小豬正在爭擠吃奶的刺耳叫聲。走過豬圈，看到不分晝夜的父親正顧守在小豬的旁邊。有一兩次深夜，老爸讓刺耳的小豬叫醒，下床前去查看一番。又有幾次的晚飯桌上，沒看見父親用餐，哥哥說，大概又去找獸醫了；由於寒冬天氣變化無常，有幾隻小豬奄奄一息，獨自躺在豬舍的一角，不肯吸奶，父親不得不摸黑到市鎮去找獸醫來診治。聽說，這已是第四次了，每回三百元不等，可見養豬真的不容易啊！

（二）

我在家的時日少，離家求學、工作的日子多。每次要離開故鄉，總因不能繼續分擔父親的農事工作而難過。如果我現在仍在家裡，就能做一些較不費體力的瑣事，例如：到田間去割割牧草，或到鄰家去提提餿水。

猶記得十多年前，父親和叔伯分家，要搬離祖茨時，因父親與他們合資花不少錢鋪設的水泥庭院，與二伯父有些爭執，所幸後來和好了。那件事，在我幼小的心靈中留下了一個陰影。當時，二伯父家人丁眾多，每天都有不少的殘羹剩菜，因此，父親要他們把它留存起來給我家的母豬吃。我家住在庄頭，二伯家在村子的中央，每次提餿水，他家是最遠的，所以過去我提廚餘最不喜歡到二伯家。在異鄉的我可以想像和體會，當我不在家時，父親為了餵豬而到二伯父家提餿水的尷尬情形。

我們兄弟出生較晚，所以能受到良好的教育，對於粗重的農事便不能勝任。尤其那一段兄弟倆負笈在外的歲月，跟父親學做農事的機會很少，學校畢業進入社會工作，對農作更是陌生。所以，已經有父親一半年紀的我們，始終無法卸下父親肩上的重擔，就連如何餵豬的小事做得也不太順手。有時候，即使到鄰家提個廚餘也不太肯，好逸惡勞慣了，好像一點也不像農家子弟。

（三）

清理堆肥的工作是相當累人的，不但要耗費體力，還要忍受刺鼻臭豬糞味的侵襲。父親利用一大早的晨光，帶領我們兄弟穿上工作服和雨鞋，整理豬圈旁的一大堆堆肥。他教我們用鋤頭和圓鍬挖到塑膠畚箕裡，再倒到牛車上；有時候，也直接用鐵耙子挖送到牛車上。他事先把幾包肥料送上車，在牛車前後堆壓成兩道牆，這樣，牛車經過顛簸的石子路面，車上的堆肥才不會掉落。

當我和哥哥挖得沒力氣時，就輪流爬上牛車，一面踩踏堆肥，一面休息片刻。要挖滿一牛車，需要一個多小時的光景，而牛車出門到田裡一公里半的路途的運送，也需五十鐘左右的時間。將堆肥運到已經收割水稻正在曬田的田裡，要把它再從牛車上挖下來，再擺放成一小堆一小堆的，也頗費工夫。等以後要用耕耘機鬆土的時候，再用畚箕和鐵耙子灑散成一行行的。

可見要將清理堆肥和運送到在田地裏，是多麼費勁和辛勞的事情。然而像父親這樣村里公認的好男兒，卻從不認為是苦差事，常與我們分享從事農事耕耘與處理堆肥的感覺；樂在其中的父親，和我們對這些事的感受，真有天壤之別。他總是默默地在田地裡耕耘著，艱辛無畏、孤獨的守著日月星辰，期待老天爺賜給我們一季又一季的豐收。

（四）

生於農家，長於農家，對於耕種莊稼的種種，卻是那麼陌生。我長大、茁壯了，留不住青澀的成長痕跡，然而歲月腳步幾近無情的在父親黝黑的臉龐上，留下操勞的刻痕。只見到刻痕年年加深，自己卻無能為力將之撫平。別人家像父親的年紀，已是兒孫滿堂，粗重的工作均有兒女代勞，享受後半生含飴弄孫的清閒，而父親全沒有。

在天寒地凍、酷熱難耐的季節，仍得上工：播種、插秧、種菜、種瓜、鋤草、噴藥、施肥、收割和整地等等工作，一手擔起。常是為了趕工，天剛濛濛亮，沒吃早餐，就匆忙上田去了，到了中午才回家，一天吃兩餐。這是不吃早餐就去田裡工作的我無法忍受的，更何況要工作大半天？父親的習慣是上田耕作，必須要告一段落，他才願意休息。所以，難免常在夜裡，甚至是我們上床睡覺時，才聽得到他回家的機車聲。從不計較我們吃過的剩飯菜；有時候，我們把好吃的菜都吃光了，他也不以為意。可知他的生活觀是多麼恬淡、隨遇而安！

我總是難以感受高齡的父親，仍然天天規律的過著與莊稼為伍的生活：養豬、種菜、種田，不與人爭的胸懷。他的情感和力量已融入了那一大片田園，這是可信的，也可以感受到的。以大地的一切榮枯為他的榮枯，大地生命的存在和綿延，就是他生命和生活的全部。他在我的生活和生命現象中，是一棵壯碩、永遠翠綠、永不凋謝的長青樹！我衷心的感謝這一片大地賜予我的一切，更感謝終年為大地耕耘奉獻的父親！

（原題為「父親的天空」，刊登於民國七十六年一月，幼獅文藝）

第五十五封：七六年四月二五日，多讀世界田園文學、寫作三建議

林老師（臺北師專語文科副教授）回覆林生（臺北縣埔墘國小教師）

萬來宗賢弟：

最近因趕寫升等論文及趕作文抽查，一切信件都遲回，敬請原諒。您的兩篇大作均拜讀過了，依舊感人。以後如有大作，沒有時間性的，可不必客氣，先寄下給我看看，再投稿；如此，可以免除印出後再更正已晚之憾。而且，也可能較容易被錄用。文中我的批改僅供參考用，不一定就比原文好。

田野作家，讓人敬佩，我也來自田間，真羨慕有一畝半頃可以耕種的人家，也可以重溫童年舊夢。您可說是自始即是鄉野作家；像陳冠學「田園之秋」（吳三連文藝獎）、粟耘的「空山雲影」，可能對您的寫作會有幫助，不妨買來看看（我沒書）。

作文、寫作要求最好，當然須有天份；但中、上等成就，則靠努力：多看好作品；好研究深思；多聽專家寫作經驗及意見；多請人家修改。因此，有幾件事情你可以試著去從事：

一、多聽文藝作家的寫作談。

二、多看文藝作家的評論作品高見（如：每年時報、聯合報文學獎評審會議紀錄等）。

三、可將過去我所改的您的大作重謄一遍，一方面可以作為以後出散文集的參考，一方面在謄時仔細研究我為何那麼改，揣摩文章寫作法。我在師專行之多年，稱為「重謄作文教學法」（去年六月，國教月刊有文），學生反應其效果頗佳，不妨一試。

四、有空可以再多觀察、訪問，以客觀心態去了解農人及農村各種生活、思想、心態、希望、苦樂、憂慮或無奈，還有農業知識。

又如：茶農、花農、牧人、漁家等，均屬農業，這方面您表現得較好，所以，您已有農鄉基礎，不妨一輩子以田野作家自居。而如上所述，擴大自己的了解，以更寬廣的筆觸來關心全世界的農人（外國文章、問題也要了解）。天地一廣闊，則心境為之開朗。

事實上，每一個人都應根植於農田泥土，那是最原始、自然而無涯的天地，可以自在徜徉。退休以後，我擬在中部覓得一竹籬茅舍，重過幼年無憂的田莊歲月，屆時請您介紹介紹。敬祝

快樂

宗愚政華敬上

七十六年四月廿五日

第五十六封：七六年六月四日，修辭法與寫作、身體第一

林老師（臺北師專語文科副教授）回覆林生（臺北縣埔墘國小教師）

鵬來宗賢弟：

再寄回三篇大作，重謄後可以發表。修辭學的書，如黃慶萱的，可在三民書局買到。『清通與多姿』（黃維樑著，在時報出版公司）也可以看，對寫作很有技巧上及避免錯誤上的幫助，不妨一閱。

不知有沒有由我修改過而刊登出的作品；如有，請六月十日前各寄一份給我；請寫明日期及報章雜誌名稱。

芝山兒童文學獎前已蒙樂助，感激不盡，不好意思再讓您破費。雖然郵撥號碼不

會改，但仍希望 您多注意攝取蛋白質，不要太虐待自己，身體一不照顧，後患即無窮。祝

好

宗愚政華上

七十六年六月四日

第五十七封：七六年七月八日，初戀、觸發鄉園新題材、行萬里路、首屆學生如長男

林老師（臺北師專語文科副教授）回覆林生（臺北縣埔墘國小教師）

萬來賢弟：

多次來信和大作均收到了。一個人的初戀常是失敗的，但勿因此灰心，因為那是以後成功的最好經驗與保證。不到絕望（對方結婚），絕不輕言放棄（對方理智而清楚的表明者例外；否則，常是對方考驗你的小把戲，要專情，繼續努力）。

最近數篇文章，在題材上較窄，表達上也較弱。以後可以選擇真正好的，不可不寫的題材才寫，把時間多用在觀察、體會、構思文章上；這樣，可能所寫的文章，就會更成功。文章在精不在多。

還鄉過不相同的生活，是一大福氣；因為有不同的體會、思考與成長。不要還念念不忘原來的生活和環境。如發覺現在環境對你沒有多大助益，則可回到原來的環境。到任何一環境，如能完全投入，去了解、體會、思考，則不難有新的觸發。

其實也不要固定在一種環境中。多經歷各種新環境，可從中作比較，可能對思想的刺激，更有助益。因此，有空也可到中部或南、東部的各地方，各社會場合走走。幫家人種田雖是一件大事，但不是一個人生活的全部；有任何活動，都可去參與，行萬里路，才有豐富的寫作題材與人生。對感情生活亦然。

看「校緣」一文，知向同學租屋，是否為同班（六九級甲班）同學；如是，以後請告知是誰？也請先代為問候一聲。你們是我到北師專接的第一個男生班，雖限於高低年級之分，只教一年，但印象卻是最深刻的，如家中的長男一般，時時懷念你們。上月，黃寬裕也得了臺北市文化復興比賽論文獎，國語日報上有。祝您

暑假快樂

林愚政華上

七十六年七月八日

第五十八封：七六年七月八日，外貌與交友、門當戶對有道理

林老師（臺北師專語文科副教授）回覆林生（臺北縣埔墘國小教師）

萬來宗賢弟：

看了「情弦在成長的路上輕輕撥動」，才清楚的了解您的喜與悲。情是緣，勉強不得，但外貌常是給俗人看的重要標準；因此，今後在外貌上、表情上、衣著上，希多加注意、修飾，才能吸引少女的心。並且在交女朋友過程中，要假以時日，作長期奮鬥，因為日久見真情。因為您不易第一眼就給人看上，只有多交往一段時日，才會發覺您的長處；其實這樣的感情也比較可靠。

又您也不要太重對方的外貌、太漂亮的，對方卻看不上您，您只好常失戀了。如果看上相貌平順的，那就較易成功；即使「村姑」，心地好，肯幹，也不失為好對象。

婚姻路上，總要了解自己，自量其力；美的欣賞是一回事，喜愛又是一回事。又不要自限對象範圍；如肯下鄉種田的女孩，如今恐怕沒有半個，因為太苦。所以，不要希望對方下鄉。您也不一定要調回鄉下服務；等老了，再回去也可以。

此祝

身心愉快

宗愚政華敬上

七十六年七月卅日

今天教育部剛通過升任教授，順此奉告

第五十九封：七六年八月六日，平淡與平靜的追尋、戀愛成家的苦與樂、獨身成大事

林老師（省立臺北師院語文教育學系教授）回覆林生（臺北縣埔墘國小教師）

萬來賢弟：

今天國語日報有大作「父親的榜樣」。文雖好，而題目當改為「我的榜樣——父親」（或「我最好的榜樣」）；榜樣即模範，父親的模範是誰？

來信已收，揀選些報紙副刊及佛學刊物給您，聊充暑氣中的精神清涼食物。佛學以「愛」為苦源，人生乃是一大苦海；偶爾得找一點快樂——只是暫時性的，樂後又馬上回到苦中。人生求得平淡與平靜——不苦也不樂，是最大的目的。

有男女之愛，日後結婚、家計、生育、養育……總有不少的苦痛；如不生愛，不結婚，則可免許多苦。而從事單身漢容易做、須投入全部時間的工作，則貢獻必大。又現代女孩子多耐不了苦，男友、先生太節儉，她們是看不上眼的；尤其做農，她們更不喜歡。

今後希望您擴大生活、思想與心靈的領域，盡量不為情所困。敬祝

暑安

宗愚政華敬上

七十六年八月六日

【林老師旁白】

信中，筆者提到：「從事單身漢容易做、須投入全部時間的工作，則貢獻必大。」近數年，我開「世界智慧文學」課，在講義中引到英國思想家法蘭西斯．培根的Essays（『論文集．談婚姻與獨身』）中，他也說：

「最好的、最有益於大眾的工作，都是獨身的人或沒生子女的人所完成的。」

【附錄：我最好的榜樣／林萬來】

今年父親節的來到，使我想起去年的七月，父親為了固守田水，頂著午後炙熱陽光，忍受挨餓的事。那時，多少農人望著酷熱炎炎的氣候而憂愁，望著乾裂的河底而悲傷嘆息；天天的勞碌，為的只是一些能供耕種灌溉的田水。因此，有抽水機的農夫就日夜不停地抽水；沒有的，就得守著水利會的抽水馬達分一些水來耕種。

有時為了爭那一點點水資源，彼此會不顧住同村里的情面，吵得臉紅脖子粗。有人說，莊稼是農人生命的一切，但雨水又何嘗不是呢？那時的父親為了田水，就常常早出晚歸，他不識「勤苦、勞苦」的字眼，但為了我們全家大小，不得不辛苦的守護田園，伴隨著星辰與日月，守著耕耘田園的孤獨和寂寞。

負笈異鄉的日子裡，只有寒暑假在家，父親從不要求我們兄弟上田幫忙；有時下田工作，比較粗重的農事，也不給我們做。放假在家，常會遇到村裏的熟人，他們總會叮嚀我們說：「你父親拚老命地工作，供給你們讀書，長大後，你們要如何的孝順他們？……」聽過這些訓誨之後，一股辛酸湧上心頭，我低頭，無言。

父親終年的與泥地為伍，天天做同樣的工作，既辛苦又單調乏味，箇中滋味豈是年少心靈的我所能體會？在農忙期，我和哥哥跟隨父親拿起鋤頭，在大太陽底下揮汗修鋪田埂，挖補要種各種蔬菜、花生和甘藷等田壟的工作，終能明白做農事的不易，要有耐操的體力和定力。因此，當我幸運地能一路求學，在陰涼的教室內唸書的時候，就會聯想起村莊裡那些熟識的叔伯對我戲謔的問話：「讀書辛苦？還是做農事辛苦？」這些話語帶給我的警惕和勉勵，我都謹記在心。

在就讀臺北師專四年級的那年暑假，父親的小腿受傷，哥哥和我到田裡幫忙施肥，我背起滿滿的肥料桶子，在稻田的軟泥中寸步難行；曾有數次差一點要跌坐在秧田上。肥料的粉末如飛砂飄入眼睛；幾趟下來，肥料細粉黏在濕透的汗衫上，粗重的負荷與難受，也使我想起某次父親腳趾受傷依然下田施肥的事。

那次，父親上田忘了帶茶水，我依照母親的吩咐送茶水到田裡；他工作到一個段落，停下來喝些茶水，接著又背起了肥料桶子繼續工作。那時，剛好鄰田的嬸嬸在巡視秧苗，看到我到田裡來，便走過來跟我聊天，她說：「唉呀！你爸爸一大把年紀了，你應該跟他學學做農事和種各種莊稼；不然，像他腳受傷了還得下田，不是很難為他嗎？……」

父親這棵大樹，為我們一家遮風遮雨的，他每次從田裡回家，不曾聽他說過一次累；子女們那能明白他終日辛勞，為孩子成器成材拚鬥的心？看著他灰白的髮絲在微風中飄揚，和那漸去漸佝僂的身影，為自己無能為力挑起他肩上的重擔而自責萬分。

那次以後，我假日返家，放下自以為是的身段，用心體驗真正的田園生活，也感受到大地萬物欣欣向榮，自強不息奮進的啟示。嚐到和父親一樣肉體的疲憊與酸楚。施肥和噴灑農藥所造成的筋骨疼痛痠麻，讓隔天的我下不了床；這使我能徹悟生長在清貧之家的子弟，能追求知識學問是相當幸運和可貴的。希望有朝一日，能以個人所學，貢獻智慧心力，多多照顧農人的生活。

多少的父親節過去了，我依然不知道父親的年紀，也沒有刻意去記憶他的生日是那天？直到有一天，看見他吃完飯後，從嘴裡拿出兩片假牙來清洗，當他的癟嘴顯現在我的眼前時，方才驚呼，我的父親老了，老得已經沒有半顆牙齒了呀！仔細看他的容顏，全白的鬢毛在黝黑的臉上特別顯眼，一條條深陷的皺紋，刻畫著父親多少年來辛苦的印記。有牙齒的人哪能感受到他用那沒有牙齒的嘴巴，去咀嚼食物與面對未來人生，是何等的困難與吃力！

那年七月有天上午，父親做幫伴工替人挑秧苗，工作告一段落，回家才十點半左右，又趕著上田裏看守田水。午飯時，仍未見父親返家吃飯，我便騎上單車到田裡換他回家用餐。一路上，雲堆得很高，一股股的熱浪從沒有一縷風的原野包圍過來，連日來的熱氣奔騰，讓人感到每一吋的土地都有崩裂的感覺。

遠遠就傳來汲水引擎的聲音，站在小工寮旁的父親正拿著草帽在搧著風，我用勁猛踩單車的踏板，低頭看到快速通過小徑的轉輪，不禁感觸萬分，父親就像眼前不得停歇的車輪，在炎熱的艷陽下，仍得奔波前行。

幾個年長的姊姊早已出嫁了，家中只有哥哥、我和妹妹，母親常說：「要是咱們的男孩子早出生，你阿爸也不必這麼辛苦！」上了六十年紀的爸爸，常為了賺點微薄的生活費用，就得挑起經濟的重擔。每當村里的熟人和父母在一塊兒聊天時，總會戲謔地說：「你們實在好命呀！至今仍有兩三個大孩子在唸書。」哪是好命？是拚老命才對；雙親苦在心裡，笑而不答。

「爸爸」這個名詞，在我心靈中，闡明著生命傳遞的一種莊嚴，代表著全家生活的支柱和無限的支援；在平淡的歲月中，有偉大而深層的意涵。從懂事以來，就覺得老爸很忙，少有時間和他相聚聊天；尤其國小畢業後，離鄉念初中以後更是如此。偶爾和他一起吃飯，很少說話互動，不曾談些什麼？他也從不刻意教給我們什麼？但他以無言的身教，與人不計較、忠厚勤樸的個性、謹慎認真負責的做事態度，樹立我們為人處世的準則和標竿，使我們兄弟姊妹學會了堅忍、耐煩、自我負責的生活態度，坦然的接受成長和社會現實的考驗，從而求得踏實而有義的燦爛人生。

三十幾年來，我長大茁壯了，也在社會工作，有能力減輕家中經濟生活的負擔，而父親依然如昔日辛勤的工作，沒有改變他淡泊的生活方式。與從前不同的只是，他把騎了二十幾年的破舊鐵馬放進矮屋裏，換上小天使五十的機車；把那破舊變黃的草帽換成一頂新的。每當我在書房裡投閒置散，聽到熟悉的機車聲由遠而近，腦海就映著滿頭白髮的父親戴著草帽，騎著紮上鋤頭圓鍬的鐵馬，頂著大太陽奔馳在原野的石子路上，……。同時湧起小學唸過的那首憫農詩：「鋤禾日當午，汗滴禾下土。誰念盤中飧，粒粒皆辛苦。」不再是一個概念和字面的意義，而是農家赤裸裸真實生活的寫照。

如今的我，身在北部都城的異鄉做個春風化雨者，每到八月，慶祝父親節氣氛的濃郁，總使我思想起遠在雲林偏鄉從事農作的老爸、與他一起從事農事的種種。對父親數十年來辛苦的撫育和教導，表示由衷的感激，同時祝福他與世上為人父親的，永遠喜樂、平安，老康健。

（七十六年八月六日，國語日報家庭版。改題）

第六十封：七六年八月十四日，生命的擔當、「文學生命」苦締造

林生（臺北縣埔墘國小教師）致函林老師（臺北師院語文教育系教授）

老師：您好。

由接觸、排斥到接受，投入農作，暑假的日子已剩無多；尤其今年區運（每年一次的臺灣區全國運動大競賽）由北縣（案：今新北市）承辦，因而提早一週開學。所以，在故鄉的日子已剩不到十天，二十四日那天就要返回板橋（埔墘國小）了。

這些天，一有空便把老師寄來的文章和雜誌翻讀一下。自感受益非淺；也許是這段日子，心情較定的關係。

拿得起、放得下，是很高深的生命哲學；而我便是缺乏這種擔當的人。很奇怪，多年來依然改不了那種個性。在您寄來的文章中，「拓展心靈的版圖」一文中，有本事就有信心，很有啟示性。最近也向鄰居借新生報來看，獲得很多。

八月六日的拙文，生已翻讀。這篇也不知是何時寄出（投稿）的，可能很久了，所以連內容覺得新鮮呢！（案：報刊稿擠，常數月後才見報）看了新副「綠葉心情」、謝新福先生（案：謝校長為散文作家、兒童文學家；曾於臺北師院暑期部修讀林教授的『兒童文學』課程）的「野食」，也許那種的，才算是文章吧！

總之，沒有老師多年來的照顧，我想一定沒有這段「文學生命」的。再次感謝；並感激為生寄來那麼多書籍，以及多次的訓誨。謹此，敬祝

快樂　如意

學生萬來敬上

七六、八、一四，夜十時

【林老師旁白】

『拿得起、放得下，是很高深的生命哲學；而我便是缺乏這種擔當的人。』

鵬來自白說缺乏「拿得起、放得下」的擔當，客氣中也透露他的性格。這種矛盾的、常多變的性格，正是作為一位寫作者的心靈展現。鵬來多愁善感的心，總是如此敏銳，支撐他多年來的寫作，從困境中走出來，超越自己，提升自己。

看著他孜孜矻矻於創作路上，跌撞、奮起，含笑收割，已出版多部散文集，心中，就滿懷安慰與祝福。

第六十一封：七六年九月五日，創作在一吐為快、『周易經傳本義新詮』、『中國的詩』

林老師（臺北師院語文教育系教授）函林生（臺北縣埔墘國小教師）

萬來賢弟：

上月卅一日你來，因改幼專試卷遲回，沒見到面，反而見到你親種親收成的香瓜，又大又甜，你太客氣了。以後來寒舍，絕勿再帶東西，一言為定。

「愛聽廣播的歲月」大文，本剪下要寄上，你既已知道已刊登，則作罷。寫作是一種內發的活動，有不得不吐露的心聲，則放下手邊工作，一吐為快吧！反之，如不吐亦無妨，則繼續幹手邊工作，可也。

東吳十七日開學，師院則廿一日；今年只教三班國文（共十三堂），文法退掉暫不開。又夜間部也將有兩堂課。另寫『中國的詩』及『易經新解讀本』兩部書。林景已上國一，將多花些時間照顧、指導他。總之，一開學，人人忙，還有許多事。

你大五的生涯開始，好好的用功，明年本校進修部剛成立，你已畢業，可見你當初的高瞻遠矚。早一年畢業，對薪水及繼續研讀研究所課程，均有幫助。學位所代表的應是人的程度；但學位備而不用，一旦需要，即可派上用場。

每週二下午二至四時，在新生南路一段一號（工專旁）國立中央圖書館臺灣分館四樓有「少年小說」研討會，免費，可來參加，至十月三日結束。敬祝

暑安

林愚政華敬上

七十六年九月五日

【林老師旁白】

『中國的詩』自一九九七年撰述完成後，幾經波折，直到二〇〇一年五月，才由正中書局印行。

書中，選取自『詩經．采葛』、樂府詩「上邪」，直至胡適「祕魔崖月夜」的五十首好詩。在加以賞析，簡介作者之外，對詩中關鍵字詞也詳加解說，並予英譯，以方便海外台、外人士賞讀。

而所說「易經新解讀本」，就是二〇一一年八月，由開南大學出版社出版的『周易經傳本義新詮』，自覺學力所萃，詳細、精審，頗便自學與教學者。

【附錄：愛聽廣播的歲月／林萬來】

我從小就是聽廣播長大的。小時候，那幾台小電晶體收音機，是我們全家生活的重心。

我們時常在吃飯時或飯後，收聽各個電台的廣播節目。從傍晚七點到八點的布袋戲，是哥哥和我最注意的焦點。「六合三俠傳」的黃俊雄布袋戲，沒有一天不精彩；每天的情節不同，故事內容生動感人。「結果如何，請聽下回分解」，常在最緊要的關頭響起，令我們兄弟耳根發熱，期待明天節目的來臨。

夜晚八點到九點的聯播節目，在那時家裡既沒有電視，也沒有報紙的歲月，是全家精神生活的寄託，尤其能知道社會的新聞點滴、國家的大事，以及在世界上發生的消息。讓我記憶深刻的是，每個星期天的聯播節目，都由中廣的廣播劇團演出精彩的單元劇，劇情改編自社會寫實小說，情節溫馨感人，每位劇中的男女老少盡職的說唱演出；我們好像也能看到栩栩如生的動人畫面，把兄弟倆帶入另一個生活的時空。每部廣播劇都在反映現實人生，令人盪氣迴腸，意猶未盡。廣播帶來課本之外的知識，讓精神生活更為充實，為貧乏的童年歲月增添豐富的色彩。

有時候，為了隔日的農作，得提早上床休息。我就把收音機放在耳邊，清幽的音樂和當年的流行歌曲，陪我一起做夢，伴著我們進入美麗的夢鄉。有時候，星期天晚上，聽到令人難忘的廣播故事，總是會沉思冥想的難以入眠。那種感覺，彷彿是山澗的清泉，潺潺緩緩地流淌著，永不停息，……

逐漸長大，會在田間一面工作，一面在腰間皮帶上繫著小收音機，收聽電台的廣播節目。在田間工作的單調而乏味的時光裡，因為聽聽廣播的音樂和嬉笑逗唱的節目，在辛勞的時間裡也會過得特別快樂。不管天氣多炎熱，音樂和歌曲的流盪，使心靈得到一股清涼和慰藉。

早期，家中只有一台電晶體收音機，所以全家長幼有序，由姊姊們先收聽，她們陸續出嫁後，那台收音機便落在哥哥的手上，哥哥到異鄉求學便輪到我了。每次田裡種花生或美濃瓜，需要拔草，我一大早起床，便找尋收音機，看看電池的電力夠不夠？那一段歲月，收音機伴我成長，伴我快樂，使我不致厭倦單調而乏味的幫農生活。不管做甚麼事，都熱愛收音機的廣播節目，即使洗澡或如廁時，也一定把它帶在身邊。

有一次，我上蓋在豬圈內的廁所，把小收音機放在豬圈圍豬的磚牆上，陶醉在講古的節目中，非常喜悅。沒想到才不過一會兒，就聽到廁所外一陣破碎聲，很快就聽不到收音機的聲音了。等到出了廁所，才發現到我心愛的收音機已經被老母豬一口咬碎、咬壞了。看到那體無完膚的收音機，我頓時眼冒金星，心中一片茫然，腦海一片空白，悲憤極了！那曾是我工作的貼身夥伴，是家中的一員，陪伴過家人度過了一段不算短的歲月，如今卻毀在老母豬之口，太可惡了！除了自責，啞口無言外，也太可惜了這尚能收聽的收音機。

在半個多月沒有歌聲伴我的日子裡，生活和下田工作老提不起勁，吃飯、洗浴，耳際少了美妙的旋律的陪伴，好像少了一道最感可口的佳餚。日子過得混混沌沌，好像失落了什麼似的。父親問起我怎麼沒在收聽收音機，我詳細地告訴他，他沒說話。隔天，我在房間的櫃子上，發現一台嶄新的收音機，淚水不禁奪眶而出……，真是感謝父親對我的愛。從此，我的精神又振作起來，日子也美好起來。

負笈異鄉，在學校的單身宿舍裡，看到同事購買的收音機，相當羨慕。等到工作了一段時日了，生活感到枯燥，才想起老家的那部紅色中型的收音機。兄弟姐妹都不在家，父母也很少聽，我趁返鄉之便，把那台收音機從南部帶到台北，重溫舊夢。

每次下班回到客船般的小閣樓，便扭開電台頻道，讓音樂充滿閣樓，也驅走寂寞的心靈。在歌聲旋律中，回味舊時光，回想在故鄉的田園歲月，以及那段聽聞布袋戲的童年生活。

現在的我，依然不改從前做甚麼事都收聽廣播的嗜好。在淡然的飄泊生涯中，收音機為我打開生活的另一扇窗，使我的生活更充實喜樂。聽廣播的歲月，使我恬淡知足，感受生命的純真和美好。

第六十二封：七六年九月二四日，鄉土情是文學園地奇葩、寫作即閱讀、國中教育有缺失

林老師（臺北師院語文教育系教授）致林生（臺北縣埔墘國小教師）

萬來賢弟：

看來又看去，還是覺得你有關鄉土情懷方面的作品最好，有情有淚，常令我讚佩不已；其實，我也有相同的感受與心聲要表達，但一直都拙於表現，因此，在閱讀你的作品時，就會深深的感動。希望今後多體會、挖掘、表現鄉土之情，那是文學中最純摯而永恆的東西，在文學史上是不會寂寞的。文學是有感而發，不得不表現的產物，有東西

就寫出來。寫作又是一種閱讀，有時甚至比閱讀更具有收穫，不是嗎？

這學期有三班國文課；其中一班是大一國文，學校重視，可能要多花些時間。三班作文，每次一百多篇作文，也夠瞧的。因此，文法修辭課明年再開。另夜間部有二堂課，東吳也有二堂課。因動作快，不會被難倒。據說明年本校進修部招國小教師六班，後年以後逐漸增加（在暑假），甚至將至三、四十班；那麼，暑假每週將排二三十堂課了，真不敢想像！那是「義務職」，除非出國，但院長如不批准出國，那只有硬著頭皮了。可見改制的後果了。以後聽說將再增設研究所呢！

民國八十年後，國小教師待遇將與國中齊，那國小的教學工作，將令人羨慕；因此，明年你畢業後，我想你有沒有必要甄選為國中教師？有小孩上國中，方知國中教育之偏差，如全年並無一天「早操」，由此可以見知其偏差之程度了。

很少到板橋去，沒機會去看看您及慶龍弟，希望代為問候。也祝

教師節快樂

林愚政華敬上

七十六年九月廿四日

【林老師旁白】

信中提到：

「寫作又是一種閱讀，有時甚至比閱讀更具有收穫。」

因為吸收力器在寫作；要先多閱讀，多吸收古今台外的文學乃至文化、人文、自然的許許多多智識，再轉化、內化為自己的感情心聲、思想見解。透過寫作，一經呈現，就會有不同凡響的成績。

第六十三封：七六年十月一日，徵文問題、交女友注意事項

林老師（臺北師院語教系教授）函林生（臺北縣埔墘國小教師）

萬來賢弟：

不參加沒有生命的論、徵文賽，是一件明智之舉。政府機關為了宣傳、政策等等，總會浪費不少公帑在無用的措施上，「雖不能禁，忍助之乎？」

很高興你有了中意的女孩兒，對待她，當以之為重心、多體諒幫忙和尊重她；如對方沒有欺瞞之心，一切依之也無妨。有空多與之通電、寫信、見面，少給老師寫信無妨。

又與之交往，不要太節儉、寒酸；一般女孩子如真正喜歡你時，那時她自會要求你少花錢；在這之前，你出手要大方些，否則，對方會以為你是守財奴，不重視她。又從前自己的醜事（祕密性）、戀愛史（男女雖結婚後亦守祕密為宜）均不可和盤托出，因女人忌妒

心強，好吃醋，常因此使感情告吹。

尤不可在女人面前讚美另一人之貌美、才華等。有空可以翻看一些談感情、戀愛、男女心理之書，方可成功，不致吃閉門羹。以上因喜於你有中意女，而將所知所聞，略提供參考。男女感情無一定模式，須個案處理，靠智慧。

上一封信有一頁沒裝入信封，抱歉。現補上。順祝

秋節愉快

宗愚政華敬上
七十六年十月一日夜

【林老師旁白】

看著年輕的萬來，在感情路上踽踽又坎坎坷坷前行，不知怎麼幫忙！只有就他所提、所描述的情狀，給予隔鞋式的建議；世間唯情無法指導；只有獨力去成就。本集由第一封開始，有許多封信都提到這，尤其下一封——六十四封，又：七十一封，所說原則最多。

第六十四封：七六年十月七日，為文關心社會、維繫感情六原則

林老師（臺北師院語教系教授）回覆林生（臺北縣埔墘國小師）

鵬來賢弟：

前後收了幾封信，都沒回，這次的信，不回是不行的，因為關係到您的婚姻等問題。感情是最不容易「指導」的，因為變數最多，千變萬化；不過，也有些原則。以下所說，有．則改之，無．則嘉勉。

一、選擇終身伴侶，要較長期（如：短期，則需深入和廣泛）的了解，你與她之間只見四次面。就談及訂婚，太快（唐突）了。女孩子多半不喜歡急性子（輕浮者），不怪你是登徒子已很不錯了。總之，多見面、多接觸、多溝通了解（包括寫信、打電話）。多到無法計數，才算多。

二、見面的方式要多變化，散步、吃飯（偶爾豪華一下，吃館子，不能讓對方以為你寒酸、吝嗇，不懂生活情趣。記住，現在女孩子願意過苦日子的，幾乎零）、聽音樂、看畫展、逛公園、放風箏等等，每次不同最好。尤其是她沒有的經驗，而只有男朋友保護才敢去做的娛樂，如：划船、坐雲霄飛車等。須知，女孩子嚮往一個多彩多姿的人生與戀愛假期。

三、學歷上不要自卑，您也將是臺師大畢業生；要常說您有意再進修碩士、博士課程，甚至留學拿博士；女孩子喜歡有志氣的青年；她可以在人前誇耀「他」的成就！見面多談談未來的希望、計畫，少談家鄉的苦農事。如今，願意回鄉務農、過簡樸農村生活的女子，也幾乎是零；不談也罷，除非她問起，再談農村。

四、高矮問題，您可以穿特製（加裝鞋後跟）的鞋子。過去，男女能一樣高以上，較好；但如今，已不太有關係了。

五、教國中，您也可以說以後想甄選國中教師，或參加國小主任、校長甄選。總之，男子一般要比太太強，她才有安全感，也會佩服您，為您勞苦。

六、平日多修邊幅，注意衣著、打扮得稍微時髦些。女人是不會喜歡不解風情的窮小子的。擦男性面霜吧！

十六日（週六）下午以後，任何一天（十八日週一夜監考，不行）如有必要，我可邀請你們吃吃飯、談一談，為你們的愛情打打氣。您和她說說如何見面，可由你們安排，我可以和你們聊聊。

寄上的中央日報第十五版是「輿情版」，每日見報；有話可以寫寫，作建議；但總以不犯忌諱為宜。許多教育、醫院弊端，你都說得很對。只好祈求當局、當事人慢慢改了，而我們多作建議了。有機會我會為小學教育多說些話。

寄上剪報，有空再看，不要影響了大考。你如有學術性（國學、哲學、兒童少年文學、佛學、文字學等）的報紙、雜誌文章，要丟棄不要的，可寄給我做參考。蒐集資料是做學問的第一步。（家有訂中央、新生、國語日報）沒有，則不要勉強。

又：多交幾位女朋友，多擴大生活圈，才更有機會認識好女人。勉之。祝您

快樂

第六十五封：七七年，重提建立學生關懷資料表

林老師（臺北師院語文系教授）函林生（臺北縣埔墘國小教師）

鵬來賢弟：

今天在國語日報看到您有關自然科教學的進言，極為高興。

上週，您來教室後，即向三戊（男女合班）同學介紹您，並希望女同學與您交朋友；因此，近日如有女學妹跟您寫信，請勿見怪，只盼誠心與之交往。

愚有夜間部幼教三丙陳美惠同學，家住永和福和橋附近，寒假二月起其幼稚園將增設國小才藝班，昨晚要我介紹作文及美勞教師，寒假白天每週一二次，下學期後可改在傍晚五、六時或週末、日上課，薪水面談。您是否可以擔任作文和美勞繪畫，或二者？如可以，請逕與之聯絡。或介紹給可靠、負責任同事。如不能和沒有，也請來電告知，我將再找六九級戊班班長為其設法介紹。

學生資料表可參考（另設計可也），對已教過學生作永久性檔案紀錄，一輩子與其均為師生也。

宗愚政華敬上

七十七年元月七日

【林老師旁白】

信中所提「學生資料表」，是每位學生設立一表，除基本的項目外，必加上動態紀錄，如：結婚生子、工作異動、成就獲獎、進修深造、……，凡覺得可記的訊息，都可以記入：完全了解學生的重要情況。把學生視為子女，就知道怎麼做。何況今天電腦發達，資料儲存便利得不得了呢！

第六十六封：七七年二月八日（佚）

林生（臺北縣埔墘國小教師）致函林老師

第六十七封：七七年二月十日，體會生活處處是書、悠然處世真鄉人

林老師（臺北師院語教系教授）回覆林生（臺北縣埔墘國小教師）

鵬來宗賢弟：

八日信收到，謝謝。約二月一日曾寄剪報到埔墘學校不知收到？因省立小學均在二日拿成績單（北師實小同），而趕寄去。內有三、四篇好文章。如沒收到，可至收發室問問。

陳美惠小姐日昨來電，說本擬請您教美勞，電房東，房東告知學校電話，但您似在

上課中，故沒有與您聯絡上，以後再借重之。

人生不只是讀書，求書本上的學問，最重要的是體會生活；如此處處是書，處處是學問，感於心，有一天一定可以發於言。例如：我小時農家經驗、鄉村生活的點點滴滴，時常流露在教學的課堂上，形成知識，有時甚至激發為他人所無的智慧呢！所以，我羨慕您有田可種，有真正鄉居生活可親身體驗，這些於今之我，皆為夢想，於是人也俗了。

三十多年前，那一顆鄉下人特有的樸拙之誠，失落何方？即使出身三芝總統，搞上政治，如果假言偽笑，也仍然是俗人一個，絕無陶淵明之純之真！希望一寒假的歸園田居，將孕育另一個陶潛的出生，勉之。悠然處世吧！傷風已好多了，多謝關懷。

附言：二月十六日返台中，二十日北上。

敬祝

春和家居大樂

宗愚政華敬上

七十七年二月十日

【林老師旁白】

「有田可種，有真正鄉居生活可親身體驗」，真的令人羨慕；是筆者終身的夢想：

看青青草地，有小溪流過，可以下水，感受四季水溫，還有鄰居無猜的關懷問候，更有安全有機的蔬果、清淨的飲水：人生夫復何求？美國的梭羅、英國的喬治．吉辛、臺灣的陳冠學與粟耘等等，都有特別的著作與事蹟傳芳。

第六十八封：七七年二月十一～二七日（多封，佚）

林生（臺北縣埔墘國小教師）致函林老師

第六十九封：七七年三月一日，文以吐心、林清淇人生、專心於事、募書、生活之樂

林老師（臺北師院語教系教授）回覆林生（臺北縣埔墘國小教師）

鵬來宗賢弟：

一連接多封信，至謝。也在中央日報「輿情版」看多篇大作；您關心社會、國家、天下事，至好。也有這類才華，今後可往這方面發展。至於純文藝的寫作，有不得不發的情與志（思想）時再寫；若為文造情而絞盡腦汁，傷身傷腦也。

林清淇同學我仍有印象，他頗有上進心，和您一樣，現「官拜環保署」，亦有眼光，請代問候，多謝。

今後多用力，少憂心，多自信，少和他人比較，自然會活得快樂而有成就、進展。婚姻是因緣，多結善緣（與各種人，如與老者，可介紹其女，如與其表兄，可介紹表妹給您……等等），緣份早晚會到；不必立志在幾歲結婚，四、五十再結也不妨啊！專心做事，注意緣份到時勿失之即可。

去年十二月，校長與學校合作社在春節團拜時，曾當眾宣佈徵求舊書、報，交合作社轉贈全院社員。我自己已捐出五、六十種（冊），已「江郎才盡」。如您有不要的舊書、雜誌，擬欲丟棄者，不妨送來給我放在合作社自由取閱。（如校刊、縣出刊物等，只要對在校生有參考價值即所歡迎）但也不要勉強。我會多方面向朋友募取。約六月中旬即止，因六月底任期到，即交棒也。

有時放開心去看電影、郊遊、打球等等，會很快樂；如太在乎前途、成就，則會悶悶不樂，於事無補。洋人曾說：「快樂的人也比較聰明」，不是嗎？祝

春安

林愚政華敬上

七十七年三月一日

【林老師旁白】

萬來信中所提同學林清淇，後來考取淡江大學公共行政學系，畢業後又進入政治大

學公共行政研究所深造，榮獲碩士學位。由行政院人事行政局幹事、科員做起。當時「官拜環保署」，即是在行政院環境保護署任科員。後轉內政部技士、專員、科長、簡任視察。再升任民政司副司長，二〇一五年初，轉任司長。他是班同學中棄教從政的一位「高官」；為人正直，做事認真，一步一腳印，如今所致成就，皆努力所得，非依附他人。

第七十封：七七年三月七日，找對象的要求、愛書方法、學位審查嚴格

林老師（臺北師院語教系教授）函林生（臺北縣埔墘國小教師）

萬來賢弟：

今天下午王秀芝老師來電，說有板橋人來信，寫的是她的地址，收件人卻是我，要我去拿。一拿到信，方知是您所寄。茲奉上參考（郵票為小女所剪）。

關於對象的選擇，欲求志同道合（如：喜寫作、美勞，如您所願者），實不很容易；因此，當求對方心地善良，能持家認真者；避免好吃懶作，為非投機者等，即可。高矮、樣貌、學什麼（可互補）等，勿太計較。

又您說在新店的朋友「她對生的感情未進展，彼此仍有距離等因素」，如您覺得對方尚可取，當由男方主動追求，而不是「她對生的感情未進展」。如她對您無意，追求

到她對您明白說或委婉的說「不」時，才放棄啊！女人因生理、情緒等的影響，有時熱有時冷，勿以一二次冷淡您為「未進展」（且其會以此考驗男的熱情、誠心、恆心、毅力等），而退縮也。

舊書事絕無勉強，因與您較熟，才敢寫信告知也。我昨日到國際學舍書展場，要了一些書局、出版社目錄及少數贈書，也可以撐撐場面。書蠹蟲、白蟻等，極為厲害，應全面翻查；否則，不久即成災。學校圖書館前些年曾患此災，損失慘重。平時要通風，多翻動才好。

去年通過的教授升等。近聞今年全國中文（國文）類送審三十多位中，僅有我一位通過，此證明教育部對名器授予的嚴格、品質的力求提升，可知吾人求學、做人等，均應止於至善，方能與國際學術相競爭與比較。

隨函奉上「校園倫理專輯」中拙文兩篇，敬請指教。敬祝

春祺

宗愚政華敬上

七十七年三月七日

第七十一封：七七年四月一日，行政主管易發揮所長、與同事為友、為小朋友週刊約稿

林老師（臺北師院語教系教授）函林生（臺北縣埔墘國小教師）

鵬來宗賢弟：

今天中央日報「輿情版」同時刊出你的兩篇文字，談教育的一篇還放在頭條上，真為你感到高興。以後要如這一次，談到較敏感、爭論的批判性文章，用筆名（可有幾個），以免惹來無謂的困擾。

又畢業後，有心的話，可考主任，以至校長甄選；因為在臺灣這一環境，要先有其「位」，才能施展自己的理想、抱負、作法和說法。否則，人微言輕，影響力大受影響。

春風上的大作，可另寄一份給王秀芝老師，她也極賞識和關心你。寄錯信後和她談及你，兩人都忘了已打上課鈴；我還要越過操場到明德樓上課呢。她打算為你介紹女朋友呢！但人選不易得。

「不再飄泊」，是你的夢想之一，希望早日實現。後埔的女老師，也是個文藝愛好者，很難得，相信會和你有緣；因為基本上，你是個文人（比我更像文人，感情豐富……），很能寫作。你不妨將一些作品給她看，和她談談。但也不要太勉強；多讓她說話，談意

見、希望、夢想等。兩人均愛寫作、欣賞文章，將會是志同道合者。預祝你成功。

友人溫貴琳先生主編『小朋友週刊』，本月廿日試刊，五月初創刊。請就所附十六項內容撰稿，需稿孔急，多多為他寫幾類幾篇。稿請以限時信寄給我轉交。

祝

春祺

宗愚政華敬上

七十七年四月一日

第七十二封：七七年八月六日，颱風災情樂捐、交友在心不在身、冒險為將來

林老師（臺北師院語教系教授）回覆林生（臺北縣埔墘國小教師）

鵬來賢弟：

十一日的信收到了。昨天報載由彰化至屏東等七縣市，豪雨成災，不知府上農田如何？甚念。昨日中午，以個人名義緊急申請學校進修部主任及院長，發起樂捐救災活動，也建議合作社撥款二萬元以上；但不知學校同意否？二十九年前的八七水災，如在眼前。想學校行政牛步化、現實化，恐石沉大海。但仍不能不盡人事，盡大學老師一己

的言責與道德勇氣而已。

新生報副刊近又刊你一文，你鄉土文章最適合新副了，以後可再多寫寫。

由來信中發覺您對女生的身高及學歷太重視了。女孩子矮一點有甚麼關係？可以穿高跟鞋啊。現在小學師資已提升至大學，換言之，大學畢業可教中學，也可教小學，端看個人選擇而已，薪水也沒有什麼高下之分。何況您也師大畢業了（不分日、夜間部）。因緣可遇不可求，女方都沒嫌棄您，您還嫌人家矮？

為了消除自卑，您或許可以甄選主任；國小主任在表面上當可配國中老師了。只要兩人互愛、家庭美滿，孩子會長得比我們這一代高的。總之，不要以外在偏見，影響內在人情感交往的重心才好。而況您可能返鄉幫助種田，現代的女孩子肯幫忙種田的，可說太少太少了，您還有何求？

又種田辛苦，我實深知。如果您實在不願意長年助父種田，則不妨明白說明、溝通，取得諒解，在臺北縣郊區落戶成家（可先租房，或買國民住宅等較便宜住宅）。做農常看天，天災一來，血本無歸。令尊年高，也不妨賣掉部分田地，助你買房置產，來臺北可以逍遙一下，或到處（國、內外）去玩玩，人生苦短，也該享清福，總要看開一點。子女勸告父母，總為他們好；有所責罵，不必太在意，隨時找機會將新觀念、新思想提供給他們，以「為他們著想為居心」，則容易成功。

在臺北，則要多做打算，如上課外，領的薪水儘量善用（可作可靠投資、搭會等）外，也可多投稿、編書（可與人合作），或其他正當方式賺錢，準備成家。對象應以賢妻良母型為考慮重點，勿以外表為取捨；自己長得也不是美男子，就不能太挑剔別人，不是嗎？

對於未來各方面，有時要冒險，看得沒問題，就去做；保持現狀，雖平穩，但沒有開創，就難以有大成就。順祝

暑安

宗愚政華敬上
七十七年八月十六日

第七十三封：七七年八月十一日（佚）

林生（臺北縣埔墘國小教師，臺灣師大教育系學士）致函林老師

第七十四封：七七年八月十八～九月一日，（多封，佚）

林生（埔墘國小教師，臺師大學士）致函林老師（北師院教授）

第七十五封：七七年九月三日，安排快樂生活、交友、做事需膽量、為兒童畫畫兒

林老師（臺北師院語文教授）回覆林生（臺北縣埔墘國小教師，臺灣師大教育系學士）

萬來賢弟：

多次來信及此次附寄一張郵票，多謝。郵票為集郵的女兒曉舲所珍愛，代她向您致謝。

本學年您已畢業，無課一身輕，今後可以多安排自己的生活圈子，如：看畫展（報紙上的每週五、六會有下一週的藝文報導）、登山（每週五報紙也有登山協會的週日登山消息）、郊遊等等，多認識一些人。姻緣是要自己創造的，主動積極一點，不要害羞、開口表現自我吧！不論交友、做事都要有膽量啊！

本學期我有大一國文、文字學、修辭學及四年級國文等十二堂課，東吳易經課雖已辭掉，但本院夜間部可能還有幼兒語文教材教法二小時，夠忙的。今夜寫完「劉大白研究」四萬多字，以後將集中力量在兒童文學的評論及推廣工作上。『小朋友天地』即日起不再奉寄，因為它似乎對您不甚有幫助，以後不定期改寄對您有用的書件。

又請不必每回均寫信，因為您的時間也寶貴，如無必要，則寫信可免。只盼您在身心各方面有妥貼快樂的生活，倒希望您在兒童文學及兒童繪畫上努力，以您的條件，不出三五年，一定會成專家的；成了專家，別人更會看得起，生活也會踏實快樂些。在北師，兒童文學就是沒有知音的同事，（王秀芝教授是長輩）真是孤單！祝

好

愚宗政華敬上

第七十六封：七七年十一月十日，賀語文縣賽作文冠軍、請調還鄉慎選擇

七十七年九月三日

林老師（臺北師院語文系教授）回覆林生（臺北縣埔墘國小教師，臺師大教育系學士）

鵬來賢弟：

恭喜你在語文競賽上的努力成就，十二月中的臺灣區大賽的成功是可預期的。因為以平常心對治得失心，所以會有優異的表現。

來信末段說得好，您如調回家鄉當然有好處；就看自己的選擇了。

敬祝

冬祺

宗愚政華敬上

七十七年十一月十日

第七十七封：七七年十一月十六日（佚）

林生（北縣埔墘國小教師，臺師大教育學士）致函林老師（北師院語教系教授）

第七十八封：七七年十一月十九日，準備全國作文賽方法、臨場注意事項

林老師（臺北師院語教系教授）回覆林生（北縣埔墘國小教師，臺師大教育學士）

鵬來賢弟：

十六夜來信剛收到，多謝。作文集訓如有明師指導，實是難得的好事；但一般多從表面上立言，文章堂奧仍應以古今臺外大作家的寫作技巧為準，可買些分析大作家的文論看看；並以發抒作者的所思所感為靈魂。不宜寫表面之文章，歌功頌德。

批改、評審作文，以沒有錯別字為基本；因此，你要極力消滅錯別字；口袋（包包）裡帶本字典吧！但字典也常有錯誤，多注意。有一錯字，即可能落入第二名以下。

作文訓練、比賽，以把它做好，為第一要務，不必管得失。毛筆字要不連筆，一筆一畫的寫；又要講究佈局。要求得太多了，高手也可能雲集；所以，不能想及名次，使自己心慌。如果高手少，才有機會。因此，就把它當作一種義務，不得不盡；如父母之於養子女，問心無愧，盡力而為即可。

多研究字的筆畫，多一筆少一筆均有其意義；文字學就是學這些的。敬祝

冬祺

宗愚政華敬上
七十七年十一月十九日

第七十九封：七七年十二月二五日，寫作的努力方向與心理建設

林老師（臺北師院語教系教授）函林生（臺北縣埔墘國小教師，臺師大教育學士）

鵬來宗賢弟：

十六日前一二日，本想寫信為你加油，並勸你不要緊張，但又怕因而帶給你壓力而作罷。

一般寫文章，評審多非「專」家，所以，只要有較為專門的內容而為評審所不知的，在內容上即有起碼的成績；因此，最重要的是形式及行文的技巧了。而這方面，評審又多見仁見智，且又多從俗而不能以慧眼識英雄（如：他們多半以為論說文不可抒情或寫景；實是大錯特錯。）你的文筆，我是知道的，因此，沒去比賽，我已知勝負了。

今後希望你專自己的本行——寫論說文以外的好文章。還有在語文知識，如：文字學、用詞、修辭，擴大生活圈子，以及人生哲學的增進上用功，性格與心靈開放些等，才能突破自己寫作的瓶頸。

不知今年作文題出甚麼？你是怎麼作的？如方便，則請告知。縣的指導人才較差，

培育代表沒有長遠的計畫，如何能有優秀的成績？其實整個臺灣區的比賽，也像例行公事一般，沒有真正的「臺灣國家語文政策」以及細密的推行做法。只是每年「大拜拜」一次而已。不談也罷。敬祝

新年愉快

宗愚政華敬上

七十七年十二月二十五日

第八十封：七七年十二月二七日～七八年三月三十日（多封，佚）

林生（埔墘教師）致函林師（北師院教授）

第八十一封：七八年四月一日，從媒體吸收寫作素材、『兒語三百則』、劉建春亦寫手

林老師（臺北師院語文系教授）回覆林生（臺北縣埔墘國小教師，臺灣師大教育學士）

鵬來宗賢弟：

幾次來函及寄贈大作，均未能回信，至歉。寒假忙寫兩篇論文發表（四月及五月），也沒去哪裡玩、好好兒地過年。之後忙開學，編『兒語三百則與理論研究』。近日又

編兒歌方面，四月十日可能要教金門分班的文字學或兒童文學課。還有其他忙的事和開會、寫文章等，真是忙得不亦樂乎。

你能繼續在業餘寫作，有感而發，很好。看電視、電影可以增長不少見聞，我就常應用到課堂講解和舉例上，很有用處。勿以為只是浪費時間，畢竟電視是比報紙更新、更快的資訊來源；如每天不看新聞，則有孤陋寡聞之感。其他專題等，也不可錯過。

希望你除鄉土文字外，也可多寫些知識性的、見解性的文章。關懷面一廣，生活、人生就充實了，對社會、國家也可以累積貢獻成績來。

劉建春賢弟也能寫作，甚感安慰，請代我勉勵他努力。奉上拙文三篇，請指教。

敬祝

春安

宗愚政華敬上

七十八年四月一日

第八十二封：七八年底七九年初，『十四個老頑童』、文章的修改

林生（埔墘國小教師，臺師大學士）致函林老師（北師院語教系教授）

老師：您好。

過年返家前夕，接到您寄來精美的書。當天晚上，生就翻讀了一部分，真是愛不釋手，難得的一本好書——紙張好，又圖文並茂。圖畫生動活潑，頗富童趣，而故事亦不落俗套；這些學生有如此才華，老師您功不可沒。這本書，生看了很喜歡，相信小朋友一定更喜歡；如有機會，生想在下學期向小朋友介紹一下，以廣留傳。

每次都麻煩老師替生改文章；生認為批改真比寫難多了。每次看到刊登的文章，總是看了好幾次，也找不出有何毛病，心中竊竊自喜。想不到老師寄回的，更是提升了文章的內涵；雖然只是一個逗點、句點、幾個字，甚至只改動一個字（如：「父親的天地」比「天空」好），都令生慚愧不已。（案：以下缺。寫信時間約在78年底79年初）

【林老師旁白】

『每次看到刊登的文章，總是看了好幾次，也找不出有何毛病，心中竊竊自喜。想不到老師寄回的，更是提升了文章的內涵；雖然只是一個逗點、句點、幾個字，甚至只改動一個字（「父親的天地」比「天空」好）。』

信中所提的贈書，可能是筆者所編『十四個老頑童』。那是筆者任教當時省立臺北師院暑期進修部，「兒童文學」課學生的佳作選集，一九八九1989年4月印就的。（這封信缺了後頁；依此一時間而排列在此。）

在報章雜誌上看到從前所任教學生的作品，在高興地捧讀之餘，如果看到可以補正之處，總想加以補正之後，寄給同學做以後出書時的修正參考。承蒙萬來弟的謬賞；批、修、改作文慣了，樂在其中，根本不以為苦。

常想師生是一輩子的，只要學生看得起，我一輩子服務伊們；儘管拿出作品來吧！

第八十三封：八〇年二月一日，近鄉情怯、懷鄉是文學永恆主題

林生（埔墘國小教師，臺師大教育學士）致函林老師（臺北師院語教系教授）

老師：您好。

許久不曾聯繫，想必老師過年也要回台中吧！

明天即將返鄉（由板橋），謹向老師告別。可能於20日左右才再回到台北（板橋）來。

每到快過年或回家（雲林崙背老家），心中的感受就特別不一樣；自己也說不上來。

承蒙老師這些年來的關心，讓生收穫許多；這是平淡生活的滋養劑，使生命增色不少。

那天意外的讀到老師的大作；順便剪下（案：可見萬來有天天閱報、看副刊增加文學素養的好習

慣）寄給老師留存。在新年來臨之前，先向老師、師母和孩子們拜個早年，並且祝福新春如意

生萬來敬上
八〇、二、一

【林老師旁白】

『每到快過年或回家（雲林崙背老家），心中的感受就特別不一樣；自己也說不上來。』

鵬來的心思細密，常有千萬種情愫交疊心胸中，一時難以釐清，所以「說不上來」。但為師的，多年的書信往來，加上近七十年閱歷上的比類了解，萬來過年、回老家的感受，不難了解；我也是自上大學起，直至今日，五十年間，一直是離鄉的遊子，一輩子揮之不去的鄉愁，就是我們的宿命。此情此意，於最能表徵團圓的年節，或真正近鄉返家的時辰，最是濃烈。

事實上，思鄉懷土，是世界上偉大文學永恆的主題！

第八十四封：八一年一月二四日，結婚報喜、花東蜜旅

林生（埔墘國小教師，師大教育學士）致函林師（國立臺北師院教授）

林萬來 王瓊慈 鞠躬（八一、一、十九）

囍

敬領謝 林老師政華 叁仟陸百元整

老師：您好。

婚後一切尚稱如意，目前處理一些瑣事，可望完成。本想帶瓊慈到老師那兒拜謝，但時間匆促，未能如願；希望開學後能到老師那兒玩玩。

生將與瓊慈明日一早抵花蓮瑞穗，遊歷花東的山水，後再到屏東，後高雄、台南，再返回雲林老家。（國內蜜月旅行；在他的散文集『生活小確幸——重拾在塵世裡的真珠』中，有文記述）回到家可能已快過年了。隨信寄上幾張結婚當天拍的照片。很對不起，上次要隨書寄的照片，竟然忘了放書信中。此次一併寄上。

感謝老師多年來的厚愛照顧，又寄來如此厚禮，真不知該如何表達感激才好。請代生向師母及孩子們問好。歲末冬寒，請多保重。敬祝

新春如意

學生萬來偕妻瓊慈敬上
八一、一、二四

【林老師旁白】

『請代生向師母及孩子們問好。』

這表面上是一句尋常的代候語，卻是鵬來多情、心思細膩，而又永遠執持的人生作法。只要與他有些關係的人，不管大人、小孩，身分高、低，有、無見過面，他都賦予無私的關懷；事實上，在此之前，他還沒見過「師母及孩子們」呢！

在上封信（八〇／二／一）的末尾，他也如此祝福：

「在新年來臨之前，先向老師、師母和孩子們拜個早年。」

真是令人「足感心」！

我要說：這樣的真情、多情、恆情，無疑是他做人和寫作成功的母源活水。

【附錄：有趣的蜜旅／林萬來】

雖然只是幾張平凡的照片，卻是映照著我們小倆口度蜜月時的諸多甜蜜。那已是近二十年前的往事了，難得的婚假，妻用心安排的蜜月旅行。

當時，我們從板橋出發到花蓮瑞穗。一路上，陌生而富有鄉野特色的綺麗風光，明媚的呈現在眼前。東海岸的一景一色，風情的確迷人，就這樣展開了一星期的環島蜜月遊。

花蓮是愛妻師專求學五年的地方，可說陪伴她一路成長。到了瑞穗，妻子的學弟帶我們逛逛秀姑巒溪的上游，踏入遊客中心。當晚，夜宿學弟租賃的房舍。次日，由瑞穗騎兩部機車到大港口看長虹橋；路過奇美，到高原上的奇美國小看二棵百年大樟樹。再走訪了鶴岡台地，滿溢著名的鶴岡茶葉香。又到訪石梯坪，看海浪沖天，海岸的奇特地形景觀入眼來。到了光復糖廠閒逛，悠然甜蜜的品嚐馳名全國的冰品。最後，卻淋著大雨，一路奔回瑞穗，煞是痛快淋漓！

之後，搭了火車趕路到台東，由台東再轉往屏東，到達墾丁國家公園，已是午後一點多。一面遊逛，一面想起人生許多因緣際會都充滿神奇；想不到有這麼一天，能與愛妻同遊墾丁。

巧遇一群年輕的護校學生，她們一夥兒七、八人，個個一臉幸福模樣；她們即將畢業，各奔西東。蒙她們為我倆照了一些相片。走著、走著，我們與一群正在公園作生態觀察研究的大學師生相逢；跟在他們後面，聽著教授的指導解說，我們也學了不少。

走走停停的到了山頂的一處，視野寬廣，我們放鬆行遊的腳步，沉醉在小夫妻幸福自足的氛圍中……。

當年蜜月旅行雖然結束了，但每次看到那些照片，就會想起種種甜蜜。如果能使時光倒流，該有多好！

（一九九四、十二、十五，更生日報副刊）

第八十五封：八一年五月十九日，師獲兒童文藝獎章、兒童文學現況、智慧決定未來

林生（埔墘國小教師；考取臺北縣國小主任）致函林師（臺北師院教授兼語教中心主任）

老師：您好。

許久不曾寫信和老師聯繫，甚念。

那天，看到國語日報各大報均報導老師榮獲兒童文學類文藝獎章（第三十三屆），接受文藝節大會的表揚新聞，一直想打個電話向老師道賀和祝福，但又怕打擾到老師您。

想想，已經好久沒有寫信給 老師了，何不寫寫呢？

那天夜裡，和老師暢談一陣；老師談及兒童文學創作一事，生想老師得獎名至實歸，何況老師這幾年來的努力創作；推展兒童文學，使國立臺北師院呈現一股蓬勃的朝氣，也培養了不少兒童文學尖兵。老師的付出與貢獻是有目共睹的，誠如老師所言，文藝是有「圈子」的；這一點也令生很沮喪，一個國家的進步，不是偶然的，要人人沒私心，摒棄私利和私見，才有可能。我們這個國家要努力之處仍然很多，進步的快與慢，端視人民是否具有前瞻的智慧而定。

老師的獲肯定，生與瓊慈都異常高興，相信這是臺北師院的榮譽，也給大家很好的榜樣。最後祝福老師全家

快樂

生萬來敬上

八一、五、一九

【林老師旁白】

『一個國家的進步，不是偶然的，要人人沒私心，摒棄私利和私見，才有可能。我們這個國家要努力之處仍然很多，進步的快與慢，端視人民是否具有前瞻的智慧而定。』

這真是一段見智慧之言！可以放諸四海而皆準。我自初中以來，一直對世界有貢獻的偉人、名人的智慧之言，甚至他們的具有啟示性遺囑，即有蒐集研究，列為人生座右銘的興趣；多年來，在大學也開講『世界智慧文學』的課程。

第八十六封：九四年三月二四日，『趣味美妙的成長』、中寮賞螢、錄取國小校長、『趣味、智慧、實用的臺灣各族群俗諺語』

林生（雲林縣麥寮國小總務主任，考取雲林縣國小校長）致函林老師（國立臺北師院語教系、兼臺灣北大教授）

恩師、師母：您們全家好。

真是心有靈犀，生才想要寫封信告知生活近況，今天下班返家便看到恩師的大作『趣味美妙的成長——兒童文學作品集』；內容適合全家大小欣賞。其中有內人瓊慈的作品；幾年前的某夜，我們全家回南投中寮和興村的山上（您大作中有提到南投賞螢——和興村是其中一處）娘家，在路旁巧遇二十幾隻螢的芳蹤。

而三年前，生寫就一篇「咀嚼中年人生風景」，（文中亦提到「嘉義休閒農場」有螢火蟲培育館；心中有一種感動）年前投稿到『臺灣』月刊，近日（三月份）才刊出（改題為「人到中年風景殊」）。那是近兩三年來的生活寫真，其中「未圓的夢」是三年前往事（九一年二、三月之事）。

今年開學後不久（二月二六日），參加雲林縣國小校長甄試，初選六十名，錄取十五名；我僥倖被錄取第二名。非常幸運的能走出三年前落榜的苦悶。各方道賀聲不斷；但此時此刻，才知道自己尚須要更努力。三月二八日到五月二十日，需到臺北縣三峽國家教育研究院去受訓。有可能八月會派任新職（校長）。

去年十月一日寄來的兩本大作及今日的一本（『趣味美妙的成長』），終於有空可以翻讀一番。童詩及俗諺語要蒐集真是不易；加上老師的解釋評析，更見精彩。

過年前至今，一直覺得忙碌；如今總算可鬆一口氣。遺憾的是中正大學教育研究所的論文尚未寫出（已修畢學分），未來仍須加緊腳步。感謝恩師在忙碌的教學、研究中，仍不忘生這一家子，再次表示由衷的謝意。祝福

平安　喜樂

生萬來　瓊慈敬上

九四、三、二四

【林老師旁白】

『去年十月一日寄來的兩本大作及今日的一本（『趣味美妙的成長——兒童文學作品集』），終於有空可以翻讀一番。』

鵬來弟就是這麼老實，有甚麼說甚麼，絕對不會說謊、造假；因此，老師差不多六個月前的寄書，他沒空看，身為老師的我，不會怪他不尊重，不立刻翻看；反而要讚美他的老實無欺。

【附錄：人到中年風景殊——始訪臺灣美景／林萬來】

・四十始知人生味

到了四十的中年，才驚覺我的大半生已隨風遠颺。匆匆而行的人生，到底留下什麼值得回味的記憶？逐漸學會放慢活的腳步，細嚼人生的美味，一步踏看腳印深深，一回首讓美景留駐。

從學生時期開始，自己便遠離家鄉，做一個孤獨的大地遊子。匆忙的異地苦學生涯，和故鄉的家人聚少離多；所幸，因著師長關懷的光熱，認真把書讀好。畢了業，順理成章的在異地教書，一晃就是十六年的大都會生活，彷若一場夢！……

由單身而結婚，生子。回返家鄉定居之後，生活依然乏善可陳。然而，夢境中卻時常呼喚著我，要勇於尋夢——勇敢的踏出生活與工作的框框，追尋生命的品味。

學會「放下」，是多麼不易！沒有毅力和決心，是很難辦到的；畢竟，我總是難捨平庸自足的愜意，週休的美好，怎敵得過賴床的慵懶？

在年過四十之後，才慢慢體會：「生命，是個流動的饗宴。」而我尚有多少的日子可揮擲？放慢生活的步調，才知道風景在遠方；飽滿生命力，才能欣賞遠方的美麗。

因而，我決定跳脫平凡、平淡的軌道，邁開腳步，爬上駕駛座，帶著妻女，一路行腳臺灣：。

．白河蓮鄉的盛情

去年，有幸與太太的學校同仁到臺南白河欣賞蓮花。那天清晨四點多，從暗夜中醒來，由雲林出發，五點多看到黑夜逐漸淡去，天光雲影、千變萬化的晨曦景色，令人不由得讚歎大自然的美麗。終於在清晨六點多，踏入白河。當第一塊蓮田飄入眼簾開始，大夥兒無不驚歎、歡喜連連，在車上也不安於位。接著一塊接著一塊的蓮田出現，忽左忽右，牽動著大夥兒的情緒，恨不得馬上要司機停車，滾入蓮田看個夠！

在太太的朋友賴昭貴校長的導覽之下，我們才更懂得白河及蓮田的故事。深度欣賞蓮花搖曳生姿之美；白色、黃色、粉紅和大紅等各色花朵，朵朵嬌豔誘人。每一塊蓮田都是一個動人的故事，每一朵蓮花都可以留影、入畫。看到遊人無不人手一台相機，對著人花媲美的場景拍去；當然是花比人嬌！此景此情，哪是陶淵明的桃源勝境可來比擬？

另類蓮農，在「白荷陶坊」內耕耘，書畫、陶藝家林文嶽正應著來者的需求，在衣服上彩繪一朵朵動人的蓮花；各有姿態的蓮花穿在旅者身上，也是一種美。書法怪傑陳世憲以書法入畫，用自創古怪的文字畫出名。其作品兼具傳統與新時代的動感；題字

「白河蓮花節」頗獲好評。雖未見其人，但印象頗深。

返家時，頻頻回首白河的蓮花之美，心中一再告訴自己：我一定要再回來！

・嘉義休農堪傲世

去年陽春四月，開了三個多小時的車，經兩個多小時六十多公里的山路，才抵達嘉義休閒農場。

農場的庭園，各種花草、脫俗造景，在在吸引遊人的目光。依傍著風光明媚的曾文水庫，釣客幾許，如入定老僧；兩艘塑膠船正在其中撒網作業，一葉扁舟正可入鏡。映著藍天和青山，我將眼前的美景留在我的鏡頭中。

下午三點多，一群群的車隊進駐農場，在水庫旁掛起帳棚，準備露營；各色各樣的帳棚，使湖光增色不少。大女兒興奮地在帳棚前留影紀念。妻很羨慕別人家自在安然的生活——自備帳篷、蔬果、茶葉和炊具，在月光下享受一頓自煮的佳餚；不像我們得夜宿旅館。

夜晚全家徒步農場，巧遇美妙的「螢火蟲培育館」，培育人員驕傲的告訴我們說：「螢火蟲有水生和陸生；而水生，只有農場這兒有，其他地方不易見到。」這真是農場的驕傲。點點閃爍不已的螢光，恍若天空掉落的星子，映美了我們的心靈，撼動我們的心情。妻與孩子們捨不得離開，乾脆坐下來慢慢欣賞。

那些烙印在心中的山光水色，久久不去，令人留連陶醉。

．**苗栗山村風情多**

到苗栗三義欣賞木雕，一尊尊慈悲的觀音像、達摩禪師的百態模樣，以及一座座的大小木雕，令人目不暇給。每一尊雕刻都是藝術木雕家的心血。

懷舊的「勝興客棧」客家特色美食，向我們招手；如同去年暑假到羅東，走進古色古香「阿景的店」，一樣具有飲食與視野的魅力。

夜裡到明德水庫旁的縣教師會館，享受山水幽靜之美：夜晚的山村，顯得異常寧靜。在山城，我們感受梧桐花的純白之美；如果錯失今年梧桐花的邀約，便要等到明年的四月。

無意中，苗栗的南庄在媒體的推薦之下，我們和好奇的閩南客一般瘋狂的驅車前往，想一睹客家庄的面貌丰采。走進蜿蜒的山路，迎面而來的山村風情，讓心靈湧動著喜悅，彷彿那才是生活真正的存在，真正的大地之子。

（下略。原題「咀嚼中年人生風景」，二〇〇五年三月，臺灣月刊）

第八十七封：一〇二年九月七日，談寫作路上的貴人

林生（雲林縣明禮國小校長退休）致函林老師（退休。兼任開南大學、亞東技術學院通識中心教授）

按：林萬來由網路寄來在金門日報發表的一篇文章：「寫作路上的貴人」，說是感謝老師長年的照顧；並以此文祝老師中秋及教師節快樂。

【附錄：寫作路上的貴人／林萬來】

每次完成一篇文章，總要找個人來分享創作的喜悅，期待對方給予批評或讚美。單身時，習作都等到刊登報章、雜誌上了，才影印寄給師友指教。有一段時期，我的創作進入高原期，但，幾乎沒有一篇不退的。累積了十多篇作品，寄給平日常關懷我的林政華教授。沒想到林老師在他忙碌的教學、創作、研究之餘，仍撥冗為拙作批改；並且鼓勵我繼續努力，勤讀經典名作、勤作讀書筆記。也不時的寄來各報的副刊剪報作品給我閱讀；寫信給我打氣、指導，讓我有繼續提筆的勇氣。我把老師批改過的作品謄寫寄出，幾乎篇篇得到編者的青睞，使我有信心重拾寫作之筆。

但因怕老師太勞累，怕太麻煩老師，所以現在凡是退稿的作品便在抽屜內擺著，或用電腦存檔起來；雖然如此，退稿仍然打不敗我繼續寫作的決心，只因為恩師是我寫作的精神支柱、我的激勵大師。

最近，又陸續刊出幾篇作品，沒想到又收到林老師為我寄來剪報；更令我這個已畢業數十年的學生感動的是，老師就在我刊出的作品上批改，舉凡一個標點、一個字、一句話，都不厭其煩地批改，為的是提升我寫作的能力，使我文筆能更流暢，更具可讀性。那種對學生純粹付出的愛，可說是現在人師的典範：那種對學生奉獻不求回報的情懷，太難能可貴了！

而老師每有佳作及出版書籍，都不忘為我寄贈一份，這一份份厚重的禮物，我豈能不珍惜？

事實上，我與恩師在師專三年級時就開始結緣了；那時，他是我們班的國文老師。至今，單就書信往返，就超過兩百封。老師每次的來信，捧讀再三，如獲至寶，用文件夾存放妥當。偶有空檔，或是心情抑鬱，恩師的信函就是我慰藉和鼓舞的一帖良藥，使我重振那孤獨挫敗的心靈，再次昂揚奮起……

當年有了知心女友，還去拜訪老師，恩師告誡說：「婚後，切莫因寫作而冷落了嬌妻……」。所幸近年來，家庭比寫作重要，沒有沉浸在寫作中而冷落了愛妻。

結婚時，林老師還包了大禮，讓我很不好意思。婚後的歲月，豐富了生活，也因孩子的出生，讓我有了更多寫作的題材。想當年還在台北，與妻子揹著才兩三歲的女兒前去老師家作客，也拍了不少照片留念；歲月匆匆，如今孩子已經上大一了！

婚後的甜情蜜意，認為人生中除了寫作，應該還有不少事情值得去經營，使我幾乎停筆。偶有靈感湧現，也覺得文筆尚待鍛鍊，而任其消逝。如今，認為寫作是很平凡而自然的一件事，水到渠成，自成佳構，不必強求。感謝恩師為我的作品出版編排、潤稿及作序。靜夜想起，認為影響我的寫作觀、促成寫作的人生觀，能繼續提筆創作的，就

是林老師。容我說聲：「恩師：我永遠感激您！」（二〇一三、九、六，金門日報副刊文學）

第八十八封：二〇二二年九月二十七日，校長退休事農耕、二女成績優異、妻亦任校長

林生（退休，國立中正大學教育碩士）致函林老師（退休，兼任開南大學、亞東通識教育中心教授）

恩師：您好。

佳節前夕，才想起應該要表達心中諸多謝意。打了電腦，手提筆也懶散了。

今年上半年從三月初到七月初，有從事農作的體驗；所幸有比休耕更大收益：一甲二分地種稻穀，賣了近二十二萬元，扣除成本十二萬，平均每月約賺二．五萬元。下半年，一塊地休耕，一塊租人種甘藷，等明年二月再從事農作；三不五時，要上田除除草。

老大恬安現已念大二，新竹教育大學藝術與設計系，讀得很吃力；希望她能順利畢業才好。

老二儀安現在高二，參加不少活動，練合唱擔任指揮；外出比賽也得名，她很得意。

妻瓊慈今年八月，調動到隔壁鄉二崙的永定國小（仍任校長）。學生數二百多人，比原校多一倍；也適應得很好。祝福恩師

闔家吉祥如意　順心平安

學生萬來敬上
一〇二、九、二七

【林老師旁白】

『恩師：您好。』

大概是從這封信起，鵬來的信總是稱呼「恩師」；恩師長恩師短的，叫我接不接受都不對！太客氣，也有些肉麻。去信推辭、拒絕；但沒有用。日久也就隨他了；但，我心中是不以為然的，沒有那麼偉大，絕不敢當！

但，也由此看出臺灣人[1]、鄉下人、識字農人、寫作人之精神、性情的一斑；集這四種腳色於一身，而在一個「恩」字上顯現：這就是鵬來的寫照。

[1] 詳參拙編『臺灣文學名家選讀——特具臺灣精神的作家』中，提及臺灣人四大精神之一：富於誠信報恩，有情有義的謙卑精神。

第八十九封：一〇二年十二月十一日，以農田為桃花源、樂活過生活

林生（退休）致函林老師（兼任開南大學、亞東技術學院通識教育中心教授）

恩師：您好。

感謝恩師多年來在人生的啟導與寫作的鼓勵，尤其對數百篇拙作的潤飾，那真是一大的負擔！

雖然家中有一塊田，曾是我童年及青少年的苦惱源；如今退休，竟是學生的桃花源。每天都抽空去跑跑步，騎騎單車。有時與退休協會朋友外出旅遊，全國走走，有分心靈的休閒。有時與內人探訪，也有到處行遊之樂。體能與視力逐漸退化，也是一項困擾。

歲末，總會反思一年來的作為：寫多讀少。也許新年開始，逐漸趨向書寫毛筆，或繪畫；要放下寫作的執著：期盼更能海闊天空。

祝福恩師

闔家安康，幸福如意

生萬來敬上

一〇二、十二、十一

【林老師旁白】

『也許新年開始，逐漸趨向書寫毛筆，或繪畫；要放下寫作的執著』。

一般沉浸在寫作中的長輩，聽到弟子們想「放下寫作的執著」，一定加以勸止；但，我不會！唐國大詩人杜甫曾說：「若要學作詩/功夫在詩外」；要把文章作品寫好，不是每天案牘勞形就可以成辦的。寫作即生活，即土地，即世間百態；要充實生活內容，認識、認同腳下的土地，也要擴及世界人類的眾生性靈之了解，才能寫出世人讚歎的好作品來。

因此，出身美勞科繪畫專業素養的鵬來，重拾畫筆、毛筆；由繪畫、書法等藝術的冶煉中，體悟出文學寫作的不同凡響的會心，不是可以別開生面，為語文藝術為主的寫作，創出一條嶄新之路嗎？左手持畫筆，右手執文筆；古今台外，也有不少既是作家又是畫家的雙棲藝術家吧。

第九十封：一〇三年六月二日，『鄉園小確幸待烘焙』取名有道

林生（退休）致函林老師（兼開南大學、亞東技術學院通識中心教授）

恩師：您好。

『鄉園小確幸耐烘焙』刪修稿已收到，十萬多字的稿子，一再的潤飾刪修，字斟句酌，這需要多少的時間與耐性！真讓恩師費盡心思了。相對於學生對文字經營的隨性與散漫，又看到恩師連序文都已寫好，讓學生暨感動又慚愧。⋯⋯

看到恩師生動有趣的序文，對學生鼓勵有加，甚為感謝。

前天與內人瓊慈及老二儀安回山上的娘家包粽子，昨夜返家已近八點，看到恩師的潤飾文稿，感動不已。今日約略翻過，對恩師教學研究之餘的改稿，如此的厚愛學生，真不知如何感謝才好？期待自己能更精進文字的經營，而不負恩師的期待。

學生萬來敬上

二〇一四、六、二

第九十一封：一〇三年六月三日，取書名之原委與不易

林老師（兼開南大學、亞東技術學院通識中心教授）電覆林生（退休）

萬來：

代取書名，用時下流行的「小確幸」，想可反應是這時代的著作。「耐烘焙」，則耐讀者品味。至於「鄉園」，指鄉村田園，也相關指家園。如覺書名不妥，可更換。那

天，突想到原名「幸福」，即近年沿用日語的「小確幸」，而完成命名。也苦惱了數個月。

我由一般文壇重視的純文學立場去看，說：『人在千山外』，是您的第一本散文集；因為雜文集，除非大作家、大文人，與時代息息相關的文士的雜文集，才會受重視，等同純文學散文集。因此，集子中寫人物，要有純文藝的散文筆法寫它，才是純散文。

有少數幾篇擬想刪去，你又很重視，所以留下。如篇幅夠，還是刪去；純文藝較好。

老師敬上

一〇三、六、三

第九十二封：一〇三年六月三日，改稿比寫稿難

林生（退休）電致林老師（兼開南大學、亞東技術學院通識中心教授）

恩師：您好。

看到恩師將學生平凡的題目和內容，改頭換面，頗為吸引人。這些都要費盡心思去思考的，所以讓恩師忙碌數月，真感謝！

以老師宏觀的視野去看，學生很認同，所以部分文稿可刪去，因此十萬字左右應該就夠了。如果出版社覺得不夠，學生這邊仍有多篇可供揀選。目前，學生先將文稿的順序

編排好，再寄請恩師刪選。

感謝恩師的辛勞付出，改稿真的比寫稿難多了，思前顧後，一再求完美。這段時間讓恩師費了不少心力，抽空審稿，甚感歉意。再次感謝。

學生萬來敬上

第九十三封：一〇三年九月二四日，以耕讀為功課

林生（退休）電致林老師（兼開南大學、亞東技術學院通識中心教授）

恩師：您好。

好些時日，未曾提筆寫信或卡片向恩師問候。

畢業至今的三十多年，承蒙恩師一路的牽引、指導，所以一直很順遂如意，學生自認是相當幸運又幸福的人。

回到雲林的老家，忽忽已近二十年，大女兒恬安大三了（國立新竹教育大學藝術設計系），小女兒儀安也高三了（國立虎尾高中）；而學生也退休四年多了，慢慢地適應退休生活，減少過去在教職上的壓力，日復一日，耕讀成為平常的功課。

祝福恩師

闔家安康教師節快樂

生萬來 瓊慈敬上
一〇三、九、二四

【林老師旁白】

『回到雲林的老家，忽忽已近二十年，……；而學生也退休四年多了，慢慢地適應退休生活，減少過去在教職上的壓力，日復一日，耕讀成為平常的功課。』

鵬來弟生長於偏僻的農鄉，在求學路上，靠一己的努力，得以考上當時龍頭的省立臺北師專，在當年是鄉縣之寶，曾經被放鞭炮慶賀的。更可貴的是，由投入美勞教育之餘，認真闖蕩寫作的坎坷路，終有所成！是臺灣少有的親自操持農作而有所感所悟的「農村田園作家」，已出版散文集七部；還有二部在排隊編印中呢。

而在國民教育本業上，啟蒙臺灣民族幼苗，投入真多。他又力爭上游，由老師而考取主任，再考取校長。在擔任主任、校長期間，盡忠職守，發揮創意，革新校務，做得有聲有色。這些經歷與所感、所思，他都能化為文字，讓更多人親近國教，親近人生，來了解我們的下一代，真是難能可貴！所以，信中說他退休後以躬耕田畝、讀書寫作，來「減少過去在教職上的壓力」，這話不是尋常人可以講得出口的！

第九十四封：一〇三年十二月二四日，潤稿的辛勞、農村生活愜意

林生（退休）電致林老師（兼開南大學、亞東技術學院通識中心教授）

恩師：您好。

鄉居，夜晚九時過後即一片寂靜，只有蟲鳴。雖然今夜是西洋人的平安夜，但在鄉下，幾乎聞不到節日的味道。

想想，離開台北也近二十年，退下教職也近五年，歲月真是太匆匆，一年將盡。回顧這幾年來，恩師潤稿，很辛苦，至為感謝。近幾個月，視力也較差了（好像有飛蚊症的退化現象），所以特別能感受到恩師潤稿的吃力。所幸拙作出版社也願意出版，希望明年二三月能上市；屆時再請 恩師指正。

閒時，老屋後面也拔草、種菜，排遣時光；閱讀書報也較多。恩師還在兼課，北部天寒，請多保重。祈祝在新的一年

恩師闔家安康，幸福美滿

學生萬來敬上

一〇三、十二、二四

【林老師旁白】

『鄉居，夜晚九時過後即一片寂靜，只有蟲鳴。雖然今夜是西洋人的平安夜，但在鄉下，幾乎聞不到節日的味道。

想想，離開台北也近二十年，退下教職也近五年，歲月真是太匆匆，一年將盡。

……

閒時，老屋後面也拔草、種菜，排遣時光；閱讀書報也較多。』

這幾段，鵬來弟尋常寫來，就是很好的散文；在書信中呈現，令人驚奇。書信被永久保存下來，總有其正面的原因；好的散文之作誰不願保存呢？（像早年中國作家謝冰心的『寄小讀者』，是兒童少年文學永恆的散文不朽名著呢。）

和鵬來弟一樣，我也生長在農村；但，闖蕩了五六十年，如今連一小塊可以「拔草、種菜，排遣時光」的地都沒有，怎不令人欣羨起他來呢？

第九十五封：一〇四年五月五日，林生堅持寫作數十年，感而重拾文筆

林老師（兼任開南大學、亞東技院通識中心教授）電函林生（退休）

鵬來：

老師要特別感謝您，why？請看附檔第一篇——刊在『清流』雜誌第二三卷十一期五月號的「可以不如學生？」（見附錄）。其他篇也請指教。多謝。（下略）

【附錄：可以不如學生？／文復生（林政華）】

三十多年前，我在當時的省立臺北師專，教了一年國文的學生L君，如今已成為小有名氣的作家。他並不是語文組的學生，他選的是美勞組。為什麼他的文筆這麼好，對寫作這般有興趣呢？我所知道的原因是：他有一顆善感的心，對生活上的小事物都能有所感動；出身農家，對社會底層的生活與願望，非常了解，往往能接觸一般人所不能接觸到生活面向。他又宅心仁厚，孝敬親長，對待周圍的人與事，永遠有興趣並賦予無私的愛心。

例如：在他擔任北臺都市小學老師十多年後，考取主任和娶妻生子，事業安穩且小有成就時，毅然決然請調回雲林偏僻的鄉間小學任教，為的是要孝順七八十歲年邁的雙

親、協助老父耕作那一大片農田；這讓諸多親友掉了滿地的鏡片。而孝養母親多年後，母親才撒手，讓他今生少些遺憾。如今他念母事父，能承歡老父膝前，心慰滿滿。更難得的是，他這些生活感受、體驗、了悟的點點滴滴，都能化為文字，感動讀者，啟迪後進。先後已出版散文、雜文集七種，近二三百篇的好文字，由不得作為他老師的我不加敬佩！

由於敬佩他對寫作的堅持，所以三四十年來，他可說每寫一篇文章就會寄來給我看看；我懷著歡喜心，替他潤飾、修改、調整字句，樂此而不疲。我常對學生們說：師生是一輩子的，只要用得著老師，老師二十四小時服務；我會認為你看得起老師，是無上的光榮。

就這樣，受到作家學生無形的鼓勵，我也立志要重拾禿筆，繼續初中二年級之後動筆二十多年，出過幾本書、數百篇文章的筆耕歲月。畢竟身為文學博士的老師，在寫作之路上，可以不如學生，尤其是非科班出身的學生L君嗎？我現在的筆名用「文復生」——恢復寫作的人，就是這樣來的。也希望有志者一起來寫作。

（二〇一五年五月號『清流』雜誌）

第九十六封：一〇四年五月五日，謝師之溢美，喜師重拾寫筆

林生（退休）電函林老師（兼任開南大學、亞東技術學院通識教育中心教授）

恩師：您好。

當學生看到第一篇——「可以不如學生？」幾乎掉淚！真的，學生沒有恩師您所提的那麼好。感謝恩師的讚美鼓勵。

看到恩師重拾寫作之筆，傳遞生活與生命的智慧，對我們有莫大的幫助，令人感動；一年內當可結集成冊，屆時學生來幫您找出版社如何？

「這些年來，恩師您比較有空檔，能將所思所聞，尤其經歷過的人情世故等的，訴諸文字，看了收穫頗多，深具故事和啟發性，對青年學子及社會大眾是一大福音。」

（五月十一日補充）

祝福

吉祥如意

學生萬來敬上

一〇四、五、五

【林老師旁白】

退休三年了、家母也在今年二月往生；服務上庠三十多年後休息三年也夠了、而對母親生前最後七個月與病魔對抗，心中特有感觸，在在促起我重拾禿筆。更加上看著原學美勞的萬來弟，三十多年的寫作堅持，幾百篇文章；一篇篇的加以修飾，他一本本的出版，忝為他的老師，怎可以不如學生呢？

因此，我們師生倆就像賽跑一樣，努力創作、投稿；已有同台刊登文章的經驗（例如：二〇一五年九月十五日金門日報副刊文學版，刊萬來的「蚊子在眼前飛舞」；言論廣場版，刊本人的「借車資原是騙錢老哏」），真是有趣！上封信附錄拙作：「可以不如學生？」，謹供讀者指教。

第九十七封：一〇四年六月四日，請潤稿『筆耕人生 情深似海』散文集

林生（退休）電函林老師（兼任開南大學、亞東技術學院通識教育中心教授）

恩師：您好。

……再過一段時間，學生再整理另一冊散文集，如恩師有空潤稿，學生再寄過去，麻煩恩師看稿，尋求另一本出版機會。目前存稿約共兩冊半，可能的話再出版三本。

生萬來敬上

一〇四、六、四

【林老師旁白】

後來寄到的是：『筆耕人生 情深似海——親情 舊情 世情情綿綿』。而七月菁品出

版社出版時，改書名為：『生活裡免費的美好滋味』。

第九十八封：一〇四年六月四日，「我的老師」文刊登並函謝

林生（退休）電函林師（兼任開南大學、亞東技術學院通識教育中心教授）

案：林萬來今日在金門日報副刊文學發表「我的老師」文（如附件）；並去信感謝林老師。

【附錄：稱呼他「恩師」的由來／林萬來】

三十多年前，當時的師專國文老師林政華教授，才三十出頭，就拿到國家文學博士，傳閱了他剛領到的博士證書，頒授的是教育部長李元簇，這對我們這群專三學生而言，我們畢業也只是專科生，連學士學位都沒有，更遑論是博士學位呢？雖然如此，我們甲班在數十年後，竟然有了數位得到博士，而且都在公私立大學任教，碩士就更多了；這也許就是受了當年博士老師的啟蒙吧！

林老師雖然才教了我們班一年，然而在我畢業後，竟是影響我一生最大的老師；所以在書信及伊媚兒的傳遞中，我總是稱他為「恩師」，而他總自謙為兄；以他走過的人生道路及學問的素養上，對我鼓勵有加。

他在一篇「可以不如學生？」的文章中，說我是小有名氣的鄉土文學作家，讓我很不好意思。他說我：「有一顆善感的心靈，對生活上的小事物都能有所感動；出身農家，對社會底層的生活與願望，非常了解，往往能接觸一般人所不能接觸到生活面向。他又宅心仁厚，孝敬親長，對待周圍的人與事，永遠有興趣並賦予無私的愛心。」讓我感動萬分。

老師總是如此的勉勵我向無知的未來行去，讓數十年來的我，以筆耕耘我人生中的點點滴滴；希望這些生活感受、體驗，都能化為文字出版面市，能「感動讀者，啟迪後進。」（恩師在文中所提）

恩師說，他敬佩我三十多年來對寫作的堅持，讓我愧不敢當。又說，他懷著歡喜心，替我潤飾、修改、調整字句，樂此而不疲；這是真的。也常對他任教的學生們說：「師生是一輩子的，只要用得著老師，老師二十四小時服務；我會認為你看得起老師，是無上的光榮。」這是何等的人師典範啊！

退休後的恩師年近七十，仍然活得精彩，充滿生命的熱情，還繼續在大學兼課，貢獻所學、參與學術研究會，發表論文，依然忙碌不已。但他說，受到作家學生無形的鼓勵，也立志要重拾禿筆，繼續初中二年級之後動筆二十多年，出過幾本書、數百篇文章的筆耕歲月。他如此地再投入寫作行列，真令人動容啊，我的恩師！

（一〇四、六、十三，金門日報副刊，原題為『我的老師』）

第九十九封：一〇四年六月十三日，推介散文集『生活小確幸』

林生（退休）電致林老師（兼任開南大學、亞東技術學院通識教育中心教授）

案：林政華老師為林萬來散文集『重拾在塵世裡的真珠——生活小確幸』作序推薦。本日，序文於金門日報副刊文學刊出（見附錄）。

林萬來電傳短信致謝。

【附錄：『生活小確幸——重拾在塵世裡的真珠』推薦序／林政華】

由《人在千山外》算起，這是萬來賢弟的第三本純散文集；第二本是：《歸園田居訴衷情》。

這本散文集的內容豐實，分為四輯，包括：寫雙親的容顏笑貌；撩起褲管赤腳親持農作的甘苦體驗；生活中幾多「確幸」的追求；以及妻女、親友等多面向的人物描繪。每一輯，都有動人心坎的文字，全因作者心地的純真善良、感情的豐富專一、生活體會的深刻優美，因而建構了他的人生網絡與處世哲學。也正因此，處處可見到那醉人的善心與溫情之美，是好散文的範例。

這部集子可說是萬來的自傳，充分表露他內、外在的一切。首先，他是一位愛妻疼婦的好好先生；寫妻瓊慈的，多達十五篇以上。例如：〈接送情懷〉，說：「忽然有一天，老婆說，如果她載女兒上學再去上班，時間就很匆忙，連上化妝室都很緊迫，甚至沒時間吃早餐。心想，也對，以前都是妻子起早趕晚的，連續好幾年，很是辛苦。尤其當年老大就讀遠地的私中，早上六點半就要到鎮上等校車；如有延誤，就要自行到校，車子來回要九十多分鐘，所以妻總是很緊張，腸胃時常不舒服。這種心情我現在才能體會，那時的我有幾次老婆有事得代班，因怕女兒遲到，只好在公路上快速飆車，神經緊繃。因此，我毫不猶豫的接下送二女兒上下學的工作。」

再如：在〈事急知妻賢〉文中說：「打通了電話，看她逐漸臉紅、尷尬，我知道請假不成了。當她告訴我校長的堅持以後，我有些氣憤，不禁口出惡言；內心無限的感慨，為什麼校長不能體會身處遠地老師的需求？我發了一頓牢騷。妻紅著眼眶，默不作聲。我知道我表現得太過火了；向妻表示歉意，並且安慰她，不要難過，不能提早返老家就算了。隔天，我打電話給妻，妻告訴我說，她難過的是我的『修持』不好，而不是校長的關係。我恍然大悟自己昨天的失態，並且答應以後會『努力改過』。妻在電話中才逐漸有笑聲，彼此才打開話匣子……感謝賢妻的寬容，讓我在人生之路上能更精進。」一看弟妹的「馭夫術」，真有智慧，難怪賢弟服服貼貼。

三如：〈魔力小面板〉文說：「有一陣子，妻從雜誌、報章剪下不少『菜單』教導我，讓我廚藝大有進步。」說是「教導」，箇中的關係可是師生哦！而〈擁抱三帖〉

（之三）又說：「養成擁抱的習慣是好的；而我自小就沒有這個習慣，所幸妻子慢慢的為我們一家建立起這個習慣。」擁抱成習，全是太太教的；萬來是乖寶寶，很聽「太座老師」的話。甚至，最重要的，他對寫作的堅持，也是出自太座之命：〈起床下蛋囉〉文說：「今早妻下床時，我還在睡大頭覺。七點多，在臥室換完上班衣服的妻，倚在我身旁說：『趕快起床下蛋囉！』我朦朧的睡意頓時消失無蹤，還躺在床上閉眼的我靜靜的聆聽妻子的聲音：『我看到一篇文章說，要當一位作家，每天都要早起，摒除一切雜務，利用早上最清醒的晨光，坐在書桌前動筆寫稿，天天有作品產生，這不就像母雞每天都會下蛋一樣嗎？』……在妻的鼓勵下，提振精神，每天總要我做點什麼成績來……。想起近五十年的點滴往事，雖然往事並不燦爛輝煌，但在往事中尋求慰藉，隨筆記下，成為生活中的習慣，也讓妻子肯定，放心讓我宅在家。」

提引了這麼多，不在調侃他的敬內，而在反映萬來的真-真心處處流露；其文章所以可讀，也正在於此！

其次，他是出了名的大孝子；飄泊在北臺灣一、二十年，志業如日中天時，為了孝敬年邁的雙親，毅然決然的請調回雲林鄉下園田定居，就是最好的證明。這是他人學不來的。本書首輯〔永恆美容顏〕的十八篇文字，篇篇都是愛母敬父的妙文。在母往生後，看到他寫的一篇比一篇更感人；我甚至曾建議他另出一本紀念母親的專輯呢。這第一輯，光看題目就受感動：〈母啊，食飽未〉、〈離別的月台〉、〈叫太陽起床的人〉……這類文章如加以引述，必佔篇幅；且留待讀者一一細讀，在含淚中看到萬來的真孝行。

再來是，他返鄉後的耕讀生涯寫實；越是忙碌，他體味農情越深，化為文字，更見他是如假包換的「農鄉作家」就像：廖鴻基、夏曼．藍波安曾長期在海面上、深海裡生活的真正海洋文學作家；而吳晟是公認的臺灣農村詩人一樣。他的務農體驗心得，在《人在千山外》裡初露鋒芒，《歸園田居訴衷情》一集佔了一大半；而這集，更見成熟，令人激賞。〈牛車上的童年〉、〈雨農．悲涼．憶〉、〈蔗鄉夢已遠〉、〈萬種風情總是春〉、〈細說田園堆肥舊事〉、〈刈稻學問多〉……篇篇引人入勝。去年三月六日在給筆者的網函中，他說：「學生退休近四年，這兩年開始種稻，許多的感受和體驗，也形諸文字。對生活的平淡也很知足。」

末句「對生活的平淡也很知足」，不是平常人說得出口的；要深得箇中三昧，才是真心話。

由於萬來的修身與家教，二女也都很有乃父之風；來看〈長髮為癌友〉文即知：「……小女兒將已經留了六年的一頭長髮給剪了。……國中三年，逐漸進入青春期，開始注重外表；每天一早起床便費心整理頭髮，花去不少時間。我就建議剪短比較好整理；她說好不容易留了兩三年，要再留長一點轉送給沒有頭髮的人。頭髮可以做善事，是值得鼓勵，也贊同她的做法。從小就有一份慈悲心的她，長大了也不例外，讓我很欣慰……」。

萬來的文筆好，言情、敘事、寫景和寫人，都很道地；言情、敘事方面，上文已談多了。寫景上，令人讚不絕口的篇章是：〈秋野入眼來〉、〈七里馨香傳〉、〈萬種風情總是春〉、〈一年又冬風〉。

試看：「車經小鎮的路上，兩旁成排高聳的美人樹，在翠綠的樹葉中，一團團粉紅色的花朵隨風搖擺，開成一大片一大片燃燒般的燦爛，在眼前。繁華如夢般的風景……散步前進村路，偶見幾片水黃皮樹的葉子變了金黃，鮮亮了我的眼睛，捕捉到秋天的一份輕柔與懷想。午後三、四點過後，暑熱褪去，騎上單車，邁向田野的牛車路。休耕的田園一片，遍植油菜花與太陽麻綠肥，白鷺、野鳥紛紛飛起；零零落落的莊稼漢，或施肥，或噴藥，散落各處。那豐盛的大地，載滿無窮旺盛的地氣精力；金黃的陽光，到處顯影，一起為生命吹奏頌歌。

單調的黃泥地上，展現不同調的丰采：有的田地上才灌滿水，剛整完地；有的田地上已種上菜苗；也有鋪滿各種蔬菜，一群村婦正分工採收美生菜，顯出秋日的豐收與生動。更多的是，種著成長期不一的水稻，但同樣是綠意盎然，陣陣金風送爽，為秋天增添另一番風情，令人忘憂。」（〈秋野入眼來〉）

「徜徉在翠綠峰巒的懷抱，山嵐瀰漫，靈感湧現。走一趟山間步道，需要一、二小時；沿途峰迴路轉，可以望遠，感受柳暗花明又一村的驚喜。漫步在華山的文學步道，來一趟雲林名作家的文學作品欣賞之旅，提升人文情懷，讓人不虛此行。沉醉其中，再遠的路都近了，再疲憊的心靈都受到洗滌了。日思夜想的質樸，就在眼前重現」。（〈最愛雲林桃花源〉）

而寫木棉，也從沒看過這麼壯美的描摹：「每棵都有兩三層樓高的木棉樹，在秋冬季節，枝葉逐漸枯黃凋零，直到禿枝滿樹，充滿蕭瑟之美。望著樹上側枝輪生、水平開展的枝條，有種風骨獨立蒼涼的寒意。但它無視於寒冬冷峻的淬煉，赤裸挺立的悲壯，正激勵振奮鼓舞著人心向上。……它會在春末夏初之際，讓逐漸成長的橙紅花苞和火紅的花朵，長滿樹頭，綻放鮮豔氣息，顯現自然的高貴風情。每一朵木棉花都有手掌般大，厚實的花瓣綴著盈盈的瑞意和喜氣，質感溫潤靈柔，讓人想一親芳澤；在亮麗陽光的加持下，更加彰顯出對生命的自信與驕傲。一樹燦爛的顏彩，潑灑在眼前，恣意的在大自然的綠意中塗抹，令人眼花撩亂。尤其每當我看到帶刺老幹細枝上的朵朵花苞，映著青天白雲，就覺得大地生機勃發而繽紛熱鬧，那是植物生意盎然的一種展現，也是春末特有的一番風情。那種直逼胸臆的豪情，充分表現百花春意鬧的景致！」（〈萬種風情總是春〉）

在寫人方面，以無名英雄（雌）居多，伊們也因此奇文而留名；如：寫〈周運將的奇異人生〉、寫〈裝潢師生活哲學〉、寫〈生命勇敢鬥士〉、〈素寫印傭米麗〉，又寫〈外傭找到真愛了〉……都寫活了人物，令人叫絕。而擬人似的寫寵物等，也一樣令人激賞，如：〈戀念我的「多多」〉、〈小藍作陪到天涯〉……讀來都使人氣盪腸又迴。心靈是那麼易感，筆觸那麼敏銳，生活那般質樸，而待人又是如此真摯的散文作家鵬來賢弟：誠摯的盼望您繼續寫下去；英國的吉辛、美國的梭羅、臺灣的陳冠學……，不都是這樣寫出來的嗎？加油，祝福您。

第一〇〇封：一〇四年六月二五日，序『歸園田居訴衷情』散文集

林生（退休）電致林老師（兼任開南大學、亞東技術學院通識教育中心教授）

案：林政華老師「真心深情換得幸福歸——序林著『歸園田居訴衷情—飄泊．回歸．安頓』」，本日在金門日報副刊文學刊出（見附錄）。

林萬來本日寫信告知並說感謝。

【附錄：真心深情換得幸福歸——序林著『歸園田居訴衷情——飄泊．回歸．安頓』／林政華】

退休，對別人而言是小事，對自己則是大事：它是人生重要的里程碑——迎接另一個途程的開始。有人自願退休，可能由於種種的考慮，也有人是被迫的。就一般師生而言，學生總不能比老師早退休呀！

林萬來賢弟卻不如此。他，是筆者首任教職的臺北師專學生。去年，知道他要退休時，確實很納悶。他不是衝著「五五專案」退，已令人驚訝了；他只滿五十啊。最近，審閱他紀念退休周年的散文集——《歸園田居訴衷情——飄泊．回歸．安頓》，才完全了解他「急流勇退」的大原因了。

那是由於孝親（雙親壽高）、利眾（如：不忍見臺灣國內流浪教師多）、為家（妻也是國小校長，長年家事、校務「兩頭燒」），和為社區（不到一年，已作了不少大小義工、善事）；完全不是為了一己享受優退日子。鵬來（筆名）弟就是這麼一位Return to Innocence（返璞歸真）的忘（意：無）機素心人！

鵬來的孝親，是天生的美德，在他一九九零年出版的《人在千山外》中，已寫到就學、就業期間，每次回雲林崙背老家，放下包包，就往田裡鑽，再苦、再不習慣、再花時間，就是要分擔老父農作的辛勞；他那裡有真正的寒暑假、週末星期假日呢？母子連心，記寫母親的篇章無疑更多；細膩處，能賺人熱淚。本集之中，「奉母事親無盡情」、「侍父養病有記」、「寸草之情」等文，字裡行間即流露出動人的孺慕聖情。

而他「利眾」的菩薩心，也處處在文句間流露著；如：「人生職涯轉彎處」中就提到：「從八月一日正式卸下國小校長之職，……學校的大小事似乎已經遠離我。雖然如此，有時候夜裡作夢，還是會夢到自己有些校務尚未做好決定，甚至與一些資深前輩校長在開會討論事情，重擔壓心頭而嚇出一身冷汗。」退休後尚且如此，在職時全心全力地投入那根本、啟蒙、艱苦的國民教育事業，其菩薩善心腸，可想而知（可參看「巨人紅豆伯的故事」、「種菜甘苦談」等文）。

他「為家」的犧牲奉獻，多半藉養育子女的甘苦來表出，所以，「小天使之歌」、「老爸也有女兒經」、「虎父無犬女」等文，就更不能錯過了！

在「為社區」奉獻方面，形之於文字的，就有：「義賣助學記原委」（學校屬於社區一環）、「農庄嶄新的春天」、「得意角落的由來」等文，包括社區彩繪、有機米種植、義賣圖書等等。

綜覽此集，概分三輯：第一輯綿綿舊情懷，二十四篇。第二輯真情比酒濃，也是二十四篇。第三輯舒活歲月長，二十五篇。分別是「飄泊」時期，在異地生活的寫真。篤志「回歸」故鄉、奉養雙親時期；由過渡、情緒起落，到真正安居田園的心靈寫照。最後是「安頓」退休以後的悠遊，由樂活而舒活。書中，完全體現出他的人生三大階段的況味，令人欣羨。

今人鄭麗娥小姐的《非童話》一書說：「嘗試生命的各種經驗，把各種滋味都嚐一點，你的人生就完整了。」（漢藝色研文化公司，一九九三年三月）鵬來弟的人生經歷和他人不同，他的筆觸，也異於常人；如此交織成此文集的特殊風格與興味。

我特別欣賞他所立的小類別，分別是：

◎童年紀事之一至五：小天使之歌、……小店情深。

◎鄉情紀事之一至十五：鴿情深深、……與家鄉書店的奇緣。
◎春風師心紀事之一至十四：戀戀郵筒情、……網上相見歡。
◎親情紀事之一至十一：奉母事親無盡情、……爸爸也有女兒經。
◎退休札記之一至十：人生職涯轉彎處、……驚喜、幸福又難忘的一天。

分門別類，總計有五十五篇，是此集的主角；寫人，也寫國人的悲、喜，是臺灣底層社群的縮影。其餘十八篇，也都有可觀；筆者特為喜愛「外婆的溪谷游泳池」、「雲淡風輕坎坷來時路」、「種菜甘苦談」等篇。

全集若干篇章曾在華副、青副等重要報刊發表，可見編者也欣賞其文筆的真純、細緻，不厭其煩的訴說他的「心內話」。由於他的人品，不刻意感動讀者，讀者展讀數句，就會被他的真誠所感動。筆者有幸篇篇拜讀，即使廢寢忘食，也在所不置，就是被深深感動的緣故。筆者任教職即將屆滿三十四周年；細數曾親授的數千位學生中，雖然也有幾位可入「作家」之林；但，獨與鵬來弟最親。看著他的生涯轉變了，生活體驗深了，甚至早我退休了！但，不變的是他的那顆心——素心、孝心、文心與佛心。有這樣的作家條件，這本散文集，必定可誦可讀，對讀者的心靈大有啟迪與助益；誠如他在「自序」中所深深期盼的：

「謹願展讀之後的讀友們，能得到滿滿的幸福。」

第一〇一封：一〇四年七月六日，修潤散文集『恰到好處的幸福』，並作序

林生（退休）電致林老師（兼任開南大學、亞東技術學院通識教育中心教授）

案：林老師為林萬來第五本散文集『恰到好處的幸福』刪潤完成，七月五日撰寫序文（見附錄）。次日，林萬來去信致謝：

恩師：您好。

兩封信和賜序，均已收到，謝謝。

此書目前正尋覓出版社中。看到恩師為學生的付出，尤其在恩師教學忙碌中，期末的學生成績核算，以及酷暑中的辛苦潤稿的努力，添增您不少麻煩。當學生看到您在序文中提到部分刪修的題目，真是畫龍點睛，整篇文稿都活了起來，也鮮亮學生的雙眼，開啟學生的智慧，讓學生感動連連。再次感恩。

生萬來敬上

一〇四、七、六

【附錄：『恰到好處的幸福——奔跑在生活的桃花源』推薦序／林政華】

「一年出三本散文集」！一般作家是很不容易做到的，不是嗎？但是，我的老學生林萬來做到了！由不得你不佩服，甚至令人有些吃味呢。

一〇四年五月，他的『生活小確幸：重拾在塵世裡的真珠』，由德威文化公司出版；七月，『生活裡免費的美好滋味』由菁品文化公司出版。此刻，我已在替他寫第四本純散文集『恰到好處的幸福——奔跑在生活的桃花源』的序文了。

這部集子，共有九十五篇文字，大致依寫作先後排列。分為：天倫、世情、春風、躬耕和旅次等五輯。天倫、世情各二十五篇，旅次十篇，均一望輯名即知其內容性質：是在寫家庭天倫、一般世間情和旅行記事。而春風一輯十四篇，特寫他求學、教學以至關心已奉獻數十年本業——教育的師生情、學生愛；以「春風化雨」、「如坐春風」等教學最高境界自勉的心路結晶。

更要特別指出的是：「躬耕」一輯的二十一篇散文，寫他親操農作的心得；所以，對農夫內在心理與工作實況的挖掘（如：「詩畫農夫」、「同心開闢菜圃話甘苦」）、鄉野風情、環境的描寫（如：「田園黃昏時」），以及天人相與、相關聯的刻畫（如：「天佑嘉南良田」），均深廣而含情有味：是他作為「農村作家」的本色表現；連他本不識農耕的「山妻」，也變成「種菜婆」（如：「那雙沾田土的高跟鞋」）了，最足喝彩！

萬來是位孝子、愛妻、照顧子女家庭，而又敬愛朋友，人際關係良好的標準好男兒。在他的各本散文集中，都有許多篇章寫孝父愛母、敬妻愛女的動人內容、與同事友朋或官長互動熱絡的記述（如：「太座出遊記」、「家有二女萬事足」，而『旅次』一輯中，記與共遊的友人不少）；這些都不在話下。我很喜歡他這些方面的好文章，每每感動；例如：「有汝在身邊」、「回鄉的我——補償與感謝」二文，都寫太太的賢慧，其孝順公婆如親生父母，尤令人動容。

此外，他也寫活了大阿姨的個性和做人（「大阿姨真了得」）；甚至他愛屋及烏，連同村的年輕人也加以照顧（「少年阿嘉的機會」），這是何等的情操呀！

我最佩服、喜愛的文章，如果只能選三篇，那就是：「纍纍冬瓜情」、「奔跑在清風中的童年」和「在春風裡下田」。傑出的段落，如：

「當它是幼瓜時，小小綠綠的長型瓜，就垂掛在龍眼樹葉叢中，一暝長一寸一天天的望下垂，直到快成熟才落倒地上。走過樹旁的我們都會向這些小瓜瓜們行注目禮；期待的情懷讓心頭暖暖的，……。」（「纍纍冬瓜情」）

寫活了小冬瓜，作者的心是那麼的真純易感。

而「奔跑在清風中的童年」一篇，幾乎全篇都美，無法全文引錄，只看末段：

「那時候天空世藍的，陽光是暖和的，花是紅的，連做夢也會微微笑。追逐蜻蜓和螢火蟲的心情都是快活的，空氣中洋溢著甜美的滋味，成為珍貴的一段美好記憶。」

回到了童年，童年事事、時時都美好！

又：記寫老一輩農人辛勤的苦耕形象，更是賺人熱淚，他說：

「他們無視於軟泥的寸步難行，一步一腳印，堅毅地拔出腳踝，繼續前行，靜默踏實地踩出勞苦的足跡。他們在為生計刻苦卻瀟灑的身影，深印腦海。」（「在春風裡下田」）

（一〇四、八、九，金門日報副刊文學）

第一〇二封：一〇四年七月九日，稱潤稿見解高

林生（退休）電致林老師（兼任開南大學、亞東技術學院通識教育中心教授）

恩師：您好。

這一兩天看到恩師您費心刪修的文稿，學生獲得的不只是文辭的指導，其中有不少恩師不辭辛苦的註解，蘊藏著不少人生及生活的指導與哲理，真讓學生增長不少見識，真難得；比自己的文章還寶貴，無限感激。

恭喜恩師您的大作：「最愜意時分」文，登馬祖日報鄉土文學版。

生萬來敬上

一〇四、七、九

【附錄：最愜意時分／林政華】

一般退休族多半會過著減法的人生，生活步調悠閒，不求其他。我也不例外。

每天期待三個愜意時分的到來：一是晚飯後，順步到芳鄰里小公園去散步、做做運動。那兒，比自己的社區都「芳」美：公園設施佈置得宜，有兩層香花草樹圍繞。我愛在圓形的兒童遊樂區的軟踏墊上走跳，運動運動手腳。繞了幾圈下來，整天的疲憊消除了，精神恢復了，這時再打道回去看自己喜愛的電視節目。

時而理智，時而深入剖析內容的政論節目播完之後，就是令我心情愜意的沐浴時分。往昔的淋浴，因為事業、家務兩頭忙，其實都是匆匆梳洗，沒有真正貼近自己的肌膚。自去年起改用盆（桶）浴，像孩童時候；將全身躺著泡在盆桶內，全身舒服透了。浴桶有點窄小但也因此更能接近自己的身體，看清自己的肌膚，當然也洗得更乾淨；甚至把一天裡的負面情緒，也盪除無餘。自己按摩腳底各處、雙手各穴點，身體更是由外舒服到內。

每星期一二次的泡溫泉，更是愜意期待；尤其在退休之後的第二年，在溫泉區買了間小湯屋，更增添了寫意的悠閒。內人早退十年，曾熱衷與親友到台北各地泡一般的SPA；記得我曾加反對：水乾淨嗎？設施安全嗎？又沒有溫泉的效用。如今，我泡起社區大樓的溫泉SPA，有多達八種不同的設施。尤其沖腳底最舒服，有療效；各個穴道多沖幾遍，不必去沖頭、沖肚、沖下半身，已舒爽得想回屋躺床入眠了！始知當初對太太的反對多麼無知。也難怪泡湯是日本生活的主文化，孕育出日人優美素樸的文化美學。

退休真好，退休後能看淡一切，只追求愜意的生活，更好！

（一〇四、七、九，馬祖日報鄉土文學）

第一〇三封：一〇四年七月十九日，書名「深情」改為「寄情」

林生（退休）電致林老師（退休，兼任開南大學、亞東技術學院通識中心教授）

案：林老師因林萬來的第五本散文集書名『深情桃花源』（菁品出版社改書名：『恰到好處的幸福』），有些看法建議改動，說：「建議將『深情』改為『寄情』；是怕讀者翻了翻，看不到他心目中的深情，就糟了！改為『寄情』，較無爭議。」

林萬來回信：

恩師：您好。

學生對書名一向苦惱，深情改為「寄情」，學生也覺得很好。祝福

闔家安康　幸福如意

學生萬來敬上

二〇一五、七、一九

「看到這本書稿，尤其恩師的妙筆讓學生的文稿生輝，真感動。感謝恩師的費心刪修潤飾，辛苦了。」（八月九日補充說明）

第一〇四封：一〇四年七月二十日，菁品本『生活裡免費的美好滋味』命名祕辛

林生（退休）電致林老師（兼任開南大學、亞東技術學院通識教育中心教授）

恩師：您好。

……原書名為──『筆耕人生　情深似海──親情　舊情　世情情綿綿』。日前，菁品出版社已寄來書名──『生活裡免費的美好滋味』和封面。可能這一兩天會在7-11上市，因為網路目前都查不到，所以是否已印行？詳情如何？也未可知。……又謝謝恩師寄來您的精心傑作──『耕情啟思在地心』（案：已由秀威資訊科技出版）。

祝福
闔家安康　幸福如意

學生萬來 敬上
一〇四、七、二〇

【林老師旁白】

此信，起源於筆者在網路上，詢問萬來弟當時正印製的第三本散文集，原給建議的書名叫甚麼？一時自己記不得，又有沒紀錄。因為當初是琢磨了很久才想出的：『筆耕人生 情深似海——親情 舊情 世情情綿綿』，能貫穿文集中各輯的內涵；詳下附錄原書目錄可知。

後來，菁品出版社改書名為：『生活裡免費的美好滋味』。

【附錄】

第一輯　親情絮語三十篇
第二輯　舊情綿綿三十篇
第三輯　筆耕人生三十五篇（筆耕情懷十二篇，敘說人生二十三篇）

第一〇五封：一〇四年八月三日，長女雙十年華，父為文祝賀

林老師（兼任開南大學、亞東技術學院通識教育中心教授）電函林生（退休）

案：一早，林老師看到林萬來在金門日報副刊文學上，發表「二十生日快樂——祝我的甜甜寶貝」，趕快email告知並恭喜他。

【附錄：二十生日快樂——祝我的甜甜寶貝／林萬來】

這首張懸的歌曲「寶貝」：「我的寶貝，寶貝，給你一點甜甜，讓你今夜都好眠。我的小鬼，小鬼，逗逗你的眉眼，讓你喜歡這世界……。」已傳唱十多年，不禁使我想起十八年前，我那剛滿兩足歲的大女兒的許多行為，是十足的甜心寶貝（她的名字有個恬字），令我們夫妻添增不少生活的樂趣。而她，十年前就買了歌手張懸的許多CD片，更喜歡聽播這首歌，連我都可以琅琅上口了。

以往看電視的時候，常會在節目中看到小女生喜穿媽媽的高跟鞋、擦口紅、抹指甲油，以及其他模仿家人的行為，令人發笑，以為那只不過是節目的噱頭；沒想到這些逗趣的行為，竟出現在大女兒的身上！她的模仿能力真的很強。

看到我和妻子的鞋子她會拿來試穿，也會拿她的給她媽媽穿。我和妻子的眼鏡也成

為她的玩具，要拿來戴一戴才過癮。她最喜歡拿印章亂蓋在潔白的牆壁上、桌上、以及自己的臉頰。看到我和妻子在看書，她也要讀；等拿去後，在上面畫畫，用剪刀剪書頁，甚至撕起來摺紙。

看到妻子擦了幾次口紅，她一定要擦，甚至拿來塗鴉。她愛漂亮，才擦過一次指甲，要給她畫圖的這些奇異筆和彩色筆，卻拿來塗嘴巴、擦指甲，甚至在手臂、小腳丫和身體上塗鴉。也將一整罐的面霜，塗滿臉，塗滿四肢，令我們覺得未來大有可為；十幾年後的當今，真的進入新竹教育大學的藝術與設計系就讀呢。

一旦看到是自己的東西被人拿走，沒有拿回來，她一定哭鬧不休。人家大孩子騎大車，她捨自己的小三輪車不騎，一定要學騎大車。洗澡時，一拿到毛巾，就說要洗澎澎洗香香的；自己洗完就拿來洗我們，要把我們弄濕才算洗浴結束。自己梳完頭髮，也不忘父母；只是長大後，可有如此孝心？

她要獨立自主：走樓梯不給我們牽扶；衣服可以穿上換下十幾次而樂此不疲；吃飯要自己去盛飯、舀湯、夾菜，自己一手拿碗筷，另一手拿小椅子，也不給人家餵；結果當然可想而知。她自己剪過幾次頭髮；一有機會拿起剪刀就剪，剪得面目全非。學兒歌，一定要我們反復播放給她聽。對自己會唱的「生日快樂」歌很得意，逢人就唱起來。隨著童謠又唱又搖的，快樂得不得了。

做錯事，最怕就是阿嬤拿著蒼蠅拍說要追打她；有時候不但不跑開，還抓著阿嬤的手求饒說：「不要打了，安安很乖呢，不要打安安了啦！」聽了連老母親也心軟。

她最喜歡探索每個抽屜。我上班的皮包、鉛筆盒，拿到喜歡的，就可以窩在角落安靜的玩上半小時。如果她很安靜，一定是拿到了很喜歡的玩具。看到我在看報紙或讀書寫字，她要出去玩，一定要拉著我的手說：「爸爸：不要讀報紙啦！爸爸不要寫字啦！」一直到我離開座位，才肯罷休，得意的眉開眼笑。

聰慧的她，小小年紀就知道善體人意，看到她阿伯或我下班回來，會拿拖鞋給我們換。吃飯的時間一到，會到處吆喝：吃飯囉！直到大家受不了到飯桌，她才會停止喊叫。吃飯時，她會挑出阿公阿嬤的碗筷，送到他們的手上。吃完飯，也會幫忙收拾碗筷，踮著小椅子洗碗筷。會自己拿掃把掃地，替我和妻子找人、當我們的快遞遞東西。她也願意端臉盆協助收拾衣服，摺衣服……

很喜歡別人替她抹粉，稱讚她漂亮、美麗，讚美她的衣服好看。一拿到照片，非看到照片上的自己不可。兩、三歲的年紀，行為無奇不有，惹人憐愛，又讓人氣惱。當她有好心情，你要她親你一下，她會很樂意，並且技術不錯。兩三歲的孩子可真是天真又可愛呀！

希望她未來能不懼風浪，像追逐偶像的演唱會般的永保熱情，展揚快樂的羽翼向前行……。

（一〇四、八、三，金門日報副刊文學）

第一〇六封：一〇四年八月三日，希首屆學生建一訊息中心；終由師自任版主做工

林老師（兼任開南大學、亞東技術學院通識教育中心教授）電函林生（退休）

鵬來賢弟：

七月二十五日六九級各班同學大聚會那天，我建議的原意是：六九級有一版主負責，一有各班、各人消息，即電傳給大家；而不是如今您們有一網址，但如果沒想到要打開來看，或像我打不開，效果就差遠了。那天被啟明一制止，此用意就完全無用了。其實，您們不了解我的苦心，花了前一天一夜，才想到幾條要說得齊全一點；見附檔。

那天，如沒人想當版主，我打算建議你來為大家服務：只要把一百多位同學網址打入，成一群組；有消息大家都可收到。同班同屆友情太可貴了。您不妨把附件等傳給大家；那天只印二十多份。相信做一件熱心數十年的事，再忙再苦，也值得，也是樂趣呀，請考慮。

我多麼希望能做到，像那天看到三十五年不見的吳麗容，很感動。甲班、戊班都有未再見面的同學；湯金菊、王照春、嘉大教授余坤煌等等。老師想念他們，有這一版的

聯絡，有一天會重逢的。而您是大功德主。強您所難，抱歉。如不方便，也不強求，勿放心上。

鵬來：我沒參加FB。我的意思是版主主動，也可說強迫式的，要同學們看大家的消息，隨時有互動，有掌握；不是沒去點六九級社群就看不到。老師不是為自己在設想、在建議。（後八月四日補充）

我是天生的樂觀，不信春風喚不回；我教學生涯的第一年教了您們兩班。六九級消息直接傳給大家，也要求互相通報，人數會越來越多。也傳給師長。這會是服務、功德一件。以後也可能如椿腳、fance一般，無形的作用多。

那就由我來執行吧！（八月四日補充）

林老師敬啟
一〇四、八、三

第一〇七封：一〇四年八月四日，談同學任聯絡版主之困難

林生（退休）電致林師（兼任開南大學、亞東技術學院通識教育中心教授）

恩師：您好。

學生知道恩師的用意與用心；不要說是同年級的同學，有的同班都不太熱絡，原因

有很多：有的因為家庭因素；有的當天有事，無法參與班上的活動，都情有可原。學生師專一年級當過班長，當時還好，畢業後，大家互動逐漸減少：有的因為距離太遠，分散各地；但，有的的確不因距離而疏遠，反而熱絡，像：陳傳貴校長，那次辦恩師的榮退餐會，都是他一人買紀念品、訂餐廳等等；而郭燉論主任，我也請他載送徐紀老師，一口答應沒推辭；黃星炎接送黃偉蓉老師等等。

……

同學一場，但實無法像女生般那樣的感情熱絡。學生知道恩師的用心，……所以恩師的建議，我們也會參考，那畢竟是恩師費盡心思的構思，希望大家都很好，我們會謹記在心；至於未來如何，無法論定，但還是感恩恩師的費心關懷。祝福

吉祥如意

學生萬來敬上

一〇四、八、四

案：八月四日，因與大家溝通了許久，不得要領。決議將六九級臺北師專校總訊息交流中心版主工作攬下。請兒子幫助鍵入電腦群組工作，下午就完成第一封信，發出去給甲班二九位同學。戊班跟他班以後建置。

八月六日，六九級甲班的劉建春同學回音，是第一位，好的開始。

【附錄：臺北師專——教育大學，六九級校友總訊息交流中心／林政華代擬】

在一百多屆北師校友會中，六九級校友會能五年聚在紅樓這個大庭院一次，實在難能可貴，令人感動。

考慮今天過後，大家打道回府，平日隨時想要多了解其他一百多位校友的各種訊息，就要碰碰運氣了。因此，建議成立一個『臺北師專－教育大學六九級校友總訊息交流中心』；凡是六九級校友在生活上，有任何可以給校友知道的，或知道另一位校友有可以交流的訊息，都可以傳輸到『總訊息交流中心』，再由版主傳給所有同級校友和昔日師長。或建立「部落閣」，讓大家點閱；或建立LINE社群組，隨時打卡交流資訊。這將會成為北師校友會的典範。

『六九級校友總訊息交流中心』設置辦法草案（請討論後，推定版主實行）

1、敦請長期熱心而擅長電腦等資訊傳輸技術者一位，自願擔任；尊稱「版主」。

2、同級校友把想給其他校友知道的訊息、好工（好康）等，傳給版主；再由版主傳輸或貼網。

3、版主主動蒐集校友訊息，再整理傳輸或貼網。

4、校友相互蒐集訊息，告知版主。

5、校友訊息蒐集、傳輸、版主報導之規範：正面可公開者；切忌涉及個人私密不宜公開之訊息。

A、個人或家庭更上層樓者，如：升級、升官、發財、治學有得、兒孫成就等。

B、有效養生、護生妙方公開，增進大家健康，成為百歲人瑞俱樂部。

C、自身或兒孫婚嫁、壽誕、喜慶訊息。同屆能結為兒女親家，更是親加親，喜上加喜。

D、平時旅遊資訊互通交流：國內揪伴同遊、出國旅遊相互照顧，增益情誼。

E、校友及其親戚等之作品刊登或出版、個展、演出等等，大家可閱讀、購置、出席捧場、祝賀。

F、有欠安狀況、資訊，大家可去探問、安慰、加油。

G、萬一有不幸往生者，大家可前往拈香致祭，告別。

H、昔日師長的訊息可以納入報導。

I、母校狀況報導。

J、母校校友總會訊息報導。

k、教育政策重大措施、事件報導。

l、其他相關事宜，靈活報導。

第一〇八封：一〇四年八月十三日，談星國植物園列世遺，勉生擴大視野，提升境界

林師（兼任開南大學、亞東技術學院通識中心教授）電函林生（退休）

案：林老師文「美的世界遺產新主人——新加坡植物園」（見附錄）於本日在金門日報副刊文學刊出。林老師電函勉勵鵬來可擴大視野至全世界，關懷世上所有的事物；如此，一定會可使創作境界更加提升。

【附錄：美的世界遺產新主人——新加坡植物園／林政華】

七月四日，聯合國教科文組織舉行會議，公佈新的世界遺產（UNESCO World Heritage Site）有四處；其中最美的一處，是：新加坡植物園（Singapore Botanic Gardens）。

早年，我就曾經遊賞過新國的熱帶植物園，印象深刻。它占地不大，只有七十多公頃，南北長二．五公里。但是，它成功地保留了一八五九年英國殖民時期，以迄於今，一百五十多年以上的熱帶植物。園中有國家蘭花園、六公頃的熱帶雨林、鳳梨科植物館、姜科植物園、植物標本館、兒童花園等等設施。

更重要的是，它有國家生物多樣性中心、植物學中心、蘭花育種與快植中心、植物

學園藝學圖書館等等；足以孕育成為世界級植物科學研究重鎮，擔負起植物保育、教育和展示的三重任務，都很傑出、優秀。例如：一八七七年，從英國皇家植物園運來的第一棵橡膠樹種子。一八八八年，博物學家亨利・尼古拉斯李德利成為了園長，並帶頭種植橡膠樹。種植試驗成功，他的方法後來馬來西亞推廣開來，因而使得馬國後來成為世界上橡膠第一大生產和出口國。

由於上述新國人的努力和成就，新加坡植物園得以通過世界遺產專家的嚴格考核與要求，而使得新國獲得第一個世界遺產認證殊榮，舉國歡騰。

園內的白色主題音樂亭，建於一九三〇年代。周圍是綠地，有矮灌木花圃圍繞，更遠處則熱帶喬木林立，枝葉扶疏中透著粉白花朵。天空中則有白雲飄浮著，園林枝榦橫斜，初黃與墨綠並存，煞是美麗諧和，呈現清幽典雅之致。

去過新加坡的人都知道，新國不只植物園美，全國到處都充滿乾淨清新之美；而人民守法、行政效率高、商業金融發達，一片欣欣向榮、快樂而有希望的景象，比植物園的美更動人。新加坡能，我臺灣為什麼不能呢?!

第一〇九封：二〇〇四年八月二四日，「尊重走自己的路」文述選擇所愛，愛所選擇

林老師（兼任開南大學、亞東技術學院通識中心教授）：電函林生（退休）

案：林老師一早，在網路上看到金門日報副刊文學，林萬來以「莊稼郎」為筆名，發表的「尊重孩子走自己的路」一文（見附錄），即廣請六九級同學閱讀，給他讀後意見。

【附錄：尊重孩子走自己的路／莊稼郎（林萬來）】

女兒就讀高三了，我們希望她在學校繁星時能進入大學教育體系，無奈，她聽從同儕及一些網友的建言，目標是臺師大的科系，市北教大和國北教大也不考慮，讓我們很扼腕。結果繁星未能錄取。

因此，開始準備要申請六校系的備審資料。女兒在填申請學校時，告訴我們，希望以北部的大學為主；也聽從我們的建議，除了一所政大歐語系德文組之外，其他都是師範教育體系的學校。幾經送件申請後，就是一陣子難挨煎熬等待的日子。

每當申請第一階段有錄取學校的佳音傳來，女兒和我們都難掩興奮之情。幸運的是錄取五所學校通知第二階段的面試（一所學校日期重疊，只能放棄）。當我陪著女兒走訪面試的學校，第一所是政大；校園廣闊，花木扶疏，我與女兒搭計程車到後山的教學大樓，當時正是細雨紛飛，寒流來襲，看到許多身著整齊亮麗套裝的青少年，有的女學生還身著短袖短裙，最主要是呈現最優質的一面。

當我陪女兒繼續面試的三所學校，才愈來愈沒信心。雖然知道女兒至少會有一所學校可以就讀，但仍然沒有十足把握。尤其女兒擺明不參加指考，更讓我們憂心。

從臺北面試奔波回來雲林數天，真是心力交瘁。學校的巍峨壯觀與美麗，臺北市容的亮麗繁榮與車水馬龍，都無法在眼裡留下深刻的印象；多雨的臺北沒有浪漫的懷想，只有手提行囊的疲疼，與心理的壓力。

最先公佈的老婆母校台北市教育大學，備取二十多名，顯然無望，而母校國北教大沒有錄取，讓我的心情跌入谷底。台師大國文系備取第十名，雖然有機會，卻仍在未定之天。直到四月二十八日最後一所學校政大放榜，上午八點，我就守在電腦前看榜，痴痴的等。十點才公佈，電話那邊傳來女兒喜極而泣的聲音：「爸爸，我有學校可以讀了……。」，我聽了幾乎哽咽欲淚，也終於能鬆了一口氣，多年的努力，總算有一所學校收留她。她哭著聲音傳到老婆那裡，老婆也聽不清楚她到底上榜了沒有？只聽到哭聲……。

回想女兒在一年級的暑假，在國立虎尾高中德文老師的鼓勵下，參加政大歐語系德文組的夏令營，在優美校園及學長的指導下，留下深深的好印象。她在準備備審資料和面試時，還用臉書與當年的學長互動聯絡；學長們也希望她能錄取。現在她說出當年的願望，就是非政大不讀，因此雖然我們希望她能臺師大國文系備取第十名排在第一志願，應該有機會，可是她卻放棄了。如今，她終於美夢成真，我們只好尊重；因為生命的未來，誰又能替她決定，誰又知道哪條路才最適合她呢？只好衷心的祝福她。

第一一〇封：一〇四年八月二五日，談安潔莉娜・裘莉不世出之行徑，勉生等

（一〇四、八、二十四，金門日報副刊）

林師（兼任開南大學、亞東技術學院通識教育中心教授）電函林生（退休）

案：林老師本日於金門日報副刊文學版發表「令人敬愛的不世出女星——安潔莉娜・裘莉」文（見附錄），電傳給萬來暨六九級同學們指教。

【附錄：令人敬愛的不世出女星——安潔莉娜・裘莉／林政華】

我喜歡美國影片《史密斯任務》裡的布萊德彼特，更喜歡她的太太——美國女星安潔莉娜・裘莉（Angelina Jolie）小姐。裘莉令人敬愛的，不只是她演技出色，也能導戲，受到金球獎、金像獎的肯定；她又是慈善家、社會活動家、聯合國兒童親善大使；更是二〇〇一年起擔任聯合國難民署特使。

目前全球難民累積有五九五〇萬人。光就敘利亞一國來說，自二〇一一年爆發內戰以來，難民有三〇〇萬人，加上伊拉克難民，為數更多；但，歐盟各國愈加不願收容難民。此時，裘莉在難民危機震央所在的土耳其，大聲疾呼：「這世界是……前所未有的

那麼多人流離失所！」

「我們必須保護他們！」

聲嘶力竭，舉世為之動容；但呼應的少，益見她人格的可貴，愛心無限。

早在二〇〇五年，她榮獲聯合國人道主義獎。同年，柬埔寨國王簽署了一項政令，授予裘莉為柬埔寨榮譽公民！

而更早的二〇〇一年，裘莉捐給聯合國難民署一〇〇萬美元，來幫助阿富汗難民，得到了聯合國難民署的高度讚揚。同年，她被任命為難民署親善大使。此後，裘莉曾出訪過世界最窮國家西非的賽拉利昂、世界最不發達的國家坦桑尼亞，和巴基斯坦、查德以及車臣等許多國家、地區的難民營。

《FHM》休閒平台雜誌的主編格蘭姆林，對裘莉讚美道：

「她不知疲倦地四處奔走，贏得了全世界的尊重。」

為表揚其慈善工作，特別是在發起運動來消除戰區性暴力問題方面的工作，二〇一四年英國女王親自頒授聖米高及聖喬治最傑出榮譽爵級勳銜給她；這是大不列顛最高的榮寵了！

不僅此也，她因母親五十六歲就罹患卵巢癌去世；她本身是癌症高風險群，為了釐清自己的罹癌風險，而接受了BRCA基因檢測。結果顯示：她的DNA帶有家族遺傳性乳癌、卵巢癌的BRCA基因突變，使乳癌和卵巢癌的罹患風險高達八七%和五十%。二〇一三年四月二十七日，為預防罹患乳腺癌和卵巢癌而切除乳腺。消息傳出，世人對她更加的推崇，讚佩她的勇敢與當機立斷的智慧，足以為世界女性典範。

此外，對臺灣國人來說，更讓我們又佩服又愛戴的是：二〇一四年，她曾在中國上海被問到最喜歡哪位「中國導演」？演藝最內行、出色的她回答說：「最欣賞臺灣導演李安」；並糾正記者：李安是臺灣人而非中國人；曾因此引起中國網友的反彈。

第一一一封：一〇四年八月三一日，談散文書之困境、願助印師之文集

林生（退休）電致林老師（兼任開南大學、亞東技術學院通識教育中心教授）

恩師：您好。

大作『耕情啟思在地心』寄給秀威出版社出版，應該沒問題。學生預購三百本。這是一本值得細讀的佳構。恭喜。

感謝恩師常分享拙文給同學們。寫作不易，發表園地的侷限，因此提筆寫作煞費心

思，也為此相當苦惱。

最近又將開學了，恩師可能會更加忙碌。學生將再整理一兩本文字稿，煩請恩師潤稿；不急，因為『寄情桃花源』依然找尋出版社中。

近十幾年來，勵志書大行其道，而散文集的勵志效果，事實上不會比純粹勵志差，可是很奇怪，社會讀書族群變了，真是無奈。（本段，九月一日補）

祝福

闔家安康

吉祥如意

學生萬來敬上

二〇一五年八月三十一日

【林老師旁白】

「大作『耕情啟思在地心』寄給秀威出版社出版，應該沒問題。學生預購三百本。」

『學生購書，可送有恩於我的親朋好友及家長。恩師不必介意，好書值得推廣，學生也會贈送雲林學校、鄉鎮圖書館及一般學校圖書館。』（九、一補充）

實在很感心於萬來弟的好心好意；也唯有行家、有出書經驗的人，才知道個中的況味。而他更是持續做功德，數十年如一日；在他多部文集中，也常提到捐書給好學者，成就書香社會的構想與做法。他曾有「我送書，你捐款」的大作刊登在聯合報家庭版（見附錄：我送書，你捐款）。

本日，萬來弟在金門日報副刊文學有篇大作「旅行歸來」（附錄：旅行歸來）。在電傳給臺北師專六九級甲班、戊班同學時，我說：

「連旅行歸來，萬來弟也可寫成一文，可見生活中有任何所思所想，均可抓到就寫；同學們：大家加油！」

來勉勵昔日文筆已不錯的同學們，再度拾筆寫作；而我願意繼續潤色他們的作品。為了讓讀者了解拙編『耕情啟思在地心』的大致內容，請容我把目錄附在下邊（見附錄二）。

【附錄：旅行歸來／林萬來】

旅行歸來遇到熟人，總有許多故事要說，傾訴沿途的所見所聞。一則則故事寫成一篇篇文章，旅行充滿迷人的傳奇和魅力，因而讓許多人樂此不疲。

在一成不變的軌道中平淡的前進，偶爾脫離軌道，會把自己失落的精氣神找回來，靠的是旅行這帖良藥。我常因旅行，重尋到生命中應有的尊嚴與快樂；當精神「出軌」

後，意志不再渙散，內心不再糾葛世俗的閒事，彷彿可以超脫凡塵。

旅行歸來後，慢慢地重新整理自己的生活，繁雜事務不再惱人，可以放心放下，從此度過優游的歲月。

旅行結束後，一踏入家門，便湧現幸福感。雖然只是出門兩三天，卻彷彿已過數月之久。旅途中的見聞和美好的感覺，總會伴隨生活一陣子，一再滋潤著即將乾枯的心靈，讓我想起妻子說的：「再忙，也要跟你去旅行」；如果能全家一起出遊，那就更完美了。

最近，看到親朋好友在臉書上放上出遊的照片，讓我心生羨慕。其實現今交通方便，參加國內、外旅行團或自由行，都是不錯的選擇。只要走出居住的小地方，邁向未知的旅程，生命就再度活躍起來。

【附錄：耕情啟思在地心簡目】

【附錄：我送書，你捐款／林萬來】

今年因故未能參加三十五年前初任教職時所帶班級的同學會，回想起三年前第一次參加他們的同學會，從臉書上的童年照片，對照現今長成青壯年的他們，部分學生依舊可以看出當年純真樸實的模樣。如今他們多是社會棟梁，幾乎都已婚嫁，也有了孩子，而我則步入中年，歲月真是太匆匆。

同學會上，我贈送他們當年出版的散文，引起一些回響。如今退休近五年，前幾月又出版了一本書，《生活小確幸——重拾塵世裡的真珠》，其中一篇正是敘述當年參加學生同學會的感動。

最近，自費向出版社購買兩百本拙作，在臉書上建議學生「我送書，他們捐款」，有九位學生響應，每人購入十本，近九千元的書款，以他們的名義捐助給我服務的第一所學校——新北市中湖國小，當作弱勢學生的學雜費。

尚有餘書，也分送給老婆瑜伽班的學員閱讀留念，沒想到學員們表示一本書的出版並不容易，她們願盡棉薄之力，每人捐給老婆服務的學校五百元，這數千元的善款讓老婆非常開心。

我又送給一位以前的好同事；她是心思細膩的國小主任，也來購買十本，要分享她的好友。我要她將錢捐助以前我任教的雲林麥寮鄉海豐分校，自認也是兩全其美的作法。

拙書寫得雖不敢說精彩，但願多見到社會的某些角落，會因我的書而對偏鄉學校伸出溫暖的手，顯現人間的諸多溫情。

（一〇四、七、二十三，聯合報家庭版）

第一一二封：一〇四年九月二日，發表「悠揚箏音展魅力」文，電傳同學們共賞

林老師（兼任開南大學、亞東技術學院通識教育中心教授）電函林生（退休）

案：林老師二日一早，上網看到筆名莊稼郎的林萬來賢弟，在金門日報副刊文學發表「悠揚箏音展魅力」（見附錄），隨即轉傳給萬來弟及臺北師專六九級同學們。

【附錄：悠揚箏音展魅力／莊稼郎（林萬來）】

書房總是滿溢著老婆練習古箏的聲音，從「陪我看日出」、「城裡的月光」、「綠島小樂曲」到「滄海一聲笑」等的流行樂曲，迴聲飄盪；在酷熱的季節裡，帶來一股清

涼，讓我聽得沉醉入神。

幾年前，老婆參加西螺鎮上的音樂教室，在陳老師的指導下，日有進境；每週一下班後學古箏返家都已晚上七點半。看她學得滿心喜悅，每天都在書房彈奏，我也為她感到高興。

在音樂教室田老師的鼓勵下，去年參加古箏最初級的檢定。檢定那天，我們夫妻一大早就從崙背的小村趕往斗六家商。在會場看到許多父母家人陪伴國中小的孩子在場外加強練習。我和老婆各捧著古箏和古箏架、椅子，找到一處迴廊，擺上古箏練習。老婆一面練習，一面緊張的說，有些忘譜，才知練習不足；不一會兒，田老師找到吾妻，給予一些指導，她的心神才鎮定下來。

十點多，老婆就去報到，等了一個多小時才入場當考生。整場幾乎是小朋友的天下；家長也在一邊守候，都心急的等待。除了幾位高中和大學生外，像老婆這種年紀的，可說寥寥無幾。

老婆出場後，激動的說：「第一次當學生參加考試竟然渾身發抖，第一首指定曲緊張得很，手抖心跳超快到忘譜，而且還彈錯。等彈奏到第二首自選曲心情才穩定下來，剛剛不知道是如何走出教室的……。」，雖然如此，初級的檢定依然通過，得到優等獎，給她很大的驚喜和鼓勵。她興奮的說很有成就感，明年還要再來參加二級的檢定。

前些日子，田老師一定要她參加音樂教室的年度音樂發表會，除了平時二級的檢定曲「平沙落雁」外，還有一首「綠島小樂曲」。於是下班後，總是一人默默的練習，在寧靜的夜裡，箏音迴盪在書房裡，是高山流水的淙淙聲，如大珠小珠落玉盤的清脆，滑音和拂音和搖指充滿在溫潤的旋律裡。

我聽得滿心舒暢的說，希望加一曲我很喜歡的「滄海一聲笑」；那首歌因電影武俠片「笑傲江湖」而揚名，充滿磅礡高昂而豪邁的氣勢，總讓人精神振奮，也是俠醫林杰樑生前最喜歡的一首曲子。她也眉開眼笑的答應。

臺上十分鐘，臺下二年功，那天晚上的音樂發表會各顯神通，果然精彩無比，也展現她舞臺演奏的魅力。

第一一三封：二〇〇四年九月四日，「泳往直前」文，寫游泳運動之種種

林生（退休）電致林老師（兼任開南大學、亞東技術學院通識教育中心教授）

老師：您好。

感謝一早即捎來拙文刊登（「泳往直前」（附錄），金門日報副刊文學版）的消息。此文是多年舊作，也是恩師的潤稿作品；一投再投，終獲刊登。感謝恩師多年的關懷與指導。

祝福

教師佳節如意安康

學生萬來敬上
二〇一五年九月四日

【附錄：泳往直前／林萬來】

身為偏鄉的海邊遊子，我有堅毅不畏難的個性，不會因為學不會游泳而作罷。只要有機會，不論泳池深淺，都是我大展身手的好機會；希望有朝一日成為池中蛟龍，游刃有餘地征服泳池和大海。如今我做到了！

歲月悠忽，教書生涯三十年一晃而逝，如今終於走下講台，離開學校的殿堂，過過自己想要過的生活。雖然日子千篇一律，有些單調，但力求在生活中產生動力、尋求樂趣的心情永不改變。除了讀書就是寫作，心情海闊天空，身體自由自在。此外，還有一項愛好，就是有空就去游游泳。尤其在夏日炎炎季節，爬完格子就去游泳，這也是消暑很好的方式。只是多數遊泳池離家有一段距離；但為了鍛鍊身體，舒暢筋骨，再遠也得前去。

我們一家子曾經遠到通霄海水浴場海泳；那是第一次也是唯一次的海泳，皮膚被曬到紅腫，還吃了好幾口海水，鹹鹹的滋味至今難忘。那時，還不是很會游泳，不過與游泳池比起來，的確游起來很舒暢，因為海中有負離子，有新陳代謝作用。感覺是沉浸在一股股的活泉中，認為海洋活水才是最好的游泳天堂；望著汪洋湛藍的大海，愛怎麼游就怎麼游，其樂無窮。

其實，我還是喜歡到住家附近的鄉立游泳池，才三公里遠。雖然是室外的，但能與陽光接近，感覺也頗天然。那時候，公所並未委託民間業者經營，所以只要是鄉內的學生一律免費，而成人也只需付五十元清潔費，因此我常去報到。其中有一位救生員李彩雲小姐，是國中國文老師退休，曾教過我妹妹，指導過我寫作；她時常在泳池旁不吝的指導我的動作。有時，她還會下水游給我看她標準正確的動作，實在很感激她。沒想到國文老師也是救生員及游泳高手。另一位泳技高超的教練，在指導學童之餘，也會糾正我一些姿勢；他為人謙和，常說他的方法和姿勢只給我做參考，互相研究切磋而已。他的真誠與為人讓我感動。

我還到過任教學校附近的大西洋游泳池，位於雲林的偏鄉海邊。可惜後來因為不敷成本而關門，讓我們扼腕不已。如今帶小女兒到虎尾鎮上去學跳舞之際，利用近兩小時的空檔到另一家泳池游泳。一方寬十公尺、長五十公尺的泳池，就是一處可以悠遊無憂的天地。不管是蛙式、仰式、捷式或蝶式，我都慢慢體會，在水中游來游去，伸展自如，自得其樂。

在泳池中，我放鬆，也放空自己，紅塵雜事都離我遠去；泳池是我的養生忘憂池。我時常一面泡水、做ＳＰＡ，一面和巧遇的熟人聊聊天，交換生活經驗。做好暖身，等半小時之後，才在二十二度的水溫中來回游動。剛下水的那一刻，稍感微冷；在水中跳動十幾下，等到適應水溫之後，才敢把頭沉入水中，使全身適應。游過三、四百公尺後，會慢慢的感覺全身舒暢，那種溫度還蠻適合長泳的。

有幾次，在泳池發現有幾位幼稚園小朋友，在她們父親的陪游下，會由蛙泳變為捷式，呼吸換氣得很自然。更有發現肢體不方便的泳士，雖然拄著枴杖，但依然下池泡湯、做SPA、學游泳，令人敬佩他們的勇氣。

平常日，偶而我也會到斗六市的泳池。那兒，舉目所望，幾乎都是中老年人居多，可見越大城鎮，中老年人越重視運動養生。有一次，還與一位近八十高齡的老翁聊天；他告訴我他的一生經歷，將近四十分鐘的談話中敘述他成功發跡的經過：從早期賣魚、賣豬肉做生意，賺了好幾棟房子，也購置一些土地，培養孩子讀醫檢師。因為經濟寬裕，除了照顧家中老父母外，還支助他的兄弟生活費、他的姪兒學雜費等等。他說來雲淡風輕，卻充滿樂觀喜悅，自認為人生已無憾，讓我聽得津津有味。

雖然我的泳齡從師專上體育課開始至今已有三十多年，但如果稍有大意，依然會口鼻進水，嗆得咳嗽難過不已，深深體會到「善泳者溺」的道理。俗話說：水火總無情；在水中是開不得玩笑的！

第一一四封：一〇四年九月十二日，提師生數十年往來書信結集出版構想

林老師（兼任開南大學、亞東技術學院通識教育中心教授）電致林生（退休）

鵬來：

……倒是最近看『吳濁流致鍾肇政書簡』、『肝膽相照——鍾肇政張良澤往返書信集』二書，頗受感動。您曾說我們師生往來書信達二百多封。早期不知我自己寫些甚麼？有沒有大用、有無價值？都不得而知；但也許年輕時的真情真意，有保留的價值。您的來信，重要的都有保留。不妨依時代先後排列，鍵入電腦。如可出版紀念，我們來共同支付出版費用。

我昨天過七十初度生日，未來如下坡車，感覺飛快；該做的，想早日完成。不知您的看法如何呢？如忙，信件寄給我來整理、穿插排列也可以，勿客氣。

主要是您認為此事妥當嗎？如不妥，就不要勉強，老師完全尊重您，勿客氣哦！

老師敬啟

生日後一天

第一一五封：一〇四年九月十二日，同意書信合集出版

林生（退休）電致林老師（兼任開南大學、亞東技術學院通識教育中心教授）

恩師：您好。

出版書信集，這倒是好主意。書信我近日整理看看。

看到恩師創發的心，旁註（即：旁白—以原信為主，僅在旁說明（「白」）若干相關事情），真令學生有淚眼的感動呢。尤其是恩師的用心加以詮釋，真不容易！

剛翻看恩師寄來的信約五十封，其餘的賀卡可能還要找找。重讀恩師三十多年的書信點滴，真是受益匪淺。還看到恩師指點學生交女朋友要大方等等。

還真可考慮出版呢，費用不是問題，請恩師放心。（九月十五日補充）

學生今日會將心情寫下來，今日也會將恩師的信寄回給恩師整理。如果要印刷，學生有認識印刷廠，要出版上市嗎？

只是學生覺得自己寫的恐怕都是胡言亂語，有值得出書的價值嗎？文辭會有一些問題，這是學生擔心的。（九月十五日補充）

祝福

闔家安康　生日快樂

學生萬來敬上
二〇一五年九月十二日

【林老師旁白】

年到七十，有人勉勵說：「人生七十才開始」，而小孩子反駁說：「那，我們那麼早來幹甚麼呢？」言外之意，並不贊同。不論如何，要全心全力抓住每一天，過好每一天，才是正辦。

檢討來時路，總結過去的所得所失，是可以逐漸去做的事。自自然然，有緣教到像萬來這樣的弟子，師生相得，也真不容易。三四十年間，看著萬來的成長，其實多在魚雁往返中達成。基於有問有答，純心說話，交流情誼與看法，久而久之，篋匣遂滿，備載仍多。擬效法前賢，先整理出首輯，作為二人緣起三十五載、為師人生七十初度的紀念而已。

第一一六封：一〇四年九月十五日，對『十六個夏天』連續劇感觸與心得

林生（退休）電致林老師（兼任開南大學、亞東技術學院通識教育中心教授）

恩師：您好。

謝謝寄來分享的大作，學生能與恩師同台（金門日報言論廣場版，刊老師筆名文復生的「借車資原是騙錢老眼」；副刊文學版刊生的「蚊子在眼前飛舞」），深感榮耀。

近日偶然看到二〇一四年製作的、林心如主演的連續劇——十六個夏天，給「騙去」了不少眼淚。該劇最近入圍金鐘獎七項獎（案：二〇一五年九月二十六日頒佈，獲得戲劇節目獎、女配腳（一般作「角」字）獎、導演獎三大獎項）。

以前根本覺得看偶像劇浪費時間，也沒有甚麼時間看；沒想到它共有二十六集，在一週內迫不及待地看完。雖然劇中不全然是真的，但勾起我曾經嚮往的青春——大專生活。說實在的，師專的懵懂生活，幾乎為課業壓力而活，加上天資不靈敏，雖然不辛苦，但也頗感虛度不少韶光。祝福

中秋佳節如意快樂

學生萬來敬上

二〇一五年九月十五日

【林老師旁白】

自從二〇一五年五月起，和鵬來弟真的好像比賽投稿似的，接二連三，師生倆都有文章刊出；但很少在同一天。如今，已打破了紀錄（實則同報紙，但非同一版面），相信將來

會成為常態，那才有趣呢。鵬來：加油再加油！

【附錄：蚊子在眼前飛舞／莊稼郎（林萬來）】

飛蚊症的眼疾彷彿佈下天羅地網，讓我無法掙脫，讓生命失序、日子失靈、靈魂踉蹌，生活品質走下坡。

年過五五之後，有天一早起床，竟然發覺眼前有白色網子紛飛。我一時慌了手腳，不知如何是好？有如世界末日，也不敢跟老婆講，如此苦惱困惑了一天，才在當天夜裡去看眼科醫生。

經過大小醫院及診所做眼睛的各種檢查，點散瞳劑、眼球掃描和診斷等等，真是折騰。結果左眼竟是水晶球退化，就是俗稱的飛蚊症。眼前不時有東西遮著，造成眼睛的不適和視力的嚴重影響。

這時，才能深深的體會到眼睛的確是「靈魂之窗」。自從眼睛深受飛蚊症的侵襲之後，每天的精神和情緒都受到影響，也好像都沒睡飽，精神萎靡不濟，做起事來都不帶勁，體會到年老體衰的困境。

有時會覺得這難道是老天對我用眼過度的懲罰，要我不要再孜孜矻矻的閱讀書報、寫作和運用3C產品，要好好的保養自己嗎；凡事不要看太清楚，多一點修身養性。

如今肉體逐漸凋零，靈魂也發出悲鳴。有時真的感覺到一隻蚊子在眼前飛來飛去的，很惹人怨，卻趕也趕不走，讓人難以忍受。幾次到醫院和坊間藥局尋求藥方，無奈都沒效用。在朋友中尋求慰藉，竟然發現不少中年人與我一樣，都深受眼球退化、飛蚊症及白內障的困擾。

人生真的是一條單線道，初中的升學壓力，讓不懂照顧自己雙眼的我，得到近視；四十五歲之後得老花、亂視及散光；如今，更受諸多眼疾的困擾。難道我的人生就只能睜一隻眼閉一隻眼？還是能挺起胸膛向前行？

經過半年的痛苦掙扎與適應期，體會到人生總有缺陷，無法總是天天快樂圓滿，總得擺脫自尋苦惱的窘境。既然治不好，就只能與飛蚊症共舞了；因為我依然要出門開車種田去、上街購物買菜，依然要讀讀寫寫，日子還是要過下去。現在的心情有如再見到冬日的暖陽，一掃過去情緒失落的陰霾。還是拋下陰影，學習林強的歌「向前行」吧！

【附錄：借車資原是騙錢老哏／文復生（林政華）】

近日報載，有一位王姓大學生在台北某捷運站。突然間，有一個男子過來搭訕，說他從高雄北上開會，稍早在搭公車時不慎將皮包遺失，現在身無分文，希望能借他二十元搭車。王生看那男的穿西裝，手拿公事包，不像騙徒，就借給他錢；二人還一起搭捷運到台北火車站。

途中，該男自稱姓林；他又繼續跟王生聊天，不久，又要求能不能再借他三千塊錢，讓他能搭車趕回南部，隔天就會再來台北開會，屆時一定會主動跟他聯繫還錢。王生看他的穿著像上班族，又苦苦哀求，身上剛好有錢就借給了他；還陪著他到火車站，留了手機號碼。結果，對方從此失聯，王生驚覺上當而報警。

奇怪，類似的情節也發生在五十年前；當時我是大一新生，剛從台中北上就讀。有一天上午，我在台北開封街折往火車站方向，迎面來了一個中年男子，穿成套西裝，留西裝頭，手提〇〇七黑皮箱，一副紳士的打扮。他突然站定跟我說，他是台南烏山頭水庫的工程師，要到台南中外大學去開會，發覺自己忘了帶錢；問我是不是可以借他五百元買車票？

我當時身上並沒甚麼錢，無法借給他；但我知道一個方法，就告訴他說：「你可以拿著身分證到警察局作抵押，警察會先借給你。」話還沒說完，他一聽到警察局，就連忙打斷我的話，邊走邊說：「好！好！我知道了。」急急忙忙地走掉。我一回神，知道我遇到了騙子，好佳哉！沒有被騙成；台南至今也沒有所謂的「中外大學」呀！

（金門日報言論廣場版）

第一一七封：一〇四年九月十五日，回味數十年書信情節與遭遇，感動欲淚

林生（退休）電致林老師（兼任開南大學、亞東技術學院通識教育中心教授）

恩師：您好。

今日重讀十多封您給學生的信，有些訴及當年追求情感的路，讓學生讀來有些害臊。（見附錄一）

那些年的青春歲月，重新喚回來，那些生活、那些少男情懷、那些情感的波折（見附錄二），幸好有恩師的指點化解，才有今天還算幸福的婚姻；點點滴滴，不禁讓學生淚眼。這些往事點滴已經封存在歲月裡數十年，也幾乎忘了它們的存在。再次感恩當年至今的關懷。感謝有您。祝福

中秋佳節　如意快樂

學生萬來敬上
二〇一五年九月十五日

【林老師旁白】

西方人說：「做了善事，就悄悄地避開。」何況幫忙學生，解決學生的困擾，是當老師者的義務，天經地義。因此，鵬來信中說的事，我已完全不記得。如果當年有後來的成熟一點、多一些智慧，將會幫忙處理得更美好吧。

總之，過去老師可能沒甚麼幫助作用吧，沒甚麼功勞，請勿如此溢美才安心。

【附錄：深情面對舊愛／林萬來】

多年不見，妳一切都好嗎？那些年妳在北師芝山學園飄逸的身影，依然留駐我心頭。妳與同學一起走在水泥步道上，跟在旁邊的我細聽著妳們輕吟當年流行的校園民歌和鳳飛飛的「松林的低語」。有時不免回想起，我心中依然盪漾著對妳美好的情意；雖然我一直沒能說出口。

聽著鄧麗君的「北國之春」：「我衷心的謝謝您，一番關懷和情意，如果沒有你給我愛的滋潤，我的生命將會失去意義。我們在春風裡陶醉飄逸……我的平凡歲月裡有了一個你，顯得充滿活力。」不禁要想起遠居在多雨浪漫又風景秀麗的蘭陽平原的妳，不知當年自北師畢業後，為何沒有返回妳的故鄉服務；幾年後卻遠嫁宜蘭，開始妳的謎樣人生？

來自雲林偏僻的蕭瑟農村、一向自卑的我，一腳踏入高樓林立的繁華市街，幾乎迷失了心性。但在接受教育中，我謹守本分，認真追求自己的夢想，幸好能有小成。但在平淡的生活中，時常為情所困，被情愛折磨，那些情、那份愛，我雖明白了，卻總是無法放棄；也許放在心裡會安全點。閉上眼睛，想想自己，以往的情愫已錯過了，就讓它過去吧！我要以積極、陽光的生活態度，過著隨遇而安的生活。

不知何故，回首半百的人生中，經過的一些事，有時明知是錯的，卻一直堅持；明知是不好的，卻一直守護。或許人生就是充滿無知和無奈，我逐漸理解許多事是可遇不可求的，有些感情和愛戀只能擁有一次。告誡自己一定要堅強。

那段成長的歲月裡，了悟真心對一個人好不一定要求回報；就像我曾經仰慕單戀著妳，自己卻忽略身邊最重要的人，就像終日平淡攜手卻認真守護家庭，養育、教育孩子，曾經青春的髮妻，平凡中仍有美好的情愫。雖然如此，我還是要衷心地感恩，謝謝妳陪我走過一段人生的歲月。

（二〇一五、九、二十九，青年日報副刊，原題『深情舊愛』）

【附錄：無盡的祝福／莊稼郎（林萬來）】

日前，參加同學會，看到四十年前我心儀的同學，愛戀她的心情依然存在；雖然，這數十年來，她根本不知道。

回想當年的師專求學生涯，大家一律住校，同學年的男女同學情感特別好，時常相約到台北戶外郊遊踏青，留下不少令人懷念的照片。

回首當年，正是十六、七歲的青春少年時，心頭總是充滿純情和浪漫。我從一年級開始就單戀著那位同學，因為與她合影過一張照片。雖然時過境遷，但數十年來，歲月依然吹不散她那燦爛的笑容，以及留在我心頭的倩影。如今，不曾談過戀愛的我，依傳統娶妻生子，雖然很幸福，但，也有些遺憾。

當天，畢業三十五周年的同學會，我根本無心聽在場幾位當年老師的勗勉，時常回頭遠遠地望向她。為了捕捉她迷人的身影，又不想讓她感覺有異，我只好拿起手機，全場拍照；而她巧笑倩兮地望著鏡頭，讓我更加心動了。

假借寄照片的名義，和她成了臉書上的好友。由於無意間將我濃烈又單向的情感顯露出來，而造成她的驚慌與困擾，讓她很難接受。這時，我才驚覺，其實她已不記得我了，對她而言，我是個陌生人；尤其，過去我們從來不曾互動，實在對她很抱歉。

經過十天的沉思，看著她臉書上數十張家族旅行和居家的照片，得知她現在是一位快樂的阿媽，與夫婿、子女兒孫一家過得幸福快樂。尤其，每張照片都看得到她迷人的招牌笑容，讓我知道她很快樂，也讓我很放心。曾是心頭愛戀的女子，如今年過半百，她依然生活精彩。

數十年來，默默關注她的行蹤，過了三十五年，總算見到她，這樣就夠了。此刻，我獻上最美好的祝福給她：祝妳永遠幸福！

（二〇一五、八、二十八，人間福報家庭版，原題『祝妳幸福』）

第一一八封：一〇四年九月二一日，依文中記述已捐四十餘萬元；謙勿張揚

林生（退休）電致林老師（兼任開南大學、亞東技術學院通識教育中心教授）

恩師：您好。

今天一大早，即看到拙作（「手心向下的愛」，馬祖日報鄉土文學版。見附錄），感謝恩師的分享（也寄給昔日同窗們）。真不好意思，這是去年的作品，是參加「愛的小故事」徵文而寫的。

事實上，把自己的小德小善公開，實在有點害羞；這些事，實在微不足道，許多人都在做。古訓，公開即不是善了。希望恩師及同學們多多包容。

祝福

中秋佳節

如意愉悅

學生萬來敬上

二〇一五年九月二十一日

【林老師旁白】

「古訓，公開即不是善了。」

鵬來這話說得很好；西方諺語則說：

「做了善事，就悄悄地避開。」

但，這是指具名公開嚷嚷自己的功德有多大多大，惟恐天下不知的過度行為。鵬來用筆名發表，並無此顧慮。再說若干做善行的方法或經驗，如果不說出來令他人感動而模仿，怎麼引人為善呢？

就此文所記，鵬來的善款捐助已達四十萬九千六百元以上。他的愛心善行，得自家傳家教，也將一代代傳承下去；這真是近年中國某作家來臺灣旅遊後說的：「臺灣最美的風景，是人。」所說的「人」，確切一點的說，是：「人心——臺灣人的愛心」！不是嗎？

【附錄：手心向下的愛／莊稼郎（林萬來）】

從小家境困苦，父母要照顧十口之家，時常得向人借貸還穀度日，有時甚至陷入借不到款的窘境。幼時吃醬油拌飯、甘藷稀飯至今深記腦海。及長，家中經濟逐漸好轉，深悟在現實社會「有錢不一定萬能，沒錢卻萬萬不能」。

平日看到一些私立孤兒院的承辦人，蒞臨寒舍募款，父親總會捐個幾百元。那年，村子成立五魁分班，老爸捐了三萬元補充設備。不定期的捐助村內志工清掃社區的涼水和便當錢，適時捐助村中的大小活動；父親的默默行善，一直影響著我，他念念不忘當年借貸給我們的恩人。自從進入社會工作之後，我也養成手心向下的習慣。

從民國七十八年起，同事召集捐助急難善款，每月一人一百，全家數百元，一轉眼已超過二十年。每當遭逢到各地天災地變的不幸，在師兄師姐的號召下，從幾千到上萬元不等的捐助，已成習慣。

當年，以父母的名義各捐了三萬元的病床給南部新成立的醫院，希望造福有緣人；又曾以出版書籍的版稅和義賣所得約十萬元，捐助功德會。擔任偏鄉的教職期間，將拙作義賣所得十五萬元，成立仁愛基金，提供學生及家長的急需費用，讓老師安心教學，學生願意上學，希望他們都能快樂幸福。

如果巧遇佈施的機會，那是舉手之勞，從百元到千元不等的捐輸，不一定是積德行善，而是略盡一點社會公民的義務，期待大家都活得無憂和幸福。

幾年前，在鎮上的一家書店，有位衣衫不潔的中年男子靠近身邊，輕聲說：「少年耶，給我一百元吃飯。」我看著鬍鬚未刮的臉龐，心頭一震；第一次遇到這種事，不免心驚。不過，我很快就掏出百元送給他，看他快速離去的背影，希望他能少餓一餐。

有一次黃昏，在虎尾鎮的停車場，剛停好車子，一部摩托車攔住去路。我以為她要問路，結果這位戴口罩的婦人從腳踏墊處拿起一個方盒子，告訴我那是茶具組，一盒一千二百元；因為孩子沒奶粉，希望我能幫忙買一盒。雖然沒能看清她的容顏，但一位媽媽為嬰兒，天黑了依然在外奔波尋找買主，發揮母愛堅毅的精神，令人動容，也值得同情。

我二話不說的拿出千元，希望能解她燃眉之急，我告訴她說：「茶具我家裡有，這錢算是我跟您買的費用；茶具還給妳，希望妳再去兜售，辛苦了。」她感激的跟我點頭道謝後，又匆忙的騎車離去，在昏暗的天色裡，一位辛苦母親的背影，竟讓我淚流。

有幾次，看到幾位披著袈裟的師父莊嚴的挺立在遊樂區、市集，或人潮洶湧的地方化緣，我總是一百、二百的佈施，總會獲得一句「阿彌陀佛」的祝福。有一次，一位師父叫住了我，回贈我一小台的念佛機；每當我看到這台念佛機，心情特別平靜，也想起那段因緣。

在各種活動展覽場，都有街頭藝人的彈奏演出，為了鼓勵他們，我也會在他們的「打賞箱」內放入百元。區區之數，希望他們聚少成多，繼續為我們的社會帶來歡樂和藝文的氣息。

有一次，在高速公路清水休息區，遠遠就聽到薩克斯風的吹奏曲：「黃昏的故鄉」、「綠島小夜曲」、「星月的離別」等老歌出籠，優美的旋律吸引我走近這街頭藝人的前面，用大拇哥比「讚」，而後投入百元鈔。又有一次，在古坑的綠色隧道市集中，幾位南美洲印第安人組成的合奏團隊，表演節奏鼓和排笛的合奏，熟悉的「老鷹之歌」、「奇異恩典」，還有異國風等耳熟能詳的歌曲，帶來一帖清音，撼人心絃。許多觀眾都為他們的表演鼓掌喝彩，感謝他們帶來異國的音樂風情；不少人購買他們的ＣＤ

專輯，我和老婆也加入搶購贊助的行列。

再有一次，在南投中興新村舉辦的茶葉博覽會，會場有幾位街頭藝人的演奏。有一位唐寶寶的陶笛演奏吸引來賓的目光，我、牽手和妹妹在旁聽了一、兩首曲子，發現他頗有音樂天分，還接受電視台的邀約表演，我除了打賞鼓勵之外，還與他留影。

二〇一四年的台灣燈會也在中興新村舉辦，在賞燈讚歎花燈光影炫麗之美外，在花燈間，也有街頭藝人的表演。讓我感動的是，有一位女盲生，目前就讀臺灣藝術大學，主修音樂演奏和編曲，在熱鬧的燈區中演奏電子琴。許多走過她面前的人，看到如此傑出的學生因籌學費出外演奏，除了讚歎她的音樂造詣之外，她的上進精神更是令人感佩。圍在她前面聆聽演奏，給予掌聲打氣的人不少，不論老少都紛紛慷慨解囊鼓勵她。雖然她看不見，但她的心看得見。我們全家都挺她，捐了千元，希望她在求學路上自立自強，勇敢的拚鬥下去，順利的完成學業；也預祝她在人生道路上也能幸福過生活。

在附近的燈區則看到心酸的一幕，一對兄妹在酷寒的夜裡，哥哥口琴演奏，妹妹立在一旁，手拿紙版，寫著：「因為家境困難，我們正為學費努力，請您欣賞口琴演奏。」哥哥專心的演奏，面帶愁容的妹妹低眼皺眉，不敢正視路過的賞燈人。此時，我拿出千元鈔，投入黑色紙箱中，安慰鼓勵他們說：「加油！你們會成功的！」妹妹頓時露出驚喜的笑容。

在生活上看到一些悲苦的人，讓我倍感有餘的幸福。感恩我的父母和幾位姊姊們的拚鬥，從幼小時就為我們遮風遮雨，還有社會上的恩人，讓我們有口飯吃，順利升學就業。如今日子自在安然，我們一家都過得愉悅快樂，感恩知足，謝天謝地。

第一一九封：二〇四年九月二二日，往來書信集謂可勵志益世

林生（退休）電致林老師（兼任開南大學、亞東技術學院通識教育中心教授）

恩師：您好。

書信論學、感情與人生集已經收到了，也細讀了，恩師的旁白，不但畫龍點睛，而且更具可讀性。

書函中有篇「人生四十始知味」，已收錄到『歸園田居訴衷情』（散文集），可再放入書信集嗎？

看完連戲劇，學生也寫了一篇「我愛連續劇」（見附錄二）。可附其中；另一篇我送書，你捐款」也可以。

恩師，您做事總具有啟發性，積極勤奮，專業認真，好像有用不完的精力似的，實是我輩典範。生看著您以前為生刪修潤稿作品，常跟內人說，這樣的老師絕無僅有，連我都做不到。以恩師的學經歷、作為和國學素養而言，堪稱「人間國寶」，一點都不為過。真的，學生懶散慣了，那些天約略看恩師的來函，真的感動欲淚，情緒難以平復，

也喚起生不少的多情往事。如今一拖延又數天了。真抱歉！

看到恩師的書信手稿，真的可做為當今年輕人的指南，也相當勵志，出版後，生想可多送一些人閱讀，比講道理好多了。恩師信中的諸多事理，讓生慚愧，因為許多事都沒做到，真是枉費當年恩師的期許。

近日可望一篇篇的整理，也可細細回顧從前，未嘗不是好事。

祝福中秋佳節

闔家安康幸福

吉祥如意

學生萬來敬上

二〇一五年九月二十二日

第一二〇封：一〇四年九月二二日，書信中提及之文章附入，便利讀者

林老師（兼任開南大學、亞東技術學院通識教育中心教授）電函林生（退休）

萬來弟：

只要盡心力，慢慢來，不要影響身體最重要。因為剛開學，較閒，一鼓作氣做了一些；也因先有個雛形，以後慢慢補充、修正，才能齊全，形成完璧。

人到中年風景殊（已見上第八十七封信附錄）、我愛連續劇（後，二〇一五年十月一日刊馬祖日報鄉土文學版）、我送書你捐款（已見第一〇八封信附錄三），均想納入；三篇請電傳給我納入。在書信中提到的文章，均可想辦法納入，方便讀者了解。像您這封信也很好，可列入。

一切勿客氣，老師差得遠！老師是個完美理想主義者、星座處女、肖狗，又O血型，覺得永遠不夠好；故請勿溢美我才好。再談。

老師

二〇一五年九月二十二日

【附錄：金鐘連續劇「十六個夏天」傳奇／林萬來】

仍在職場時，我喜歡看國內外的電影片來紓解壓力，根本不喜歡看電視連續劇；因為一集集的連續劇常需要煎熬的等待，也沒辦法集集都看完整。退休之後，常整天與電腦為伍，加上視力變差，也沒有特別喜歡看電視的劇集。

沒想到前些日子在電腦的臉書上，看到林心如製作主演的電視連續劇「十六個夏天」（二〇一五年九月二十六日金鐘獎頒佈，獲得戲劇節目獎、女配角獎、導演獎等三大獎項）的第一、二集；竟欲罷不能，隨著劇情的鋪展，心情起伏不已，時而歡笑，時而哀戚，甚至掉淚，根本不是一個年過半百的大男人行徑。最後竟在電腦上，一口氣在一週內將二十六集的劇集全部看完。我跟老婆說，我被「十六個夏天」綁架了。老婆笑著說，因為我沒有經過年輕青春時期的愛戀情仇之故；說的也是。

戲劇就是現實人生的縮影，一點不假。我深深受到男女主角詮釋的腳色所吸引和感動，每集的劇情牽引我的心緒。每集結束的片尾曲：「以後別做朋友」響起，我就有欲淚的衝動：「習慣聽你分享生活細節，害怕破壞完美的平衡點，保持著距離一顆心的遙遠，我的寂寞你就聽不見響起……」我眼眶紅了，鼻子也塞住了……。

劇中男主角的媽媽曾說：「最愛的人不一定要在身邊，遠遠地看著就好，有些事強求並不一定會幸福。」深獲我心。現實人生中，幾人能放得下，想得開？有情人無法成眷屬，也只能壓抑自己內心真實的感情，繼續過未來的日子，任寂寞相思淚流的心痛，藏諸心底。

看完「十六個夏天」，我的情感一直沒有離開，很想了解身兼女主角和製作人林心如是何等人物？在臉書搜尋她的故事和在粉絲團中按讚鼓勵。難以想像她這麼年輕，演技就受到肯定，都是辛苦努力的付出所致。

（二〇一五、十、一，馬祖日報鄉土文學版，原題『我愛連續劇』）

第一二二封：一〇四年九月二四日，「平安符　兩代情」刊於聯合報版面

林老師（兼任開南大學、亞東技術學院通識教育中心教授）電函林生（退休）

案：林老師本日上網看到林萬來在聯合報家庭版發表「平安符　兩代情」（見附錄），隨即轉傳給鵬來弟及臺北師專六九級同學們。

【附錄：平安符　兩代情／林萬來】

年少時，住在偏遠的海口鄉下，每回要離家求學或就業，父母親總會為我們焚香祈福，向神明求來一只平安符。

只要雙親沒出遠門，無論晨昏，他們總要問一句「何時離家？」好讓他們有時間燒香拜拜，請神明保佑我們一路平安。

當年，我求學和工作的地點離家數十百公里，每次往返不但要轉車，車程更要耗費大半天，旅途的奔波是體能的一大挑戰。然而，有家人和父母可以倚靠，以及平安符的加持，彷彿再遠的路都近了，勞累的旅程也不再是心靈的負擔。

我和妻子結婚後客居台北，每當假期結束，要離開老家返回工作崗位，心中總有對家鄉的種種依戀，腳步沉重不已，偶爾還會有欲淚的衝動。

雖然我自國小畢業後就離家求學，外宿異鄉數十年，早已習慣與親人別離，但在漫長的離鄉歲月裡，卻愈來愈難處理別離的情緒。幸好有一只紅燦燦的平安符，安撫了我的心情，也成為我心靈上的寄託。

如今我和妻女返鄉定居二十年了，仍不時在舊衣口袋或抽屜內找到當年父母求來的平安符，顏色鮮豔依舊。看著這些平安符，彷彿見到爸媽為了祈求我們的平安而忙於祭拜的身影。

大女兒離家求學的這些年，我和妻子也仿效雙親，常到廟裡求取平安符，讓她帶在身上保平安。現在，小女兒也要遠行到台北，一兩只平安符當然不可少。希望她們都能了解身為父母的心情，希望她們身在遠方，日日平安，歲歲健康。

第一二二封：一〇四年九月二十六日，二文分別寫徐紀、林政華師

林老師（兼任開南大學、亞東技術學院通識教育中心教授）電函林生（退休）

案：林老師本日上網看到昨日（中華日報在夜間才出電子報）林萬來弟以莊稼郎為筆名在中華日報副刊發表「北上莫要空手歸——憶徐紀老師」（見附錄），隨即轉傳給鵬來及臺北師專六九級同學們。

又在十一月三十日深夜，在網路上不意間查到鵬來的另一文：「人師的典範」；編入附錄。

【附錄：北上莫要空手歸——懷徐紀老師／莊稼郎（林萬來）】

我十二歲南下柳營讀私立中學，三年後又北上就讀臺北師專，深嚐飄泊離家之苦。

旅居異地的青春歲月裡，心情異常孤獨寂寞。

幸運的是，遇到徐紀老師——那時候的導師兼國文老師。徐老師是現今武學堂「止戈私塾」的創辦人。他器宇軒昂，豪邁英挺，情深心細，才氣縱橫，對古今文學造詣深厚，除了精通國術、太極及武術之外，上國文課更獨樹一格，總能將課文內容深入淺出，淋漓盡致地呈現出課程的精華。帶著歷史的厚度與哲思的深度，讓情節故事生動活潑趣味化。教我們四書或文言課文的精采，既有古風，又帶新意，瀟灑又優雅的情懷，常把我們帶到古中國聖賢的殿堂裡，讓我們也能超脫現實，一起遨遊在歷史的芳華中。

對文化詩詞之美的詮釋精妙、對文學的閑情與智慧的通達，娓娓道來的奇聞逸事，令我們將瞌睡蟲一掃而光，有如親見七彩繽紛虹霓的驚歎。他時常以古證今，貫通古今的情事，讓今古皆能顯露輝光，兩節國文課的精湛的論述，常讓我們聽得興致盎然、意猶未盡，捨不得下課。他可說是一位天才天生、渾厚天成感性的講者，是我心目中既崇敬又仰慕的國學大師。

當年，徐老師常叮囑我們，到首善之區的臺北就學，讀書固然重要，學習其他的事物也很要緊，否則，何必千里迢迢的從南部、東部，甚至外島來台北？他讓我們知識及智慧大開。

徐師希望我們知道哪裡是電影街、哪裡是圖書街？歷史博物館有那些展覽？也期許一些展館如：美術館、科學館、故宮博物院，都應該要有我們學習的足跡。他說，如有家人到台北來，要做一位很有內涵的導覽員，讓家人不虛臺北行。

可惜的是，老師只教我們一年就離校他就，而年紀輕輕才十五、六歲懵懂的我們，整天被課業及成績壓得喘不氣來，未能深刻領略老師的用心。

我們留不住悠悠的青春，但在北師，徐老師賣力的傾注他的心力與專業，期盼我們在臺北不要空手而回，對於老師智慧的啟迪與情感教育的陶冶，哪怕三四十年後的今天，我依然難以忘懷。

【附錄二：人師的典範／林萬來】

因為師專林教授人師典範的影響，所以我畢業後從事春風化雨的工作，無不以老師的教育精神教育下一代，也讓我的教學生涯能畫下完美的句點。

離開省立臺北師專三十五年了，仍然有兩位教授透過書信（超過二百封）及伊媚兒，關懷我的人生和寫作；其中一位，就是當年三年級時任教國文的林政華教授，畢業之後近四十年的師生情，依舊熾熱，讓我難捨這枝寫作人生的筆。

二十多年前，恩師就曾為拙作的出版潤飾、編輯和寫序，如今從臺北縣回到故鄉任教已快二十年；三年前有幸能再出版散文集，能再一圓出書夢，就是林老師的鼓勵和義務的潤稿所致。

回想這三十多年的教育和寫作之路，可說相當幸福，而讓我在這教育路上依舊充滿熱情，能在文學孤寂的道上依然堅持創作，就是恩師在我畢業後，依然發揮人師精神，無悔無怨指引，和義務刪修拙作。尤其當年從校長之職退休後，沒有創造第二春，守著老家和雙親，日子隨緣、自在安然的過著蒔花、種菜、拔草，耕作農地，心有餘力，就是讀書和寫作。

林教授曾來函說：「多體味人生，多深思世物，把自己的所得寫出，你是生活、田鄉與挖掘人性的散文作家。文章最重要是內容、是感情、思想，是智慧人格，你的心、生活，想法與感情等等，是你文章的靈魂。」從事教育之餘，逾三十年的寫作歲月，是生活中的小確幸。

我要傳承恩師人師典範的教化精神，更要對恩師說聲：「感恩的心，感謝有您」，這輩子因為有您的牽引，學生才能發光發亮……。

（二〇一四、九、二十六，更生日報更生廣場大家談版）

第一二三封：一〇四年九月二七日，「曲折……成師因緣」文述當老師之奇特因緣

林老師（兼任開南大學、亞東技術學院通識教育中心教授）電函林生（退休）

案：林老師本日上網看到林萬來在金門日報副刊發表「曲折而感念多多的成師因

緣」（見附錄），隨即轉傳給鵬來及臺北師專六九級同學們。

【附錄：曲折而感念多多的成師因緣／林萬來】

昔日要當做一位小學教師，必須國中畢業後再報考師專。一個十四、五歲的孩子，就要選定自己未來要走的路，在那懵懂的歲月裡，我是那樣的幸運，國小六年級時，因為周文政老師的關心、厚愛，他要我國中畢業後去報考師專。這是我一生的轉捩點。

四十多年前，六年級下學期開學時，因為學校組織球隊之故，我從六庚被分配到六丙；丙班的級任老師正是周文政老師。

有一天下課後，周老師把我留下來，問我畢業後要就讀國中？或就讀私立初中？我告訴老師，我也不知道。老師說，他懂了，知道該怎麼做。隨後，要我坐上他的機車，他要見我的雙親，希望我帶路。

不久後就到了我家。家裏只有正在看顧小雜貨店的母親，周老師與母親閒談一陣，表示希望我能就讀私立初中，畢業後考上師專一定沒問題，將來不必靠人事背景就能當老師，生活可以無憂。母親聽了，雖然非常高興老師對我的愛護，可是卻不能全權作主，要我帶老師到田裏去找父親。

周老師又騎上機車載我到田裏，老師又把要我去讀私中的事重提一次，父親聽了雖然很高興，但卻表示有困難：首先，若我去讀私校，家中的雜貨店如有人賒賬，誰來記賬？其次是家中的老牛沒人牽去餵草，最後是家境困難，沒有餘力供給我昂貴的學費。

周老師聽完父親的說明後提出解決對策：一、請來店裡購買物品的人儘量不要賒賬，因為記賬的人外出讀書去了。第二、如就近讀國中，也一樣沒什麼時間再牽牛去吃草；孩子讀書忙於課業，牛沒有人餵養，何不賣掉？至於家境關係，他可以全部負責三年吃、住及學費，不必用到家中的錢。老師就如此疼愛學生，他的誠心讓父親大為感動；家父說既然老師如此疼愛，家裡再怎麼貧困，那怕是賣田賣地，也會讓我去唸私校。還記得在回程的路上，我的心情一如那天夕陽餘暉那般的燦爛，彷彿讓我看見人生美好的遠景。

那個年代，要讀私立初中，必須參加甄試，所以有些同學早已參加課後輔導，而我並沒有。老師告訴我不必擔心，如果沒有考上，可以用全班第一名縣長獎的資格入校。果然我並沒有考上，而用縣長獎的獎狀方得以優待入學。

三年異鄉的苦讀歲月就此展開。因住家離校太遠，只得住宿。又因雲林崙背到台南柳營學校，交通不便，所以我假日都甚少返家，以課業為重，期待三年後能順利的考上師專，一了老師及雙親的心願。

鄉愁、教科書、測驗卷、參考書、考試成績和體罰等交織在一起，淚水常與屋外的雨珠齊飛；但為了不辜負周老師的鼓勵之恩、家中父母的殷切期盼，我豈可放棄不適應的住校生活？豈能卸下沉重的課業壓力？

成績偏低的挫折、身體不適的考驗、煩躁抑鬱的悲情，要不是有超人的毅力和耐心，恐怕無法度過初中歲月。就因為這三年的磨鍊，我考上台南一中、台北工專和省立台北師專。我如願以償地進入師專就讀，選擇以後當一位春風化雨的老師，作為終身的事業。

師專就學時期，受臺北文化思想的滋潤，以及師專教授精神智慧的啟迪，我就像一隻小魚遨遊在大海中的快活。參加水彩社，用這支筆盡力彩繪我的青春夢；參加攝影社，把眼見的臺北繁華景象留住，把校園景觀、互動的師生情懷攝成記憶；參加校刊編輯，嘗試寫作投稿，希望記錄人生百態，拓展心靈的版圖。

經過五年師專的培育、熏陶，終於畢業了！從初中以至於師專的八年歲月當中，時常接到周老師來函鼓勵。那幾年，老師從崙背國小調職至斗六市保長國小，但仍不懼路遙，利用假期，千里迢迢的用機車載著師母到我住的偏僻海口小村，來探望數次，讓我了解什麼才是「教育愛」。這種無私無我的教育愛，周老師真是「人師」的典範。

從臺北縣中湖國小執教鞭開始，我便以周老師為典範。而後再調職至板橋市、三重市。經過在異鄉十五年的教育生涯，逐漸體會「教育愛」，真的是難能可貴。民國八十四年八月，我終於返回從小生長的母地-偏僻的崙背五魁村，從事另一階段的春風化雨工作。就是周老師的影響，我把教化的事業視為一種心靈永恆的志業，繼續推展周老師的教育愛。

就在幾年前，我成為周老師的乾兒子；想一想，我竟然有兩個爸爸、兩個媽媽，是多麼幸福啊！如果沒有當年乾爸爸的指點、牽引，如何能成就現今的我？大恩難以言謝，難以回報；我謹能感恩，永遠記住乾爸、乾媽給予我的愛……。

第一二四封：一〇四年九月二八日，悼林弘宣文述美麗島冤案

林老師（兼任開南大學、亞東技術學院通識教育中心教授）電函林生（退休）等

案：林老師本日上傳他昨日所寫「敬悼　林弘宣先生」文（見附錄），給鵬來弟及臺北師專六九級同學們；並說：

「同學們：九月二十五日，當年美麗島冤案受刑人之一的林弘宣牧師走了。老師敘述與他的一點因緣來悼念他。有他們，才有今天的民主自由。請　大家指教。」

【附錄：敬悼　林弘宣先生／林政華】

報載當年美麗島案件受刑人之一的林弘宣先生，在二〇一五年九月二十五日走了，享年才七十三。

本人本不認識林先生，當其他受刑人在本土政府執政時多位居要津，都有很好的安排，唯獨林先生不忮不求，甚麼好康也沒有。因我在一九九八年，由公立學校辭職轉至當時唯一的淡水工商管理學院（次年升格改名為真理大學）臺灣文學系，承乏擔任系務工作。次年三四月間有一天下午，辦公室來了一位樣貌很平凡的先生，年約五十多歲，自稱是林弘宣。當時我對美麗島事件受刑人，沒有全部了解，只知道三四位較常被提起的，以及辯護律師；並不知道弘宣先生其人，所以還請他在紙上寫出大名呢。

聊了點尋常事情之後，不久他就告辭走了。而他出身美國神學博士，回臺後擔任牧師工作，編輯『台灣教會公報』，積極參與黨外運動。一九七九年，擔任『美麗島』雜誌服務處總幹事，被捲入事件，軍法大審被判處十二年徒刑。一九八六年因罹患癌症假釋就醫，隱居屏東內埔，靠翻譯書籍為生。

如今想來，一九九九年，他可能想到真大臺文系來作育英才；而我卻孤陋無知，失去推薦他給校長延聘的機會，真是扼腕！幸虧阿扁總統在第二任上的二〇〇五年，想到聘任他為有給職國策顧問；但也只有三兩年光景，二〇〇八年隨著本土政權的被輪替，而告結束。對他的離去，我除了和陳菊市長一樣「感傷遺憾」外，還有一層有眼不識泰山的愧疚。弘宣宗長：請您安息主懷吧，這世間也太苦了！

第一二五封：二〇四年九月二八日，談師生書信集編輯進度

林老師（兼任開南大學、亞東技術學院通識教育中心教授）電函林生（退休）

鵬來弟：

感冒中，趁著颱風天，將書信集整理再整理，增添為三十五封，已六十八頁。書名、內文都有改動和處理。您的大作內容也有修改、潤色；有空，請慢慢再多看多改，要達到一字不誤，一筆不苟為止。

老師
二〇一五、九、二八

第一二六封：二〇四年九月二八日，體諒師編合集之辛勞

林生（退休）電致林老師（兼任開南大學、亞東技術學院通識教育中心教授）

恩師：您好。

首先祝福教師節如意安康。整理的書函均已收到，無限感激。「北上莫要空手歸—憶徐紀老師」和「曲折而感念多多的成師因緣」兩篇拙作，為

去年恩師的潤稿作品，非常感謝。

看到恩師近日將學生數十年來的文稿和信函作一整理，相當訝異恩師的精力充沛，好像都不會疲累。非常感佩恩師專心及不眠不休的精神態度，把人師的精神及國學專業修養發揮得淋漓盡致，非要把此事做好不可，真令人感動！原本的中秋節及教師節都是應該要休息的節日，沒想到恩師如此的積極和費心，真讓學生慚愧得不知怎麼辦才好？

又讓恩師在感冒和颱風天中，將數篇的拙作潤飾。那些文稿和一些未刊稿，本想要影印成冊——約三本，找時間郵寄請恩師潤飾。如今更要加緊腳步將恩師的書函趕快打成電子檔，才能跟上恩師認真的腳步。

期待與恩師的書函文集彙編成冊，永留紀念，那將是學生這生最感榮耀幸運與喜悅之事。只是讓恩師如此投入那麼多的心力，甚感抱歉。

希望恩師多加保重身體，尤其籌辦令嬡婚禮尤須更多的心神。

祝福

教師節如意吉祥

闔家安康

學生萬來敬上

二〇一五、九、二八

第一二七封：一〇四年九月二八日，書信集相關履歷資料之蒐集、撰寫

林老師（兼任開南大學、亞東技術學院通識教育中心教授）電函林生（退休）

鵬來弟：

書信集，我想以後需要二人的詳細介紹，類似自傳或年譜等均可；讓讀者完全了解您：學經歷、得獎等等，越詳細越好。所以，有空，想到就寫一些；隨時補充，最後就會很完整。這是我的一點經驗做法。

老師

九、二九上午

【林老師旁白】

後來，結合師生二人的智慧，終於有本集所呈現的現狀，如下：

林政華教授、林萬來校長小檔案

林萬來自序

林政華小敘

序詩：為大地謳歌（林萬來）

總附錄：林萬來校長生平與教學簡譜
林政華教授生平、文藝年譜
本書所提人物索引

第一二八封：一〇四年九月二九日，純純單戀終放下、提供治感冒增免疫良方

林生（退休）電致林老師（兼任開南大學、亞東技術學院通識教育中心教授）

恩師：您好。

感謝恩師指點，您的構想真不錯。恩師這一生學經、歷都非常豐富，尤其擔任教授的教學研究與學生的互動等等，都是非常美好的經驗，都是值得傳承的；在恩師的那本書（案：指『千山之行　喜看峰迴路又轉——林政華教授杏壇退休總結』）中，即可明白。您一直有研究和記錄發生事情的源委，可是學生幾乎沒有。

學生的人生過往情懷幾乎都在已出版的書中，這一生也乏善可陳。生活都在簡單及單純中，不太願意去面對太複雜的人事物；因為不敏，故也無餘力去處理人世間紛紛擾擾的事物。

回首人生的前半段，看到恩師對學生付出的關懷，看那來信中的點點滴滴，不論情

感、工作和生活的指點迷津，總讓學生倍感幸福，學生真是幸運之人。

『祝你幸福』，和今日刊登在青年日報副刊的『深情舊愛』二文；這是參加同學會（二〇一五、七、二五）回來的作品。畢竟這較私密的感情，文稿中的女主角某某，您也認識，其實過去學生跟她零互動，只在同學會見一面，僅此而已，彼此都是陌生人。只是學生一直難以表達心中那份情意；如今當然也逐漸放下，只成為心頭的記憶，事情過去就好。

颱風來襲，希望北部一切都安好，南部的莊稼有受損一些。學生家的田目前休耕。又恩師感冒好些了嗎？聽說虱目魚煮薑和蔥湯（薑和蔥要多一些），可以增強免疫力，讓感冒趕快好起來。或上午喝薑湯泡蜂蜜，也有助於改善感冒；作法是將幾片薑先泡熱開水，等放溫涼後，再加入蜂蜜即可飲用。平日亦可飲用。

恩師請多保重。

祝福教師佳節

如意吉祥　闔家安康

學生萬來敬上

二〇一五、九、二九下午

第一二九封：一〇四年九月二九日，談對感情之拿捏

林老師（兼任開南大學、亞東技術學院通識教育中心教授）電函林生（退休）

鵬來弟：

「祝你幸福」、「深情舊愛」二文寫得不錯。你又沒有指名道姓；沒問題！留在此『書信集』中，才可以表現最真實的你的對感情的作法。世間只有感情是沒罪過的，老少配、異國配、同志配、師生配、紅白皮膚配；甚至有些外遇、……等等，都層出不窮。沒甚麼事的，都是情在主導。何況文章有，而且很多是想像、幻想、夢想、假設，甚至捏造的。絕不會傷害對方，只要你不說出、傳出。明理可以治懼（宋國理學家呂祖謙語）；多多了解人情事理，加上知法不犯法，則為人可以坦蕩蕩了。

自己的資料，早晚要整理。『千山之行』，我整理了約一年半。之後，我隨時鍵入電腦；以後只要總合一下即可。您也可藉此機會整理過去的一些凸出的記憶。

某同學笑容可掬，牙齒白白的，性情也不錯；但有主見。您單戀，她可能不一定會欣賞您、了解您；尤其是您當年害羞沒有追求，她不一定知道您喜歡她。女人對自己喜愛的，才會敏感的注意到；一般女子多嚮往城市；您出身鄉下，也可能難被看上。這段單純的純純的愛，最好勿給另一半知道；徒增困擾而已，要帶到墳墓去。弟妹瓊慈可能

跟別的女孩不同，她欣賞鄉村青年。以後絕對勿再提起。寫文章要轉化為小說虛構似的人物，勿太具象。

治感冒法，很謝謝。已好多了，明後天要上講台了。

女兒的婚事，都由年輕人去忙，插不上手；我連一個朋友都不能請，會爆桌。女兒射手座，外向，好交友；那天，來賓可能帶來小孩子就有三十多位，可開幼稚園了。抱歉沒能請您們喝喜酒；請代向弟妹說一聲抱歉；所以我都不談，僅此稍談。

另四篇都已編入，勿念。

林老師
九、二九

案：同日下午萬來來信（第七十九封）謂：「感謝　恩師指點」。

第一三〇封：一〇四年十月三日，記父務農養家之辛勞備嚐

林老師（兼任開南大學、亞東技術學院通識教育中心教授）致林生

案：林老師上傳今天金門日報副刊文學刊登林萬來的大作「老爸人生之旅說從頭」（見附錄），給鵬來弟及臺北師專六九級同學們。

事後一個多月，萬來寄來「老農的人生之歌」，更具體地記錄他老父（林文老先生）的苦與樂，編入附錄。

【附錄：老爸人生之旅說從頭／林萬來】

每次和父親（林文）一起用餐時，偶爾會聽他老人家談起過往的生活點滴，對年近六十的我而言，有些情節有如天方夜譚；就像現在我跟兩位女兒談起當年勇，她們也認為我在唬弄她們，彷彿我說的是虛構的。

但，有時，我也會情不自禁地流下淚水，這些令人辛酸的過去，年逾九十高齡的父親依然津津樂道，敘說他一生的歷史，讓我更佩服父親當年的神勇，那一段走過做工、作農及經營家庭的艱辛歲月。

前些時候，鄉公所的許課長來訪，希望老婆能參與鄉內訪問耆老的工作。雖然後來因為妻的公務繁忙而作罷，但這也使我想起多年前，我們正起步做社區營造，當時想辦社區報，也希望能訪問村內耆老的生命史；無奈我們都忙碌而作罷！但事後想想，何不從自己的老爸訪問起呢？

幾個月前，退休的陳金鋉校長送我一本他寫的『心長命短』，述說他父親的生命故事，看了令人動容。文友張博智上校也出版一本『情牽後山，愛在鹿野詩文選集』，內容有不少是寫他與父親的故事，讀後更覺得張上校的孝行可嘉。

有一天上午，父親對一位來訪的鄰居婦人阿蘭，訴說他當年為家庭奔波，流浪到高雄港做背水泥等粗重工作。那一段父親的打拚歲月、奮鬥的人生故事，……讓我想記錄下來，希望能留傳後世。

在老婆的建議下，買了最新型的錄音筆，也在她的指導下逐漸上手。那天早上，我到了客廳，拿出錄音筆，跟重聽的父親說明錄音訪問的事項，他欣然同意，終於有人鄭重地聽他說話了！我一面引導他，一面跟他說，不必急，也不必緊張，想說甚麼就說甚麼，錄的時間長短都沒關係。父親除了不良於行，有一耳重聽之外，腦筋依然清楚，說話依然洪亮有勁。他喝了一口茶，調整一下坐姿和心情，終於展開了他敘說生命故事的旅程……。

【附錄：老農的生命之歌——我的老爸（林文）的自述（精簡版）／林萬來】

坐在二層樓房的屋簷下，小女兒特地為我購買的藤椅上，望著初秋朝陽的光芒，想著九十多年悠悠的老農歲月，像唱著一曲充滿酸甜苦樂的「老農之歌」。對我而言，近百年的時光，已雲淡風輕，只有在村裡長壽俱樂部與老友喝老人茶和下棋之際，才會偶爾翻起記憶的寶盒，訴說老農當年勇，以及奔勞全國各地做苦力「賺食」的人生。

自幼，父親早逝，家境困窘，食指浩繁，讓母親操勞不已。從十多歲懂事起就，與兄弟操持家務和農事。因為家中田地很少，時常得到村里各農場和鄰鄉做粗重的零工，開始背負起生活的重擔。

自從二十多歲娶妻後，孩子一個個出生，又開始近六十年馬不停蹄的拚鬥：

當時年輕力壯，從村里有田地的人家租賃約一甲地來耕作，種稻之餘，並輪作各種作物：花生、甘藷、小西瓜及美濃香瓜等等。但經過幾年，政府推廣「三七五減租」和「耕者有其田」，地主便把田地要了回去，所以我變成了無業農人。

我只好與村中的壯年人遠到到高雄碼頭去搬運水泥，白天一天賺十元新台幣（民國三十八年六月後，四萬舊台幣換一元新台幣），晚上加班，工錢加倍。每天期待的是：吃飯時，有一塊香噴噴的三層肉。也到山區開闢山路，曾遭滾下的巨石壓傷背部，差一點送命，只好返家休養。當時三〇到六〇年代，鄉村在農忙之際，欠缺許多勞動力，我就在村里組織二十多人的「工作團」，大女兒和二女兒也入團，一起到各地挖圳溝、做板模、砍甘蔗、插秧和割稻。村子附近的台糖農場，每當種植和收成白甘蔗的季節，起早趕晚的，一天只賺個新台幣三塊錢。因為我人高馬大，村人都說我壯得像一頭牛，所以砍甘蔗總是帶頭做示範，還協助其他體力不足、工作落後的村人，所以他們都很感謝我，畢竟大家都是辛苦的「賺食人」。

每年在春節前後，我們的「工作團」南從高雄，北到桃園，隨著季節飄泊，沿著各鄉鎮的田地進行插秧，一出團都是一個多月。等到端午過後，南部的黃金稻穀逐漸成熟，我們又出團，在酷熱中割稻，汗水直流，難得喘一口氣，真是有苦難言！而我除了割稻，在打穀機上踩機碾穀外，還得背著重達四、五十公斤的穀包送上卡車，有時候會忙到腰痠腳軟，雖然如此吃力，但為了家庭，再苦也得撐下去，我們是一群生活的鬥士、大地的勇者！

因為我是「睛暝牛」，孩子看到我用鋤頭、扁擔、圓鍬雕琢的人生是如何的痛苦和辛酸，甚至因為貧困，遭村人瞧不起；所以他們都很自愛珍惜自己的未來，因為不讀書，就只有「拿鋤頭」一途。

因為我的牽手打理家裡的一切，讓我無後顧之憂；四位早出生的女兒因家境無法就學，最多也只有小學畢業；三女兒國小畢業後就到汽水工廠，四女兒去診所做護士，多少賺些錢貼補家用。因要供給兩個兒子和小女兒的學雜費、生活費，我必須借錢跟會，稻穀收成才能還債。經過我大半輩子的努力，妻子的賢慧勤儉持家，一點一滴的累積錢財，總算脫貧。後來田地才能一分一分慢慢的購買，才有如今一甲多田地的規模。自己有了田地，心裡比較踏實。我到了八十歲，還天天到田裡做施肥、噴藥、除草等工作。當年，我與兄弟分家後，蓋了磚造三合院，如今已有四十多年的歷史，近年經過整修，尚可安居。後來，因為孩子逐漸成家，又蓋了二層樓房，兩個兒子和小女兒順利的大學和碩士畢業，勞碌一生，總算有成。

每當我農閒之際，在村子的店仔頭閒坐聊天，許多村人對於我能經營出好家庭、教出好子弟而讚佩不已，我終於享受到倒吃甘蔗幸福的滋味。但，箇中辛酸實不足為外人道；因此也特別感念村中的許姓富人前輩，當年家中生活陷入困境，承蒙他不但借貸給我養育孩子，還少算一大袋穀子的利息，讓我度過難關，他真是我家生命的貴人。

因為一家和諧安樂，男婚女嫁，各有天地，所以在行有餘力時，會捐助一些錢給孤兒院，村里的國小分班成立，也捐助設備費三萬元，每次社區發展協會發起志工整理環境時，我請他們吃涼水和便當，因此當選好人好事代表。又因為一家五口（含媳婦）都從事教職，所以村長推薦我，榮獲八十五年全國模範家庭表揚；我們全家歡喜的到臺北接受內政部長的表揚。當紅匾「樹德明倫」掛在客廳時，常引來家中訪客的好奇和追問，我又會細說從前……

民國九十四年，我二兒子任職國小校長之後的半年，十二月初聯合報的地方版登出我們一家人的照片，用大篇幅報導生活在偏僻農村不識字我和妻，一輩子務農，一家竟有五人從事教職；對兒女的成就，既欣慰又光榮。九十六年，我因持續多年的熱心地方公益，接受鄉的模範老人表揚，真是欣喜。

這一生因在身邊的孩子都算孝順而歡欣，可惜的是兩年前老伴走了，無法與我同享晚年的清福；雖然如此，如今兒孫滿堂，看到孫子和曾孫回來叫我「阿公」「阿祖」的，讓我心花朵朵開。如今一生的拚鬥，可說一切都值得啦！

自從不良於行之後，外傭和家人時常用輪椅推我到村里走逛，也讓我閒坐在庭院和屋簷下曬曬太陽，呼吸清新空氣，與路過的村人，聊往事話家常；當我看著雀鳥的自在飛翔，經過綠化的蒼翠扁柏盆景，遠望蒼穹潔白的浮雲，我心燦亮著諸多做農、幹粗活的歷歷往事，有如昨日……

第一三一封：一〇四年十月三日，檢討過往，仍一貫謙虛

林生（退休）電致林老師（兼任開南大學、亞東技術學院通識教育中心教授）

恩師：您好。

第十二、十三封信，已存放在附檔。每次繕打一些，反正有空就做，也讓學生再度回到從前。

當年恩師的那些叮囑，都是高瞻遠矚，現在回顧，學生做不到十分之一，真是慚愧萬分！

【林老師旁白】

「當年恩師的那些叮囑，都是高瞻遠矚，現在回顧，學生做不到十分之一，真是慚愧萬分！」

類似這樣的話，在之前的第一二三、一二五封信中已有了，在此之後的第一二八～

一三〇封信（案：本函更多）中，甚至第一三二封後——本集未再收入的電函中，一再出現；可見萬來始終如一的感情、個性與人格的熠光發露，令人敬佩。

第一三二封：一〇四年十月五日，見證鄧麗君歌聲有療癒作用

林生（退休）電致林老師（兼任開南大學、亞東技術學院通識教育中心教授）

恩師：您好。

明天，金門日報出刊的「感謝療癒的歌聲」一文，是學生拙作。……

週三可能會寄上拙作的影印本兩冊，有空再請恩師潤飾。

恩師的書信仍在努力繕打中，重溫舊時師生情，感慨很多，收穫很多。許多恩師的指點，三十年後依然受用；真的很慚愧。祝福

闔家安康

幸福美滿

學生萬來敬上

二〇一五、十、五

【附錄：療癒的歌聲傳來／彩雲飛（林萬來）】

這幾天，我參加師專畢業三十五年的同學會。在會場，看到我一年級和她照過一張像，心中的女神，她依然帶著清純甜美的笑容，有如歌星鄧麗君般姣好的臉龐，「沉魚落雁」和「閉月羞花」的文詞也不足以形容她的亮麗。當年，曾讓許多同學著迷，我也是其中之一，她被譽為北師之花。如今再相逢，發現歲月並沒有在她臉上留下痕跡，依舊亮麗迷人，令我不敢逼視。

師專求學時代，雖然我們是陌生的兩人，也沒有任何交集。不知怎的，我總覺得認識她很久了，很想知道三十多年來她生活得如何？幸福快樂嗎？只想跟她聊一下她的人生種種，問候一聲也好；無奈，活動尚未結束，就沒看到她留下聚餐和拍照的人影，心頭有些悵然。

從一年級時與她合影至今，忽忽已過四十年，我依然把那張舊照保存得很好。終於能再看到她，多年來對她念念不忘的迷戀和情感，至今依舊沒有消褪。那種年少的浪漫情懷，我像啜飲了一口青春之泉，整個人似乎又回春過來。但，我始終沒有勇氣坐在她旁邊聊一下話。

教授致詞跟我們談甚麼我都沒聽進去；我拿著手機，全場拍照，其實最重要的是要捕捉到她的神韻丰采。返家後，迫不及待的要寄照片給她，幸好，她雖然與我並不熟稔，但能在臉書和她成為好友，了卻數十年來的心願，希望以後有機會能互通一點聲息。但，這一切，過往對她的仰慕情感，在臉書對話後，我好像陷入中年的愛戀之中；所幸，經過三天的狂戀，終歸平靜，只是船過水無痕。

又經過半個多月，我們不再互通聲息，因為她要帶孫子很忙，也不習慣我一廂情願的熱絡，時常從臉書傳訊息給她，干擾到她的平靜生活，幾乎讓她招架不住。對她很抱歉，畢竟我倆都是陌生的，對彼此都是交淺言深，我嚇壞了她。也許我早就該放下對她的迷戀；對我而言，感覺像是被她拒絕了，不知是否也算是一種情傷？

耳際傳來鄧麗君的許多歌聲，讓我一聽再聽：「千言萬語」、「在水一方」、「再見我的愛人Goodbye My Love」、「海韻」、「你怎麼說」……，幾乎每一首歌的淡淡哀傷，輕輕細訴，都讓我的情傷得到一些療癒；期待對她迷戀的情懷，可以放下，未來心境更能海闊天空。

（二〇一五、十、六，金門日報副刊文學，原題『感謝療癒的歌聲』）

【附錄：重逢在fb／彩雲飛（林萬來）】

自從和她在臉書上成為好友之後，每次在臉書重逢，就顯得尷尬而不自在。只要看到她的名字上亮著上線的綠燈，我就關掉臉書；有時，她看到我上線，她就離線了。或許這是最好的模式，對彼此都好。讓我在鄉居寧靜的夜裡，多了一份對她的遐想。

偶爾與老婆在晚飯後，在夜幕下，在盞盞村道路燈的照耀下，牽手散步。有時會走遠些，走到無光害的農田小徑上，看到兩旁種植的牧草叢和各種蔬菜田中，幾隻螢火蟲在暗黑中攜著螢光，閃爍著的光芒，就在我們眼前打轉，猶如散落在夜海深處的點點星光，讓我們的心情大好。倆人不禁想起年輕時期，純情的愛戀情事；在互吐心聲中，彼此都互相笑談打氣。沒想到在人生中年，才敢慢慢地向另一半傾吐心事。

多年前，老婆知道我心中住著一隻「天鵝」，可是我始終守口如瓶，深怕老婆吃醋；畢竟事過境遷，多談過往情事，恐怕只是徒增困擾而已。

在寂靜的夜色裏，我常倚窗而坐的回想往事。看著窗外，看到村裡新裝置的一盞盞昏黃的藝術燈影，好像給大地更多的溫暖。而我常想的是遠在千里之外的伊人可好？這幾年迷看臉書，也在朋友的朋友中想看看她的生活為何？可就找不到蛛絲馬跡。終於在網路搜尋到她任職的國小，終於看到戴眼鏡的她一些開班級家長會和教學的照片；我默默的凝視著這些照片時，忽然感受到些許的溫暖。

多年來，已慢慢在心中默默地想念她。想像她在另一個遙遠的城市，奔勞在家庭與學校間的倩影；返家時，必會有一個溫暖的擁抱和柔情的深吻；夜深時，夫壻就站在她的身後，深情地看著她，充滿著美好和溫馨……。

前些日子，參加畢業三十多年的同學會，驚見「天鵝」在座，感覺心中曾藏的深情一湧而出。掩不住中年依然的迷惘狂戀，也因為要老婆代寄了幾本自己出版的新舊作品給她。在老婆旁敲側擊之下，終於洩漏了數十年來對伊人的單戀情懷；所幸老婆沒生氣，讓我鬆了一口氣。而我的心緒也起了很大的變化，雖然我和她至今依舊是陌生的。

如今成為臉友之後，不再偷偷摸摸的，我利用思念她的情懷，把她家族的照片，一張張的照片看個夠；看到她優雅姿勢的獨照，與先生合影時露出甜美燦爛的笑容、抱著外孫滿足的神情、全家幸福快樂的出遊，和溫馨聚會甜蜜的群影。對我而言，這一切已足夠，就讓思念也變成一種甜湯吧！

（二〇一五、十一、十二，金門日報副刊）

第一三三封：一〇四年十月十二日，繕打書信集，邊回味往日情懷

林生（退休）電致林老師（兼任開南大學、亞東技術學院通識教育中心教授）

恩師：您好。

知道您最近都在忙著籌備令嬡的婚禮，除了上課，又忙婚事，一定很操勞；不過為家人辦喜事，心頭一定暖暖的，謹獻上美好的喜悅和祝福給恩師一家人。

二一、二二封來信在附檔，其他的依然在慢慢努力中。看到當年恩師的來信，句句溫暖的話語，讓學生倍感溫暖。真的，要不是恩師的提起出版，這些信的諸多內容，已少去翻讀了；如今重現過往的青春和生活工作的煩擾，當年還真是相當倚賴恩師的牽引

指點。感恩。敬祝
吉祥如意
幸福滿滿

學生萬來敬上

第一三四封：一〇四年十二月四日，電傳「初老心情」文；同學們當有同感

林老師（兼任開大、亞東技院通識中心教授）電函林生（退休）等門生

同學們50：

今天馬祖日報鄉土文學版，刊了林萬來同學的「初老心情」（見附錄），大家也可能有同感吧？請看看。

林老師

【附錄：初老心情如斯／林萬來】

全家旅遊到臺中和臺北，在擁擠的捷運和客運車上，我斑白的髮絲，引來一些年輕人熱情地讓座，讓我非常感動；身在一旁的老婆也對我笑了笑。當然，還能「站得住

腳」的我，有點不好意思的婉拒他們的好意。

年近六十歲，初老，已被許多人列入老人的行列。但，在鄉下窩居，許多中老年人依然在田間，從事除草、噴藥和施肥等工作，因此我的退休之舉，成為鄉下人心中的「米蟲」，他們都說：「好好喔！你那麼年輕就退休……」，他們的確不知道，我讀師專五年，一畢業剛滿二十歲，就進入教育職場，孜孜矻矻，不敢掉以輕心的揮灑青春的熱情，精華歲月都投入，倏忽地已三十寒暑。

雖然不久六五歲了，會成為資深老人家，會獲得一些優惠；但如果日子能夠倒流，我寧可不要有這些優惠，來換取年輕歲月的青春。

想當年，我們年幼，家家戶戶孩子很多，我就有七個兄弟姊妹。那時候，家中貧困，雙親都目不識丁，所以我只敢讀公費的師專，更不敢妄想將來能出人頭地。沒想到這幾年來，少子化嚴重，又因為社會經濟不景氣的氛圍，對我們這代初老的人而言，「老了」彷彿是一項罪過。別人批評我們退休金領得多卻不做事，成為國家社會及下一代的負擔，也成了「人人喊打」的一群，說來真是情何以堪！

雖然有些人對我們不友善，但身處初老，依然要寬心，要過好每一個日子。數十年來，已養成每天讀寫的習慣；另外，固定的一到兩個月，我的教育界長官和同仁多會在客廳泡茶聊天。如今，我更會跨越時空在臉書、line，和更多親朋好友交心，互通養生資訊。

當然啦！老妻和我有空也會規畫幾趟全國遊，讓窩居鄉下的我也能見見世面，以解心中抑鬱。如今總算有一份活在當下的省悟，不再執迷塵世的是非。這些點點滴滴的回憶，是我最感幸福的事。

（二〇一五、十二、四，馬祖日報鄉土文學，原題『初老心情』）

第一三五封：一〇四年十二月九日，電傳生文「讓人感動的父愛」，並建議改題

林老師（兼任開大、亞東技院通識教授）電函林生（退休）等

同學們51：

今天聯合報家庭版刊有林萬來的文章「令人感動的父愛」（見附錄）。文中描寫離鄉的親長，展現一般人的智慧，窮則變，變則智慧生。但就內容來說，題目應改為：「遠距離的父母愛」。

我沒訂閱聯合報，是在超商看到；同學們可自去找讀。

林老師

【林老師旁白】

題目為什麼應改為：「遠距離的父母愛」？因為文中寫的是外勞的故事，伊們的國家距離臺灣是太遠了，文化、民族性等皆不相同；但，父母對其子女之愛，是普世的。有愛就有辦法。林文雖寫父親的愛法，但母愛何嘗不是嗎？所以題目應包含「遠距離」、「父母」才完滿。

第一三六封：一〇四年十二月十日，同意改題「遠距離的父母愛」配合文意

林生（退休）電致林老師（兼任開南大學、亞東技術學院通識教育中心教授）

案：林萬來電函並附原文；函稱：

恩師您好：

感謝分享小文。小文有經編輯刪修過。題目如改為：「遠距離的父母愛」，也很好。如恩師所言——展現一般人民的智慧，窮則變，變則智慧生。受益良多。

祝福

闔家安康　聖誕佳節如意快樂

學生萬來敬上

【附錄：讓人感動的父愛／林萬來】

前陣子，我和妻女到離家十五公里的虎尾鎮上購買小女兒的鞋子。在那家新開幕不久的量販店內，人潮洶湧，再加上看到陳列在鞋架上動輒千元以上的各式鞋款，讓人咋舌，也令我目眩。

妻子帶著選好鞋子的小女兒過來，說：「剛剛在那邊看到不少移工，拿著用紙剪成的小鞋形，在童鞋上比來比去，讓人看了很感動。你過去看看，他們讓故鄉的家人把鞋形寄來，很用心挑選比價，為了盡一份人父的心意……。」我走了幾步，就看見幾位膚色黝黑的年輕男人，一手拿著紙片，另一手拿著童鞋比對著。

他們遠離家鄉，只為找一份工作養家餬口。假日到熱鬧的鎮上逛街購物，除了添購自己日常所需的用品外，還想到遠在千里外的兒女，那是何等的父愛！這也使我想起早年臺灣人遠渡重洋，到人生地不熟的異國打拚事業，大多受到不公平的待遇：幸運的人事業有成，落地生根；不幸的則客死異鄉，令人不勝唏噓。

回首當年的我，和許多貧困的雲林鄉親一樣，離鄉背井，只為爭一口飯，嚐盡風霜，時常心酸酸，成為異鄉的弱勢團體，能光宗耀祖的又有幾人？現在風水輪流轉，大批的移工湧入，是悲還是喜？

我和妻女走出鞋店，心中百感交集。

（二〇一五、十二、九，聯合報家庭版）

【林老師旁白】

文中的移工爸爸，想是藍領人士，工作雖粗重，頭腦可是一流，有智慧；甚麼是智慧呢？能發現問題，尤其是難題，而想方設法，加以解決的，就是「智慧」。講授「世界智慧文學」課程，是我退休前後數年，所開最得手、最認為對學生有益的一門課；因為我們每天一睜開眼睛，就有許多問題待我們去處理、解決，這時，就需要我們發揮大小智慧了，可不是嗎？

在此，迻錄一小段上述課程所編講義的自序——作為本書信集的Ending，算是「附錄」：

【附錄：做一個智者，過智慧人生——『「世界智慧文學」口義』代序／林政華】

面對今天二十一世紀這個時代，變化快速而多端，不容易了解、因應或掌控，真是苦了每一個人。因此，需要有生活的常識、賴以生存的專業知識，更需要有解決大、小難題的智慧，才能快樂生活，無懼地存在，追求到幸福。生活常識、生存知識二者，只要我們肯學習，就會有相當的斬穫；一分耕耘，一分收穫，真的假不了。

唯獨「智慧」，有時不是努力學習就可獲得，也不是一心一意去追求就可成辦的。它好像飄忽不定，神得很。且先看前人是怎麼了解智慧的呢？

知識並不就是智慧，許多人知道很多事物，但卻是個更大的愚蠢者。只有知道怎樣去運用知識，才是智慧。（西方哲學家．克柏史東）

人必須先有生活經驗（按：含知識），而後才能通於哲學（按：含智慧）。（法國哲學家．伏爾泰）

智慧上的領悟，常出乎驟然啟迪；但，它是用累積的教育和修養培植出來的！（蘇格蘭諾貝爾醫藥獎得主．麥克勞德）

三位外國智者都在說明：在知識經驗的基礎上，才能激發出智慧來。而臺灣的陳火泉，更明白地歸納出這過程，說道：

「你必須把所得的知識化成你自己的血肉，培養容納力、洞察力、理解力、靈感，養成清澈的心靈，才能流露出活生生的智慧。」（見所著『活在快樂中．善用智慧』，九歌出版社）

譬如：一般人都知道：兩點之間最短的距離，是一直線。這在數學、科學的理論上沒錯；但在人事、社會、政治等等上頭，就不一定了。試想A、B兩點間，如果有山川阻隔；你如走直線，那包你落海或攀登不了那座山，不要說危險，就是到達了目的地了，也要發大把時間、力。但是，智者會迂迴前進，輕易完成。

再如：一般人都知道分散風險理論，說：「雞蛋不要放在同一個籃子裡。」但是，美國鋼鐵大王卡內基就力排眾議，說道：

「所有的雞蛋應該放在一個籃子裡，小心翼翼地、耐心地搬動它。」

這就是智慧，活該他成了鋼鐵大王；而一般人只是一般人！

海洋生活、航海冒險、孤島生存等，最需要有超人的智慧。世界有關海洋生活與生存智慧的作品很多；即使文學名著也有不少充滿智慧的篇章，能使人化險為夷，解決棘手困難。現舉瑞士Johann David Wyss（維斯）的《The Swiss Family Robinson》（『海角一樂園』）為例，如：

「鹽是有的，不過攙了許多沙子。……她用衣服把鹽和沙包起來，浸泡在水裡；等鹽都溶解了，再把沙子扔掉。」

鹽中帶沙，無法食用，用點智慧就輕易解決了。又如：

「讓每隻小羊的脖子上繫上鈴鐺，一旦走失，就很容易找到了。」

在西藏民歌中，也有可見知他們的智慧的，如：

「望著深邃山谷，不敢貿然探路；要知山谷深淺，先聽鳥兒叫聲。」（「淺談西藏民歌」；張之傑編『西藏文學選』，慧炬出版社）

可見鳥兒在這方面，智慧比人類高；人一學鳥兒，就成了。

智慧是用來解決困難的；難題越大，越需要偉大的智慧；英國文人笛福說：

「人的最高智慧，就是適應環境和反抗外來威脅的本領。」

愛爾蘭哲學家．哈基遜對「智慧」下了個最精簡而直接的定義，說：

『以最佳的方法追求最佳的目的，叫做「智慧」！』

要激發自己的智慧，上述所引多家方法可以參考。平日吾人除了多閱覽吸收前人的智慧之語（佛教所謂「漸修」的功夫），有所啟發，予以轉化之外，實無別法。要如此努力不斷地漸修，有朝一日，將有「頓悟」，激出大智大慧的時候！

古今臺外，有益世道人心的金玉良言、詩韻文華，乃至世界名人、偉人的善言智語，不知凡幾，在在都可以啟發世人於無窮。吾人在潛移默化之餘，更能產生見賢思齊，捨我其誰的精神與行動，克服萬難，成就功業。

總附錄

一、林萬來校長生平與教學簡譜

一九六〇年二月十八日，出生於臺灣雲林縣崙背鄉五魁村祖屋。

一九六六年九月，就讀崙背國小五魁分班（一、二年級導師邱穎川先生）、崙背國小（三四年級導師林永祥、余慶珍。五六年級導師李榮、鍾金木、周文政先生。校長廖海水、朱仰周先生）。

一九七二年七月，由崙背國小畢業。

九月，負笈臺南縣柳營鄉私立鳳和初中就讀。（導師蘇鴻澤；校長楊聲喈先生）

一九七五年七月，鳳和初中畢業。

九月，考入省立臺北師範專科學校普師科。開始寫作，投稿報紙、北師校刊等。（一年級導師徐紀講師兼國文老師。二年級導師許慈多副教授兼國文老師。三年級導師呂祖琛講師；國文老師林政華副教授。四、五級導師繆瑜教授，國文老師王秀芝教授）

一九七九年五月，獲教育部中華文化復興論文競賽專科學校組佳作。

一九八〇年五月，獲教育部中華文化復興論文競賽專科學校組第四名。

八月，分發臺北縣鶯歌鎮中湖國小教師，開始登上杏壇。
十月十一日，入伍訓練後，擔任陸軍預備軍官少尉輔導長。
一九八二年八月二十五日，退伍。九月，重回中湖國小任教；開始投稿報章、雜誌。
一九八三年六月六日，獲教育部中華文化復興論文競賽社會組第四名。
八月三十一日，獲財政部全國節約儲蓄作文類甲組佳作。
一九八四年十月二十九日，獲臺北縣海山東西區國語文比賽小學教師組第四名。
八月，考取國立臺灣師範大學教育學系進修部（夜間上課）。
九月十八日，獲教育部中華文化復興論文競賽小學教師組第二名。
十月三十日，獲臺北縣海山西區保防論文比賽教師第二名。
一九八五年元月十五日，獲臺北縣保防論文比賽教師組第二名。
五月二十日，三民主義論文競賽大專組第三名。
十月二十三日，獲臺北縣海山東西區國語文比賽小學教師組第五名。
一九八六年五月二十九日，獲教育部國語文教育論文競賽大專學生組佳作。
八月，調任臺北縣板橋市埔墘國小教師。
一九八八年），由臺灣師大教育系畢業，獲教育學士學位。（校長梁尚勇博士）
十月十四日，獲臺北縣板橋區國語文競賽小學教師組作文第三名。
十月二十八日，獲臺北縣國語文競賽小學教師組作文第一名。

一九八九年十月十七日，獲臺北縣板橋區國語文競賽小學教師組作文第一名。

一九九〇年九月，第一本散文集『人在千山外』出版（漢清出版公司）；林政華老師賜序。

一九九二年一月，出版『慈濟因緣——活在無窮的生命希望中』（頂淵文化公司。行政院新聞局推介為中小學生優良課外讀物）。

一月十五日，與南投縣中寮鄉王瓊慈小姐結婚。

考取臺北縣七十三期主任班一般地區第二名。（十一月十五日至八十二年一月二十三日板橋教師研習會受訓十週，結訓成績第四名，班主任謝水南博士）

九月，編輯『青青子衿　悠悠我心——國立台北師範學院王秀芝教授榮退紀念文集』，由臺灣書店出版。

一九九三年（八十二）七月，出版『最初的感動——用心體驗生活帶來的感動』；『心靈的迴聲——傾聽生命中的另一種聲音』，王秀芝老師賜序。（均頂淵文化出版）

八月，分發臺北縣三重市五華國小擔任教師兼總務主任。

一九九五年（八十四）五月，出版『溫柔相待』（與妻王瓊慈老師合著。頂淵文化；行政院新聞局推介為中小學生優良課外讀物）

八月，調職雲林縣崙背鄉大有國小教師。

一九九六年（八十五），考取雲林縣八十四期主任班第一名（四月二十九日至七月六日至臺灣省中等教師研習受訓十週，結訓成績第一名，班主任謝水南博士）。

三月，「我的成師因緣」一文獲台灣省文藝作家協會主辦「慶祝臺灣光復五十周年，祥和社會」徵文佳作獎。

一九九七年八月，分發雲林縣麥寮國小海豐分校主任。

一九九八年八月，就讀國立嘉義大學教育研究所暑期四十學分班。

一九九八年八月，擔任麥寮國小教師兼訓導主任。

二〇〇〇年八月，嘉義大學教育研究所暑期四十學分班結業（校長楊國賜博士）。

二〇〇一年八月，就讀國立中正大學教育研究所碩士在職專班。

二〇〇二年八月，擔任麥寮國小教師兼總務主任。

二〇〇五年二月十六日，考取雲林縣一〇二期校長班第二名。（三月二十八日至五月二十日，至三峽國小教師研習會受訓八週，結訓成績第一名，班主任何福田博士）

八月，擔任雲林縣麥寮鄉明禮國小校長。

二〇〇六年（九十五）七月，中正大學教育研究所教育學碩士畢業。碩士論文：「國小校長工作壓力及其因應策略：以雲林縣為例」，指導教授曾玉村博士。（口試委員：吳金香教授、林明地所長、曾玉村教授）歷來引用者頗多。

二〇〇七年十二月一日，明禮國小五十周年校慶，與妻（崙背鄉豐榮國小校長王瓊慈）捐書「溫柔相待」、「最初的感動」、「心靈的迴聲」等三部義賣，做為校方急難救助金。活動中，更有學生組成的「締太鼓隊」，以震撼的鼓聲配合力與美的肢體動作，贏得嘉賓與鄉親們的熱烈喝彩。

二〇〇八年三月，全校一百五十多位師生、家長在校園各角落種五百棵草花，以及近四百棵樹苗做環保，美化校園像花園。同年四月，號召十多名家長與義工，一起替圍牆、教室粉刷油漆，為老舊校園換新裝，營造明亮學習環境。再彩繪各處牆面，增添校園藝術氣息，使整個校園黑白變彩色。

二〇〇九年四月，風雨教室動工，在約五百平方公尺的操場上興建，讓多年關心教育的人士及師生圓夢，九月完成。供教學及辦活動多元使用場所。

九月，請陶瓷名藝術家李日存、江嘉慧等，指導全校小朋友及老師、家長，共一五〇人參與。作品有豬及其他動物與花木等一五〇件及四〇素板。每件作品栩栩如生，讓藝術與人文結合，提升校園美感；將作品張掛在風雨教室（志學館）牆上，已成為崙後村的新地標。

二〇一〇年（九十九）八月一日，由麥寮明禮國小校長任上退休。

在五年校長任內，完成多項工程，其犖犖大者如下：

九十五學年度起，請麥寮農會聘任串珠達人張齡玉老師等，蒞校指導六年級小朋友串珠藝術；作品精緻，迭獲好評，平面媒體爭相報導。

二〇一一年三月五日（農曆二月十三日），慈母喪，母享壽八十有七。

散文「那一刻，我淚眼」獲泰山文化基金會、人間福報合辦「難忘老師的故事—敬師徵文」社會組佳作獎。

十月，出版散文集『歸園田居訴衷情——飄泊、回歸、安頓』（德威國際文化公司），林政華教授序。

二〇一五年（一〇五）五月，出版散文集『生活小確幸——重拾在塵世裡的真珠』（德威），林政華教授賜序。

十月，出版散文集『生活裡免費的美好滋味』（菁品文化公司），林政華教授序。

二〇一六年（一〇五）七月，出版散文集『恰到好處的幸福——奔跑在生活的桃花源』（菁品文化公司），林政華教授序。

二、林政華教授生平、文藝與教育簡譜

一九四六年，出生

九月十一日，出生於臺灣臺中縣大里鄉（今臺中市大里區）草湖村泉水巷祖宅。系屬霧峰林家；叔祖 獻堂公。

一九四七年

二月二十八日，臺灣發生「二二八大屠殺事件」。

一九五三年，草湖國小一

九月，進入大里鄉塗城國校草湖分部就讀。導師林榮顯先生。

一九五八年，小六，丁母喪

十月一日（農曆八月十九日），逢母喪；母得年三十有九。

一九五九年，中商初一

七月七日，以第一名成績自草湖國校畢業；（校長林標烈先生）榮獲縣長獎（縣長林鶴年族長）。

九月，考入省立臺中商職初級部就讀。（校長陳奇秀先生）

本年，繼母杜玉盆來歸；時年三十八歲。按：母未有生育，手足以親生母事之。

一九六〇年，初二

本年起，開始對文藝作品產生濃厚興趣；課餘，喜歡閱讀『民聲日報』副刊，『文苑』、『亞洲文學』等文學雜誌，以及學校圖書館的國內、外文藝等類圖書、雜誌。

一九六二年，中商高一

七月，以榜首成績考入臺中商職高級部就讀。（導師馬覺先先生）

一九六三年，高二

七月十九日，散文「她」刊登於『民聲日報』副刊「青年園地」；敘說以文學為密友的嚮往；萌發終身寫作的信念。

一九六四年，高三

一月一日，散文「慈母見背五周年」獲南投縣文藝創作比賽高中組散文第一名；在『南投青年』第六期刊出。

一九六五年，臺大中文一

七月，以總分四〇七分（當年無加重計分）考入國立臺灣大學中國文學系就讀。（系主任臺靜農教授）正式探討漢語漢字、文學、文化、經子之學與寫作等。

一九六七年，大三

四月十日，散文「呼喚祖國的蕭邦」刊於臺大代聯會出版『大學新聞』。

八月九日，散文「茶水供應站」刊於『新生報』副刊。

十一月三日，散文「又見棕櫚」刊於臺大『大學新聞』。同學謂有意識流之風。

十一月十九日，散文「蔗葉．親情．憶」刊於『小說創作』雜誌第五九期；抒發念母情懷。

一九六八年，大四

三月，學術論文「韓愈究竟是個什麼樣的人」刊於『幼獅』月刊二七卷三期。按：係辨胡適批判韓氏三上宰相書是諂媚行為之誣。

暑期，參加臺中市慈光圖書館佛學講座，聆聽李炳南居士講「佛學概要」等；開始接觸佛學。

一九六九年，海軍預官役

六月，以榜首成績（五科四八〇分）考入臺大中文研究所碩士班。七月入伍，服海軍預官役一年。

一九七〇年，臺大中文所碩一，致理商專、世界新專兼任講師

八月二十日，雜文「臺大人的氣質」刊於臺大『大學新聞』。

十一月二十八日，論文「史記荀卿列傳考釋」刊『孔孟月刊』九卷三期。案：開始撰寫學術論文。

一九七一年，碩二，致理商專兼任講師

二月二十日，馳書新加坡南洋大學，請允正在休假講學的　屈翼鵬（萬里）老師，指導碩士論文『黃震及其諸子學』。

二十八日，　屈師覆函謂：「……我當然要做你的指導老師。」

一九七二年，碩三，致理商專兼任講師

十二月十五日，雜文「與友人論以內學對治時弊」刊於『慧炬』月刊一〇七期。按：開始研究佛學。

一九七三年，臺大中文所博士班一

四月至次年十二月，雜文「古書中的幽默」連載於『華航雜誌』四卷二期至七卷二期，八篇。

按：開始注意笑話、幽默文學的教育價值；後在開南大學講授「臺灣幽默諧趣文學」。

六月，以平均九十二分通過臺大中文研究所碩士論文『黃震及其諸子學』口試，獲頒碩士學位。（校長閻振興先生、所長屈萬里教授）

七月，以「黃震之經學」為博士論文計畫，考入臺大中文所博士班；仍請　屈老師指導。

八月八日，與宜蘭吳美玉小姐訂婚。十月十四日，結婚。

一九七四年，博二，臺大夜間部中文系兼任講師

六月一日，學術雜文「『易』字的涵義」，刊於『易學研究』雜誌創刊號。按：開始研究易學，也開始對研究漢語、漢字產生濃厚興趣。

七月，學術雜文「春秋始於魯隱公的意義」，刊於『中華文化月刊』八卷七期。按：考述魯隱公非禪讓桓公；此說可修正　屈老師謂『春秋經』寓有儒家禪讓思想之說法。

一九七六年，博四，臺大兼任講師

九月，碩士論文『黃震及其諸子學』由嘉新水泥公司文化基金會出版；為平生第一本出版著述。

一九七七年，獲國家文學博士，臺北師專；臺大、東吳、淡江兼任講師

八月一日至一九八五年十一月十五日，義務擔任『慧炬』雜誌編輯委員。按：凡八年又四個半月。

十月十二日，通過教育部博士論文口試，獲頒國家文學博士學位。（教育部長李元簇。口試委員：方豪院士、陳槃、周何先生）

十月二十八日，批改三甲、三戊作文，獲臺北師專教務處調閱作文「批改認真詳盡」鼓勵。

十二月一日起，學術雜文「即文學即思想」百篇連載於『易學研究』月刊；至一九八七、十一刊完。後在開南大學開授「世界智慧文學」課程。

一九七八年，丁父憂，北師專；臺大、東吳、淡院兼任副教授

四月四日，父親因肝硬化症辭世，享壽五十九歲。

五月十四日，散文「治學與思親」刊於臺北師專心理輔導中心『懿光』特刊。

五月，國家博士論文『黃震之經學』獲國家科學發展委員會獎勵。

六月，因啟發臺大學生獨立思考判斷，不見容於黨國禁制思想下的打手羅聯添（臺大中文系黨鞭）、龍宇純（系主任）、孔服農（校黨鞭）等，身受白色恐怖之害。

一九七九年，臺北師專；臺大兼任副教授

二月十六日， 屈萬里恩師逝世（享壽七十三歲）。五月二十八日， 屈師蒙總統褒揚。

四月十日，美國與「中華人民共和國」建交。美國制定其國內法：「（美國與）臺灣（國）關係法」，承認臺灣國為一主權獨立國家，而與訂約。

六月一日，散文「治學與報恩」，刊於『省立臺中商職創校六十周年紀念特刊』。

九月，擔任考試院考選部六十八年高等、普通考試文哲組國文閱卷襄試委員。（典試委員長張宗良）按：開始參與國家考試相關事務工作。

十二月，學術論文「周詩的悲劇性蘊含」在中國古典文學研究會第一屆論文發表會中宣讀；講評人王熙元教授。係第一次在學術會議中發表論文。

一九八〇年，臺北師專副教授、兼臺北師專夜間部註冊組長

一月二十五日起，兒童少年文學雜文「古典兒童歌詩品賞今譯」，於『國民教育』月刊二二卷九期起連載，至一九八七年五月二十七卷十一期止。按：開始從事兒童少年文學工作。

五月十六日，義務指導學生黃寬裕參加教育部中華文化論文比賽，榮獲專科組第一名。（另：林萬來獲第四名）第一次獲學校嘉獎，一次。

六月起，義務指導、鼓勵臺北師專畢業生林萬來創作農村文學作品。按：至今，其已出版六部文集。

九月三日至一九八二年一月，兼任臺北師專夜間部註冊組長。按：首次兼任教育行政工作。

十月，編註『幽夢影評註』委由慧炬出版社出版。次年再版，又次年三版。

一九八一年，臺北師專副教授

十月，擔任臺北市政府教育局國語文競賽評審委員。（局長黃昆輝）按：開始擔任北部數縣、市多項語文競賽評審工作；計一一六次。

十二月，受立法委員吳延環委託，於一九八〇年十月間，義務編纂臺北縣（今新台北市）福慧寺『慧三法師八十年譜』；但本月出版時，僅具吳某名。

一九八二年，臺北師專；東吳大學中文系兼任副教授

五月，編註『古今詠梅詩品賞譯註』委由慧炬出版社出版；請黃永武教授作序。

七月七日，擔任臺灣師大教育研究所李良熙碩士論文『推行國語教育問題研究』（指導教授葉學志）口試。按：首次擔任學術論文口試委員。（委員另有李威熊、劉正浩、簡茂發教授）

九月起，在臺北師專講授「新文藝及習作」課程。

九月起，又至東吳大學兼課，講授『周易』課程；至一九八八年七月止。

十月，擔任教育部、文復會、孔孟學會合辦經學研習班第四期講座。（孔孟學會理事長陳立夫）後又數次。

案：開始擔任校外學術演講工作。

一九八三年，臺北師專；東吳兼任副教授（赴姊韓國國立漢城教育大學訪問）

一月，學術雜文「林獻堂先生與霧峰林家邸園」，刊於『國民教育』二四卷八期。十月，轉載於新加坡國亞洲研究學會『亞洲文化』第二期。

三月，修改、指導學生新文藝習作集「省北師專學生新文藝習作選（一）」刊於『國民教育』二四卷九期。篇後均具「導評」。按：開始修改潤色、推介學生佳作給報章、雜誌發表。
四月，擔任教育部七二年中華文化復興論文競賽評審委員。（部長朱滙森先生）
五月，學術雜文「『天書』裏的生命智慧」，刊『國民教育』二四卷一一期。按：開始注意、搜集古今、國內外有智慧、裨益人群之語錄。後在開南大學講授「世界智慧文學」課程。
六月，擔任臺北師專七二年度國語文競賽寫字、作文代表選拔評審委員兼指導老師。按：開始擔任校內全國語文競賽指導工作。
六月，「教學特優」獲總統慰勉。後有五次。
八月一至七日，和普通科鄭雪霏、社會科趙瑩、常俊哲老師，代表學校訪問大韓民國國立漢城教育大學，出席第七屆「韓臺教授兒童教育研究協議會」。後轉赴日本國京都、大阪、奈良旅遊。按：首次出國。同年末，漢城教育大學曾組團回訪臺灣。

一九八四年，臺北師專；東吳兼任副教授

五月，學術論著：『現行師專國文課本教材綜合研究』獲教育廳師專教師論著佳作獎。
九月，在臺北師專暑期部講授「兒童文學」課程。案：開始講授兒童文學課程。

一九八五年，臺北師專；東吳兼任副教授

二月起至一九九三年四月，佛學論文『寒山詩譯註與品賞』二十八篇，連載於新加坡國『南洋佛教』一九〇期至二八八期。
十二月八日，兒童少年文學論文『兒語研究』在中華民國兒童文學會第一屆論文發表會中宣讀；主張文學性兒語應作為兒童少年文學的一種體裁，予以重視、推廣。

一九八六年，臺北師專；東吳兼任副教授

一月起，捐助母校臺中縣（今臺中市）草湖國民小學，合計二萬三千元及圖書一大批。

二月五日，「芝山兒童文學獎」核准設立，獎勵學生對兒童少年文學的創作、研究、評論與翻譯。按：後辦理二屆，至一九八七年十二月十六日，被語教系劉漢初、周全副教授嫉害而停辦。
二月十八日，擔任嘉義縣七四學年度國小教師兒童文學創作研習班講師，講授「兒童語言的探討」，於水上國小。（縣長何嘉榮）案：開始應邀至全國各地講述所學；後有數十次。
二月，編著兒童少年文學集『兒語三百則』自印出版。
三月，散文「做了過河卒子」刊臺北師專『北師校訊』第十一期。

一九八七年，省立臺北師院語文教育系副教授、教授

三月二七－二八日，指導、修飾學生吳亦偉小說：「華洋之夢」，推介刊於『現代日報』。
五月，升等教授論文『易學新探』由臺北市文津出版社出版。
六月十二日，續任東方出版社第二屆東方兒童徵文比賽複審委員。題為「一張相片」。按：決審委員潘人木、蘇尚耀、蔣竹君不懂失親兒童早熟，致使妙文遺珠；勸而不從，次年辭聘。
十月十七日，臺北市兒童文學教育學會創立；當選為常務理事。（理事長王天福校長）

一九八八年，臺北師院教授

一月二十九日，輿情雜文「臺籍原日本兵名稱似乎不妥」，刊於『中央日報』輿情版。
五月十六日，在北師院成立「經學研究工作群」，帶領學生研究經學；由『詩經』開始。
六月十六日，學術論著『易學新探』獲教育部大學院校教學資料講義類佳作獎。（部長毛高文）

一九八九年，臺北師院教授

五月十一日，學術論文「談兒童文學散文」在臺東師院主辦七七學年度省市立師院兒童文學術研討會中宣讀。按：主張兒童散文必須具備文學屬性，非一般無文學質素之文章。
五月，『兒語三百則』擴增為『兒語三百則與理論研究』（加入林文寶教授論文「兒語研究」），由臺北市知音出版社印行。一九九七年七月，改由板橋市駱駝出版社初版。

六月一日，散文「我是臺中商職最後一屆畢業生」刊於國立臺中商專校慶籌備委員會編印『國立臺中商專創校七十周年紀念特刊』中。
七月，兒童少年文學專著『兒童歌謠類選與探究』、『童詩三百首與教學研究』，由知音出版社出版。按：收入林文寶教授論文一、二篇；稱「二人合編」。
九月二十九日，輿情雜文「祝福德瑞莎修女」，刊於『新生報』文化點線面版。
十一月，兒童少年文學譯註『古典兒童詩歌精選賞讀』由富春文化公司出版。一九九一年再版。
十二月十七日，臺灣省兒童文學協會創立；當選為理事。（理事長陳千武先生）

一九九〇年，臺北師院語文系教授

四月二十六日，就讀中商時之美術老師楊啟東先生，在臺北縣（新臺北市）文化中心舉行個展。
六月九日，兒童少年文學論文「國小國語課程以兒童文學作品為教材之可行性研究」，在北師院主辦第一屆省立大專院校教育論文發表會中宣讀。
六月二十日，散文「『半路出家』話心路」，刊於高雄三民家商出版『學圃』第三期。
六月，兒童少年文學論文「『兒童文學』界說的歷史考察」，刊於臺灣省國民學校教師研習會『研習資訊』總六十二期。按：主張兒童文學應擴大為兒童少年文學，其中包含幼兒文學。
九月，通識論文「國學對於行政理念的啟導略說」，刊於『北師校訊』三十二期。按：聚焦在糞壞權位、勘破名利、知人善任三點上。

一九九一年，國立臺北師範學院語文教育系教授、兼圖書館典藏組主任

一月十九日，擔任年度省兒童文學協會主辦「臺灣省兒童文學創作研討會」主持人一場次：洪中周發表論文：「論臺灣童話的現代化」。講評者：張彥勳。按：備有詳細論文發表人、講評人紹介詞，然陳理事長不同意印發。
一月，專書『兒童少年文學』由富春文化公司出版。
一月，擔任師院學年度中國語文研習會講座，講題：「從詩的觀點看兒童少年詩」於臺東師院。（臺東師院

校長李保玉）

按：主張兒童詩必須押韻，方名副其實，且可與臺、外古典韻文相啣接。

四月卅日，返臺中老家，將父、母親身骨、衣冠合葬。五月十八日，完墳。

六月，『文章寫作與教學』一書，由富春文化公司出版。

七月二十四日，陳鏡潭院長擬聘為圖書館長或總務長、訓導長、進修部主任。考慮自己非圖書館專業，故告以：「如院長一定要我幫忙，因為我喜歡讀書，那就到典藏組幫忙吧。」

八月一日至一九九二年一月卅一日，擔任北師院典藏組主任。桌上擺放國旗，表示係在為國家做事。

八月十一日，本學期第一次館務會議典藏組提應興革議案九件，多獲通過實施。（如：增設教職員閱報室、舉辦二個月一次展覽、設兒童少年讀物閱覽區等）

八月，擔任考試院八〇年全國性特種考試公務人員高、普考試國文閱卷委員。（院長孔德成老師）按：開始擔任國家考試閱卷工作；以後數十次。

九月廿四日至十月五日，舉辦「孔子學術研究資料特展」，計四六五件冊。校內、外參觀者踴躍。

九月下旬至十月初，清點圖書館四樓黃元齡館長原擬報廢之珍貴舊圖書資料一萬四千多件冊；其中有許多兒童圖書、雜誌，搶救成功。

十月十七日，『國語日報』頭條報導，臺北師院圖書館六樓「增闢兒童圖書專區」啟用。按：佔地二五〇坪。鋪地毯，設沙發、茶几，有在家閱讀的舒適感；圖書四千餘件冊。

十二月二日，成功阻止黃館長擬將鎮院之寶——日文舊圖書資料一萬多件冊，移置中央圖書館；陳鏡潭院長英明裁決。

十二月十五日，兒童少年文學論文「由漫畫書談到兒童少年讀物的選擇」在臺北市兒童文學教育學會年會中宣讀。會中，獲頒「推動兒童文學教育績優獎」。

一九九二年，國北師院語文教授、兼語文教育中心主任

一月九日，因黃館長五次無禮對待、無理批罵，忍無可忍，而辭典藏主任兼職。（『小書傭記事——服務圖書館原委』）卅一日，陳鏡潭院長來電，懇切要求聘兼「語文教育中心」主任；「先答應規畫設計出一組織工作計畫，如令人滿意，再接聘。院長說好。」（『工作日記簿』）

二月十五日，到華視兒童文化教育節目「詩歌童唱」錄影。十月至十二月，華視來校錄影；後播出三次。為修改劇本十三集。

三月一日，建議學校「每月初，可舉行同人慶生茶話會，以凝聚同人感情及向心力」。次日，幸獲陳鏡潭校長同意；陳校長且更發給壽星一千元郵政禮券。

三月廿三日，「語文教育中心成立研究資料特展」開幕，基隆、臺北至新竹都有同好來校參觀。

三月廿九日，正式成立「國立臺北師範學院語文教育中心」（無僚屬編制）；全力推展相關業務，購置相關圖書；收到許多長期贈送、交流（五十七個單位或個人）雜誌期刊，計一六八〇件冊以上。

五月三日，兒童少年文學專著『兒童少年文學』，獲中國文藝協會頒發「中國文藝獎章」。

五月七日，語教中心邀請臺大中文系葉慶炳老師、臺東師院語教系林文寶主任，本院羅肇錦副教授、退休教授林國樑，舉辦「語文學研究經驗與方法」講論會，聽眾極多。

五月十五日，幼進班、幼教科曾授課之學生林靖娟，任職臺北市健康幼稚園，本日在戶外教學火燒車時，奮不顧身，再入火場救幼生，來不及走避而殉職；各界同聲惋惜與讚歎八月，「一等楷模幼教守護——悼念林靖娟老師」（五月廿六作）刊於國立臺北師院『國民教育』月刊三二卷十一/十二期合刊。

五月卅日，專著『文章寫作與教學』獲中國語文學會頒發第二十五屆「中國語文獎章」。

六月八日至十五日，語文教育中心舉辦「外國兒童少年語文讀物特展」，計四四八件冊。八日『國語日報』兒童新聞版有報導。

六月十九日，專著『兒童少年文學』獲教育部大學院校教學資料獎勵佳作獎。（部長毛高文）

六月底，出版『北師語文教育通訊』第一期，計有二十篇文章。學術論文「王明德低年級國語科說話中心綜合教學法」，刊於其中。

七月卅一日，語教中心主任聘期半年屆滿，請辭，不受慰留。「假私濟公」捐款合計六五五七元。

八月，雜文「千山萬水自是有緣——我的學佛因緣」，刊於『普門雜誌』第一五五期。

十月廿六日，雜文「半路出家一學徒」刊『中華日報』副刊。按：自述棄商學文。『中商校友』第五十四期主動轉載。

一九九三年，臺北師院、兼圖書館長；成大、南師、臺灣藝專兼任教授

二月十六日，擔任臺北師範學院圖書館長；至七月底。任內，興革成果豐，詳下。

二月廿三、廿五日，散文「無怨無悔為筆耕」，刊『中華日報』副刊；述寫對寫作的熱愛與堅持。

二月廿五日，散文「良師啟我深遠」，刊於『中央日報』副刊；記述中商時的良師。三月二日，收入『中央日報』專刊「中學國語文精選」第九期內。

二月廿六日，六九級臺北師專，就讀政大東亞研究所的黃寬裕，來圖書館談修改其碩士論文。

三月一日，將圖書館長職務加給中，支每週一、四請四位組長、二位編審午餐會費用；又給吳佩仁、陳金雲、二工友獎金，一工讀生清寒獎學金。

三月卅日至四月一日，圖書館舉辦兒童少年謎語詩猜射活動，有四二三八人次參加。

四月三日，圖書館主辦兒童說故事表演活動，有北師實小及和平國小附幼、同人子女等約二百位，熱烈參加；請同人張湘君主持，精彩歡樂。

六月一日，雜文「做個研討會的常客」，刊於『中華日報』副刊。後改名「南征北討為那樁」。

六月十二日，雜文「教育是愛心的事業」，刊於『中華日報』副刊。

六月，學術論文「由音隨義轉觀點談字詞的了別」，刊『北師語文教育通訊』第二期。

七月卅日，教育部同意本校圖書館增置「系統資料組」；為圖書館電腦數位化邁進。

十一月廿二日－至廿六日，指導語教系「各體文選」、「作文指導」、「兒童文學」一百多位學生寫作成冊，舉辦「實門語文觀摩特展」。同系副教授劉漢初、周全特到會場「關切」；幸少事端。

一九九四年，國北師院、成大、南師院、國立臺灣藝術學院兼任教授

二月六日，雜文「教不嚴誰之惰——砂石車事件的深層省思」，刊於『中華日報』副刊。
二月廿一日，雜文「沖天一炮憾事多」，刊於『中華日報』副刊。
二月，兒童少年文學論著『瓶頸與突破——兒童少年文學觀念論集』，由富春文化公司出版。
三月廿四日，雜文「關心古書今譯事業」，刊於『中華日報』副刊。按：開始對翻譯事有興趣。
四月廿四日，雜文「車牌請華文化」，刊於『中華日報』副刊。
六月一日，散文「我永遠以母校為榮」刊於『國立臺中商專創校七十五周年紀念特刊』。
七月起，義務擔任臺北市敬老協會『敬老之友』月刊社長，編印『敬老之友』月刊。
八月二日，雜文「十萬野狗何處去」，刊於臺北市政府新聞處『台北週刊』一三二六期。
十二月廿一日，散文「八仙山聳綠水迴環——敬悼林鶴年先生」，刊於『臺灣日報』副刊。按：鶴年縣長是從小心儀的人物。

一九九五年，國北師院、成大中文、南師語教、臺灣藝院兼任教授

二月，兒童少年文學故事創作集『月亮有眼睛』由臺中市瑞成書局出版。
三月十日，閩南語用字的商榷「『度濟』（度晬）」，刊『國語日報』鄉土語文版。按：開始研究臺灣閩南話用字問題。
四月卅日，在臺灣省兒童文學協會主辦「童詩新詩作品研討會」，主講「從兒童詩到少年詩」；力主詩一定要押韻。
六月，散雜文集『耕情集』列入臺中市籍作家作品集四十一，由臺中市文化中心出版。
六月，學術論文「談語文抄寫學習法——『重謄作文教學法』的理論基礎」，刊於『北師語文教育通訊』第三期。
七月八至九日，參與臺北市藝石協會採石之旅團，到花蓮和南寺、秀林海邊等處採黑、白藝石。
八月十四至十八日，參加吳三連台灣史料基金會主辦「第十七屆鹽分地帶文藝營」；觀念不轉，本土意識確

立，矢志下半生為臺灣國家奉獻。（營主任吳樹民先生）
本年，政府匆促實施強迫式全民健保（二〇一一年八月十四日，自由時報載美國醫改法強迫人民納保，被判決違憲）。按：二〇一〇年，更實施二代健保。之前，發生臺北市長馬英九告輸中央扁政府，卻仍拒還健保費三七四億多元；二〇〇八年，馬又矇取總統位，而由全民埋單之醜劇。

一九九五年，臺北師院、臺灣藝院兼任教授

二月十五日，學術論文「兒童韻詩直承音樂文學的傳統」，刊於臺北師院『國民教育月刊』卅六卷三期。
按：再申述童詩必須押韻的論點。
三至四月，擔任行政院新聞局八五年「中小學課外優良讀物推介活動」評審委員，兼語文文學組召集人、小太陽獎複審委員。案：後多年參與。
四月廿三日，臺灣文學雜文「臺灣文學蔚為顯學態勢的思考」刊於『中央日報』副刊。按：開始密集研究、撰寫臺灣文學論文、著述。
七月八日，雜文「熱愛鄉土」，刊於『國語日報』少年版「燈塔」專欄。
十月廿六日，學術雜文「文字退化時代的因應策略」，刊於『中央日報』副刊。

一九九六年，國北師院語教系、臺灣藝院兼任教授

二月十五日，學術論文「兒童韻詩直承音樂文學的傳統」，刊於國北師院『國民教育月刊』第36卷3期。
按：申述童詩必須押韻的論點。
二月，學術論文「談古今詩的格律形式」刊於『國立臺北師院學報圖書館通訊』第四期。按：申述詩必須押韻，符合基本格律要求，才算是「詩」體。
三月，學術論文「臺灣本地兒童歌謠若干問題研究」，在東海大學中文系主辦「傳統文學的現代詮釋學術會議」發表。
四月，「走出鄉土文化教學本位的盲點」文，刊於國立臺北師院『國民教育』三六卷四期。
四月，臺北師院辦理進修部最後一次初轉班入學考試，語文系副教授兼代進修部主任周全，利用職務之便，

隨意進出闈場，將國文科考題洩露給臺北市三民補習班（告以所推薦張清榮老師出題，十數題抄自其所提供三民書局本『國學概論』中）。經未補習考生向記者揭發，謂：其同學有錢補習者佔便宜，很不公平！聯合報等媒體批露（五月十九日）。基於校譽，建請學校處理；歐用生院長袒護周某及逃避個人監督不周之失，堅不處理。然周某已懷恨在心，老羞成怒，對付本人。（詳見五月十九日、七月十二日下）

五月十九日，聯合報載國北師院四月舉辦之初教系代課教師轉學考試，進修部代主任周全副教授卻兼勾題委員，自由出入闈場；而涉嫌與臺北市三民補習班掛鉤洩題七題。為維學校名譽，次月八日、十二日、卅日，加以檢舉。按：後經教育部、監察院、調查局調查屬實，確有疏失不當（考試院即永不錄用周某為閱卷委員等）；然歐院長卻加縱容。

六月廿六日，臺灣文學評論「臺灣首篇反日本殖民小說『鬥鬧熱』」，刊於『中央日報』副刊。

六月，臺灣文學論文「臺灣文學界說與範圍分類的歷史考察」，刊於國立臺北師院語文系『臺北師院語文集刊』第一期。

七月十二日，夜十時二十分左右，被臺北師院語文系重慶籍副教授周全所唆使其舅－臺北市大龍峒黑幫老大之手下三囉嘍，在和平東路家樓下大門口，用手握式不鏽鋼銳器擊傷頭部二處、防衛的左手二處，血流如注。周某堅不承認、道歉；歐院長又袒護，不加處置（至一九九八年六月卅日上簽呈，仍不處理）。

十一月廿三日，臺灣文學雜文「菅芒花的國格」刊於『臺灣日報』副刊「一針入脈」專欄。

十一月廿四日，臺灣文學雜文「甘藷命底好出頭」刊於『民眾日報』副刊。

十一月廿五日，臺灣文學雜文「苦楝釘根花如雲」刊於『民眾日報』副刊。

一九九七年，臺北師院語教系；臺灣藝術學院兼任教授

一月十五日，擔任行政院新聞局電影片「雙面鏡」（芭芭拉史翠珊主演）初檢工作。

一月，臺灣文學專著『臺灣小說名著新探』由文史哲出版社出版。

二月十二至十六日，參加「第一屆鹿耳門台灣文學營」；更堅定下半輩子奉獻給臺灣的決心。

四月七日，輿情雜文「臺灣特有的服裝是什麼？」刊於『台灣日報』輿論版。

四月十六日，輿情雜文「女廁不收費　男女真正平權」刊於『台灣日報』輿論版。

五月五日，雜文「華實相扶，止於至善」刊中華文化總會『活水』一四一期。按：「我的座右銘」。

七月，臺灣文學專著『臺灣兒童少年文學』由臺南市世一文化公司出版。二〇〇三年三月，世一公司改名『臺灣鄉土文學館——兒童少年文學賞析與研究』，修訂出版。

八月起，擔任國立臺北師院語文系「臺灣文學」課程、課程與教學研究所「小學語文教材教法專題研究——鄉土語文」課程，一學年。

八月，雜文「由臺灣的族群性格談到根本教育之道」，刊於北師院『國民教育』三七卷六期。按：文中有批評李喬所提閩南人沙文主義的錯謬。

九月，兒童少年文學論文「發現先住民兒童文學」刊於臺灣省教育廳『師友』第三六三期。

一九九八年，臺北師院．私立淡水工商管理學院臺灣文學系教授兼系主任

七月四日，雜文「尋找使命感」刊於『台灣時報』。

八月一日至二〇〇一年七月，擔任私立淡水工商管理學院（二〇〇〇年改制真理大學）臺灣文學系教授兼系主任。

八月三至四日，至美濃參加鍾理和紀念館主辦「臺灣文學研習營」；見葉石濤先生談十一月舉辦葉氏文學會議事宜。

八月五日，葉能哲校長召見，對前所調整、新設計四十多種課程，均表支持。另要求整理馬偕博士與通識文雅教育的關係。連夜完成，次日交卷。

八月，淡水學院臺文系新生錄取名額，增為六十名。為全校最高分；按：後二年同。

九月十二日，心語「揮別國北『流浪到淡水』牽引更多的臺灣子弟　奉獻更大的文學熱力　福爾摩莎的未來就在大家的手裏」，刊於『聯合報』副刊「作家生日感言」專欄。

十月廿三日，時事雜文「國家文學館何去何從」刊『自由時報』。按：旨在批評臺大齊邦媛老師將「國家文學館」定位為「中國現代文學館」的謬論；吾愛吾師，吾更愛臺灣！

十月廿九日，輿論雜文「水土保持　日本經驗可以借鏡」刊於『自由時報』自由廣場版。

十一月七日，舉辦「福爾摩莎的瑰寶——葉石濤文學會議」，全國約二五〇位人士與會。

十二月廿七日，與情雜文「成為世界性的文學館」，刊於『聯合報』輿論版「在大地上打樁——建構理想的國家文學館」專欄。

十二月，創刊臺灣文學系學報，定名為『淡水牛津臺灣文學研究集刊』。

一九九九年，淡水學院臺文系教授兼系主任

一月十一日，母校臺中商職導師林俊吉先生來信勉勵。時，林師任教樹德工商專科學校（後升格為修平技術學院、修平科技大學）科主任。

三至五月，參與行政院新聞局第十七次推介「中小學優良課外讀物」暨第四屆小太陽獎評選委員、兼語文文學組召集人、各組總召集人。（新聞局長程建人）

六月十三日，臺灣文學雜文「文學必須植根於本土生活」，刊『聯合報』副刊；係宇文正專訪。

六月，臺灣文學論文「臺灣文學發展必須扎根於兒童少年文學」，刊於『妙心』雜誌四三期。八月，刊於第五屆『亞洲兒童文學會論文集』。

十一月六日，主辦「福爾摩莎的文豪——鍾肇政文學會議」，研討熱烈；海內、外約有三三〇人參加。

十二月，規畫臺文系「教育學程」呈報，可使畢業生多一作育本土語文人才之機會。未獲核准。

二〇〇〇年，真大臺文系教授兼主任、政大國小教育學分專班兼任教授

二月九日，論文「不是臺灣人也不是中國人－『陳夫人』的勁爆啟示」，刊『勁報』副刊。

二月起，指導真大臺灣文學系第一屆四十七位畢業生撰寫學士論文或臺灣文學作品集編寫一學年。

三月三日，臺灣文學散文「有家真好——記春節中部災區之行」刊於『民眾日報』副刊。按：記去年九二一大地震。

三月廿二日，參加民眾日報舉辦「如何推動教育改革」座談會。談話內容「認識台灣　從本土教育著手——將義務教育改為權利教育　摒棄幼稚園的大學生」，次日刊於『民眾日報』。

五月，雜文「談舉辦兩岸學術活動」刊於『民眾日報』鄉土副刊。按：批評矮化臺灣國之誤。

六月四日，擔任行政院文化建設委員會八九年鄉土語文競賽大會閩南語演說評判委員、閩南語評判長。（主

委陳郁秀）

六月至二〇〇四年凡五年，擔任文建會國立文化資產保存研究中心「全台詩」、「臺灣文學辭典」二計畫期中、期末報告審查委員。

六月至二〇〇一年七月，創設真大臺文系學生「臺灣學學習護照」，鼓勵學生參加各種學活動，每場次資助交通費，計二十九位，三二八場次，三萬二千八百元。

七月三日，輿論雜文「期待設立臺灣語文推展委員會」刊於『自由時報』。

八月四日，陳水扁總統至臺南北門鄉南鯤鯓第廿二屆鹽分地帶臺灣文藝營，頒致「資深臺灣文學家成就獎」給巫永福、葉石濤、詹冰、陳千武、林亨泰（、莊培初）等人；係六月初，呈請學校致函總統府請求多加照顧他們，所得之回應。

九月十六日，在臺北市二二八紀念館視聽室主講藝文講座：「深掘早期民歌的生命力」。

九月二十八日，文學雜文「為臺灣文學的未來——籲請總統宣示本土化為國策」刊『民眾日報』。

十一月四日，舉辦「福爾摩莎的心窗——王昶雄文學會議」；約有四百位人士參加。

十一月十四日，『中央日報』記者陳惠妍報導：「真理大學臺灣文學系徽寓意深」刊「教育圈」版。按：臺灣文學系徽係請友人施並錫教授義務設計。後，本人並題詩：「低頭親沃土/勤筆耕文心/執耳跨國界/臺牛足精神」。

十二月十六日，主持『文訊』雜誌社主辦「第四屆青年文學會議」論文發表會；於國家圖書館。

本年，臺灣文學系接受陳國章（因感動於本人之無私奉獻）、林碧湘伉儷捐助學生論著出版基金一百萬元；為擬獎助辦法。

二〇〇一年，真大臺文系教授兼主任、開南管院通識中心臺灣語文教授

二月四日，向真理大學校長葉能哲建請設立「臺灣美術學系」；臺師大美術系施並錫教授答應代為設計課程、建議師資名單等。未果。

三月十一日，輿論雜文「所謂師長推薦函……」刊於『聯合報』民意論壇版。按：敘說大學推甄須交師長推薦函之流弊。

三月，透過真大行文行政院僑務委員會，建議海外僑校提供母語師資名額，使臺灣文學系畢業生多一奉獻所學機會。按：僑委會張富美主委懇切答覆同意。

五月四日，推薦鍾肇政、邱各容獲中國文藝協會頒榮譽文藝獎章（小說類）、文藝獎章（兒童文學）。

五月五日至十八日，真大臺文系第一屆四十七位畢業生口試研討會，分十五場次進行，對外開放；有金門林麗寬老師等許多校外人士光臨。

六月一日，獲母校省立臺中商職（後改制國立臺中技術學院、台中科技大學）九十年傑出校友（文化文學類）。二日，返母校接受，由阮大年校長頒授。按：第一屆臺灣十大傑出青年——王甲乙老校友，亦應邀出席頒獎。

八月起，義務擔任開南管理學院語言村河洛鎮河洛語教師，初期有十位學生（巴家星同學等），機動配合學生時間講授。

十二月七日至八日，參加國立臺灣文學館籌備處主辦「櫟社成立一百周年紀念學術研討會」。

十二月，文學編著『台灣詩路』由臺南鹽水鎮月津文史工作室出版。二〇〇三年再版，二〇〇八年修訂。

二〇〇二年，開南管院通識教育中心教授

三月二十四至二十五日，擔任教育部第一屆國民中小學閩南語、客家語教學支援人員檢核考試閱卷委員，於新竹師院。考前並任出題委員。（主任委員顏啟麟校長）

三月，臺灣文學專著『臺灣文學汲探』、『臺灣文學教育耕穫集』由文史哲出版社出版。

四月十二日，擔任國立臺灣藝術教育館等「台灣藝術、心靈與創作」研習營講座，講題：「臺灣歌謠之美——早期古典詩歌藝術賞析」。四月二十六日，講題：「詩詞欣賞與吟唱」。五月十日，講題：「詩歌賞讀（河洛語文藝術）」。

五月二十四日，講題：「童謠的吟誦與創作」。按：開始整理編纂『臺灣流行不朽歌曲的本事與欣賞』。

五月七日，籌備「開南名人講座」，邀請葉石濤先生主講「臺灣文學的認識與透視」；並自六日起，配合推出「葉石濤先生手稿、著述與研究資料特展」。

五月，推薦施並錫教授榮獲中國文藝協會頒致文藝獎章（美術類）。

七月一日，真大『真理大學九一學年度招生簡訊』報導臺灣文學系畢業生六位考取研究所進修。案：第一屆

實有十一位考上十三個研究所。

八月廿七日，參加新竹市文化局第六屆「二〇〇二竹塹文學獎」短篇小說組決審會議。會中，強力主張將〔熱，不熱鬧？熱鬧〕一篇列二獎；開票後方知為昔日學生（真大陳廷宣）之作品。

九月，完成『臺灣古今文學家』百人百篇。按：八月起，已分篇在『台灣新聞報』西子灣副刊及行政院僑務委員會『僑教』雙週刊連載。

九月至二〇〇三年二月，指導開南管院財務金融系學生呂莫英，從事國科會專題研究計畫：『張文環作品所反映的市井百態研究』論文寫作。

二〇〇三年，開南管院通識中心；臺北大學進修學士班兼任教授

三月廿四日，參加沙卡·布拉揚新書『台語文學語言生態的的觀想』等書發表會，在臺北市國賓飯店。會中被羊子喬（楊順明）司儀要求發言。發言中，預言臺灣本土語文學家作品將來會先獲得諾貝爾文學獎。

六月一日，臺灣文學雜著『臺灣流行不朽歌曲的本事與欣賞』自印出版。

六月三日，出席九二年交通事業港務人員升資考試典試委員會議，獲考試院長姚嘉文命為典試兼命題委員，命題以臺灣本土試題為主；七月考試，九月起，因明年總統大選，引起傾中的國民黨、客家及先住民族群過度反應。

七月廿八日，至彰化師範大學國文研究所，擔任進修部研究生李婉君論文「臺灣河洛諺語有關女性歷程之探討」口試；被推為委員會主席。（指導教授周益忠博士。委員另有臧汀生。所長黃忠慎博士）

七月卅一日，為妻編印服務臺北市中山女子高級中學卅年榮退紀念集——『玉潤海藍作品選集』。

七月，兒童少年文學創作集『趣味美妙的成長——兒童少年文學作品集』，自印出版。

二〇〇四年，開南管院通識中心；臺灣北大教授

六月廿四日，致函教育部長杜正勝關切閩南語教學、拼音及用字等相關問題。七月六日，教育部由「國語會」函覆。

九月起，在開南大學講授「臺灣文學名家與名作」課程。

十二月，擔任東海大學中文系九三學年度第一學期博士班資格考試命題及閱卷委員。廿七日筆試。

二〇〇五年，開南管院；臺北大、政大學士後教育學分班兼任教授

一月九日，擔任臺灣師大臺灣文化及語言文學研究所舉辦「大學臺灣人文學門系所之現況與展望研討會」綜合座談特約討論人。（姚榮松所長邀約）

四月，文學評論「『千金譜』的臺灣文學價值」，刊於桃園市呂理組出版『正字千金譜』。

四月，文學評論「吳坤明『台語語讀對應關係』的曠世發現」，刊於吳坤明出版『台語語讀對應關係之探討與應用』；為書「代序」。

五月廿三日，擔任東海大學中國文學研究所鄭昱蘋碩士論文『王昶雄的文學世界』口試。

八月，編著『實用正字臺灣童謠』由桃園市呂理組刊行。內有：「兒童歌謠音樂性依舊在——『實用正字臺灣童謠』代序」、「臺灣傳統童謠的時代價值」二文。二〇〇七年五月修訂再版。

八月，編撰專書『臺灣海洋文學』自印出版。

九月八日起，擔任教桃園縣桃園社區大學「臺灣文學名家與名著」課程，三年。

九月起，繼二〇〇〇年之後，復任政治大學九四學年度「學士後國小教師職前教育學分班」之「兒童文學」課程。（友人陳正治教授推介。校長鄭瑞城）

二〇〇六年，開南大學通識教育中心；臺灣北大兼任教授

九月十一日，前天到板橋市新埔國小參加農委會「農業種子學院研習營」，手冊中把臺灣視為中國一部分；今寫信給農委會主委蘇嘉全等有關人士四位，要求改正以臺灣國為主體。

九月廿一日，評審雙溪國小舉辦九五年度臺北縣（今新臺北市）瑞芳區語文競賽閩南語。該校長曾秀蓮是國北師校友，教過她們「兒童文學」課程；「老師好仔細哦！」她說出總印象。

九月，編撰專書『臺灣海洋哲學』自印出版。

十月，臺灣文學評論「許成章、吳坤明探尋臺語正字工程比較研究」，刊於國立中央圖書館臺灣分館『臺灣

學研究通訊』第一期。

十二月，文學論文「臺灣文學起源問題研探」刊中央圖書館臺灣分館『臺灣學研究通訊』二期。

二〇〇七年，開大；臺灣北大兼任教授

四月十六日，評選第六屆宜蘭縣教育局蘭陽少年文學獎；羅東國中陳正吉校長請求代找綠蒂（王吉隆）、陳正治、陳謙、許素蘭、王幼華等擔任評審委員。次年三-四月，第七屆。

六月十五日，在開大主辦「二〇〇七年基礎教育國際學術研討會」中發表論文：「發現臺灣皇民化詩人——周伯陽的作品內涵及其相關問題」。十二月，論文刊於『開南通識研究集刊』第十二期。

九月起，在開南大學講授「臺灣幽默諧趣文學」課程。

二〇〇八年，開大；臺灣北大兼任教授

四月二十九日，擬發表論文變演講，因臺灣徐霞客研究會籌備祕書長陳應琮認為『明代中國遊聖徐霞客的典範』論文，宜作研究會的主題演說。五月二十二日，到基隆經國管理暨健康學院記遊文學研討會中，作專題演講。

十二月，文學評論「另眼看葉石濤的第一篇小說『林君寄來的信』」、「宋澤萊論陳千武創作語言問題平議」、「臺灣田園文學真的與土地絕緣？」刊於『桃園縣桃園社區大學九十七學年台灣閩南語學習成果文集』。

二〇〇九年，開大；臺灣北大兼任教授

六月一日，雜文「戰蚊蟲，上臺大」刊於『中商九十周年校慶文集』。

六月十六日，擔任彰化師範大學臺灣文學研究所碩士班陳胤維論文『臺灣近代漁民文學研究』（葉連鵬教授指導）考試委員。（所長周益忠教授）

二〇一〇年，開大通識中心、數位應用華語文學系（未能排課）教授

十月五日，擔任雲林縣國教輔導團國語文領域辦理「海洋教育進階研習」講座，主講：「世界海洋生存哲學與文學名著的教育啟示」，於虎尾鎮東仁國中。（縣長蘇治芬）

十二月二十五日，擔任帝寶教育基金會舉辦九十九年冬季班研習講座，主講「臺灣真精神——特具風骨的本土文學家」；於彰化縣鹿港高中。（基金會長許嘉種）

二〇一一年，開大應華系（支援通識課程）、亞東技院通識中心兼任教授

十月，著作『宋代大儒黃震（東發）之生平與學術』由永和市花木蘭文化出版社出版。

十月七日，受臺北市立教大地球資源暨生物學系林明聖副教授之邀，在所授通識課程「海洋人文社會科學導論」堂上，講授「臺灣海洋文學」。

二〇一二年，開大應華系（支援通識課程）、亞東技術學院通識兼任教授

二月一日，屆齡退休，離開任教三十四年又六個月的杏壇。

二月起，在亞東技術學院通識中心增授「美學鑑賞」課程。

六月二十五日起約一週，為前年在鹿港帝寶文教基金會演講的聽眾吳榮仁先生，寄來他在中正大學戰略與國際關係研究所進修碩士論文：『馬英九「台灣前途由臺灣人決定」之論述的意涵：一個問題建構的研究途徑』（陳亮智教授指導），逐字修改潤色。

二〇一三年，開大應華系（支援通識課程）、亞東技院兼任教授

四月二十日，開始到礁溪三號縣道龍泉橋下撿石頭，搜尋臺灣造型石、平底文鎮石、奇特藝術石等。學期終，送每位學生一顆石頭：藝術觀賞石、臺灣造型石或書法文鎮石。

十一月二十三日，到桃園縣台語文化學會演講『古今臺灣相關著名詩文與嘉言』。

二〇一四年，開大應華系（支援通識課程）、亞東技院兼任教授

十月八日，約用一週的時間修改老學生黃寬裕的學術討論會論文：『社會參與式學習課程的理論與實踐－以「人生哲學」課程為例』。

二〇一五年，繼母往生，開大華語系（支援通識）、亞東技院兼任教授

一月十九日，完成散文「可以不如學生？」刊於五月號『清流』雜誌。

二月十日，繼母於晚上十一時五十四分捨報往生，享壽八十九歲。二月十七日，出殯。荼毗。安塔。

三月七日，在桃園縣台語文化學會演講：常見漢語的誤用字、詞、音是正。

五月五日，『文訊』五月號三五五期有王基倫雜文：「在斗室內成就自己——側記羅聯添教授」。文中避重就輕，又有語焉不詳處；如：羅當年遭仙人跳，及當國民黨三腳馬連學生都出賣等事，卻說：「當他剛退休的時候，對於系上待他的方式，是頗為憤懣不平的」云云。

五月二十五日，自由時報「言論廣場」版刊出時論雜文〈「登飛來峰」詩遭吳副總統四度曲解，須正視聽〉；主編改題為：〈不懂文言文，莫登飛來峰〉。

七月二十五日，北師專六九級畢業三十五年同窗會，在北師大禮堂召開。致詞呼籲建議成立「六九級校友總訊息交流中心」。

七月二十九日，報載文化部已聘請成大陳益源教授為國立台灣文學館長；但本土數個社團說他「外行又傾中」而出面議，要求撤換。連夜撰寫「為陳益源教授說句公道話」投書。卅日，陳益源回信並提及：「當初，由於您的緣故，我遠從嘉義開車到淡水真理大學臺文系授課，以及指導學生、與學生在台北縣進行民間文學調查的諸多情景，往往歷歷在目，頗多感觸！我會認真為台灣文學努力多做點事，盼您繼續支持！」

八月四日，決議將六九級臺北師專校友訊息交流中心版主工作攬下。下午，就發出第一電函給甲班同學。戊班等後再建立。六日，劉建春同學第一位回音，有好的開始。

三、本集所提人物索引

（依書信次第先後。恕未稱呼）

- 姜淑賢（4）
- 日本國．梅棹忠夫（8）
- 清國．張潮（10、12）、吳敏顯、英國．勃朗寧夫人（10）
- 晉國．陶淵明（13、68）、王安石（13）
- 林洋港（22）
- 阿爾巴尼亞國．德瑞莎修女（24）
- 清國．吳梅村、葉石濤、鍾肇政（26、111）、邵僩（26）
- 湯承業（28）
- 余玉照（31、35）、余玉賢（31）、席慕蓉（31、50）
- 王秀芝（35、71、72、76）
- 徐畢華（42）
- 周宣德、蔡裕標、李鳳美（49）
- 蕭颯（50）
- 蔡尚志（51）
- 粟耘（55、68）
- 黃慶萱、黃維樑（56）
- 黃寬裕（57）

- 英國・法蘭西斯・培根（59）
- 謝新福（60）
- 葉慶龍（62）
- 陳美惠（65、68）
- 陳冠學（68、95）英國・喬治・吉辛（68、95）
- 林清淇（70）
- 溫貴琳（72）
- 劉建春（81、104）
- 王瓊慈（85、87、88）
- 林文嶽、陳世憲、陳昭貴（87）
- 林儀安、林恬安（88、90）
- 唐國・杜甫（89）
- 中國・謝冰心（91）
- 廖鴻基、夏曼・藍波安、吳晟、美國・梭羅（95）
- 鄭麗娥（97）
- 張懸（102）
- 吳麗容、湯金菊、王照春、余坤煌（103）

•黃偉蓉、陳傳貴、黃星炎、郭燉論（104）
•美國・安潔莉娜・裘莉、李安（107）
•林杰樑（109）
•李彩雲（110）
•吳濁流、鍾肇政、張良澤（111）
•林心如（113、117）、鳳飛飛（113）、鄧麗君（113、114、117）
•徐紀（119、123）
•周文政（120）
•陳水扁（121）
•宋國・呂祖謙（126）
•林文、陳金鉌（127）

語言文學類　PE0118　秀文學04

魚雁往來見風義
——從師生書信讀人生智慧

作　　者 / 林政華、林萬來
責任編輯 / 杜國維
圖文排版 / 楊家齊
封面設計 / 葉力安

發 行 人 / 宋政坤
法律顧問 / 毛國樑　律師
出版發行 / 秀威資訊科技股份有限公司
114台北市內湖區瑞光路76巷65號1樓
電話：+886-2-2796-3638　傳真：+886-2-2796-1377
http://www.showwe.com.tw
劃撥帳號 / 19563868　戶名：秀威資訊科技股份有限公司
讀者服務信箱：service@showwe.com.tw
展售門市 / 國家書店（松江門市）
104台北市中山區松江路209號1樓
電話：+886-2-2518-0207　傳真：+886-2-2518-0778
網路訂購 / 秀威網路書店：http://www.bodbooks.com.tw
國家網路書店：http://www.govbooks.com.tw

2017年2月　BOD一版
定價：400元

國家圖書館出版品預行編目

魚雁往來見風義：從師生書信讀人生智慧 / 林政華, 林萬來著. -- 一版. -- 臺北市：秀威資訊科技, 2017.02

面； 公分. -- (語言文學類；PE0118)(秀文學；4)

BOD版

ISBN 978-986-326-405-7(平裝)

856.286　　　　106000562

讀者回函卡

感謝您購買本書，為提升服務品質，請填妥以下資料，將讀者回函卡直接寄回或傳真本公司，收到您的寶貴意見後，我們會收藏記錄及檢討，謝謝！如您需要了解本公司最新出版書目、購書優惠或企劃活動，歡迎您上網查詢或下載相關資料：http:// www.showwe.com.tw

您購買的書名：＿＿＿＿＿＿＿＿＿＿＿＿＿＿＿＿＿＿＿＿

出生日期：＿＿＿＿年＿＿＿＿月＿＿＿＿日

學歷：□高中（含）以下　□大專　□研究所（含）以上

職業：□製造業　□金融業　□資訊業　□軍警　□傳播業　□自由業

□服務業　□公務員　□教職　□學生　□家管　□其它＿＿＿

購書地點：□網路書店　□實體書店　□書展　□郵購　□贈閱　□其他

您從何得知本書的消息？

□網路書店　□實體書店　□網路搜尋　□電子報　□書訊　□雜誌

□傳播媒體　□親友推薦　□網站推薦　□部落格　□其他＿＿＿＿＿

您對本書的評價：（請填代號　1.非常滿意　2.滿意　3.尚可　4.再改進）

封面設計＿＿　版面編排＿＿　內容＿＿　文／譯筆＿＿　價格＿＿

讀完書後您覺得：

□很有收穫　□有收穫　□收穫不多　□沒收穫

對我們的建議：＿＿＿＿＿＿＿＿＿＿＿＿＿＿＿＿＿＿＿＿

＿＿＿＿＿＿＿＿＿＿＿＿＿＿＿＿＿＿＿＿＿＿＿＿＿＿

＿＿＿＿＿＿＿＿＿＿＿＿＿＿＿＿＿＿＿＿＿＿＿＿＿＿

＿＿＿＿＿＿＿＿＿＿＿＿＿＿＿＿＿＿＿＿＿＿＿＿＿＿

請貼
郵票

11466
台北市內湖區瑞光路 76 巷 65 號 1 樓
秀威資訊科技股份有限公司 收
BOD 數位出版事業部

（請沿線對折寄回，謝謝！）

姓　　名：＿＿＿＿＿＿＿＿　年齡：＿＿＿＿　性別：□女　□男

郵遞區號：□□□□□

地　　址：＿＿＿＿＿＿＿＿＿＿＿＿＿＿＿＿

聯絡電話：(日)＿＿＿＿＿＿＿＿　(夜)＿＿＿＿＿＿＿＿

E-mail：＿＿＿＿＿＿＿＿＿＿＿＿＿＿＿＿